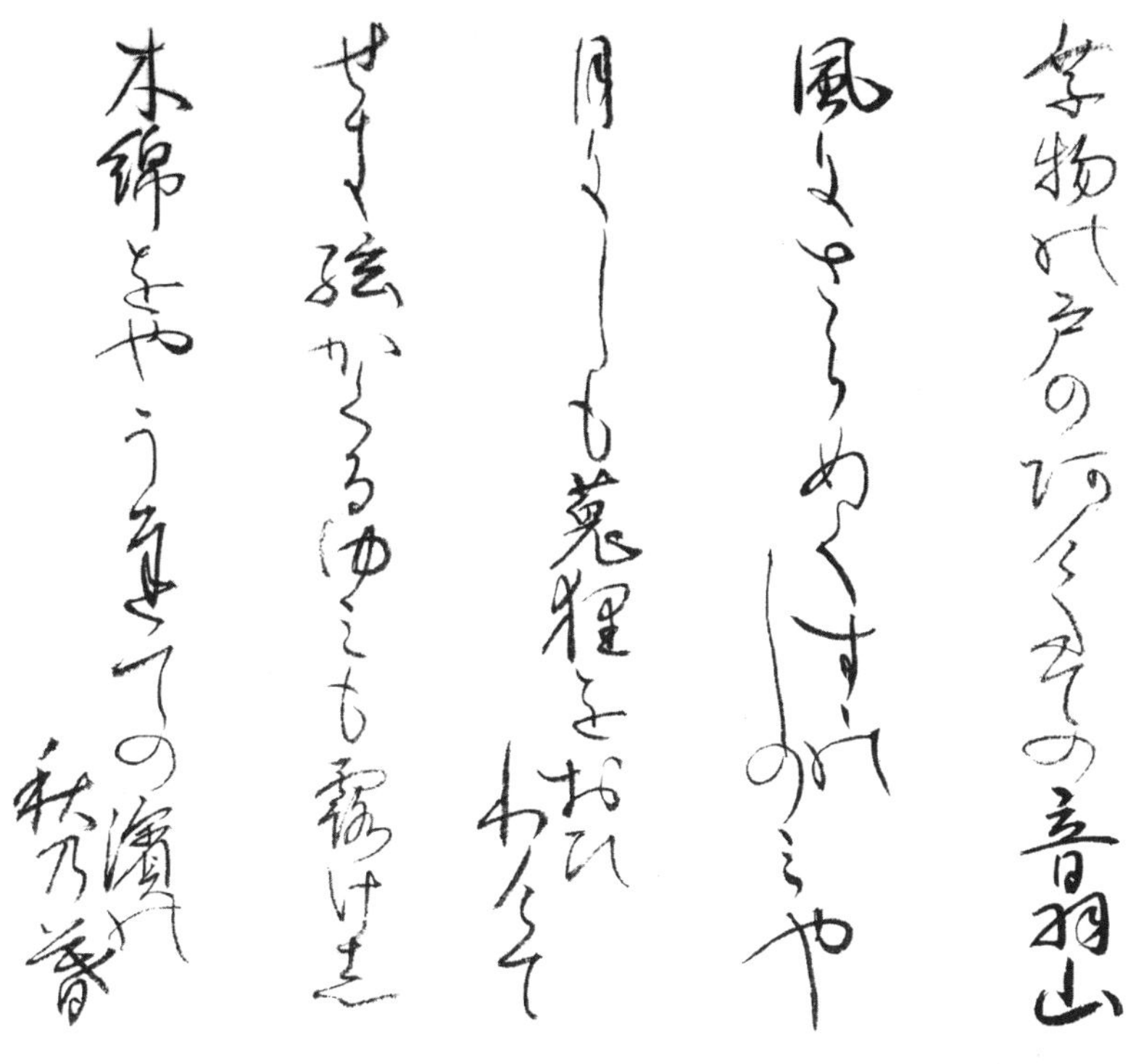

斎藤徳元作『江戸海道下り誹諧』（寛永六年冬成）巻頭ノ部分　故安藤香陽書写

# 武将誹諧師徳元新攷

安藤武彦 著

和泉書院

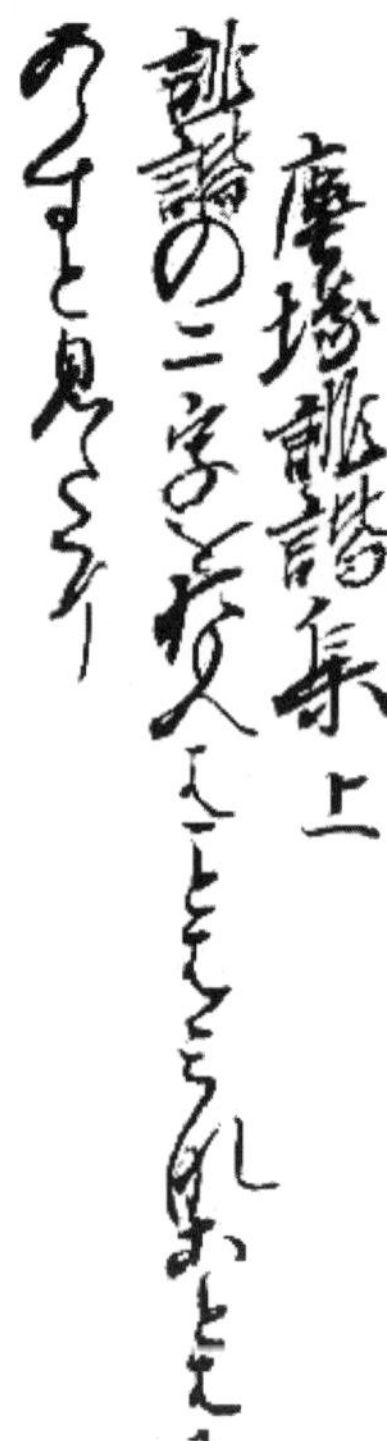
塵塚誹諧集 上

塵塚誹諧集（早稲田大学図書館蔵）

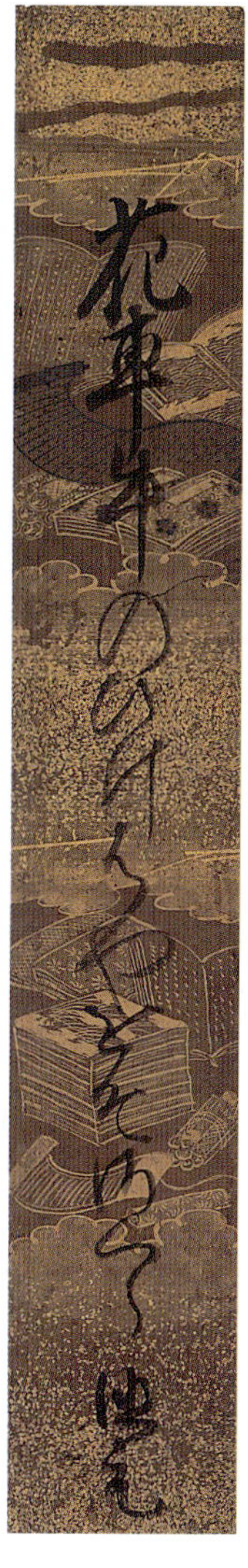

斎藤徳元

花車牛のひけはやをそさくら　徳元
〈架蔵、以下同じ〉

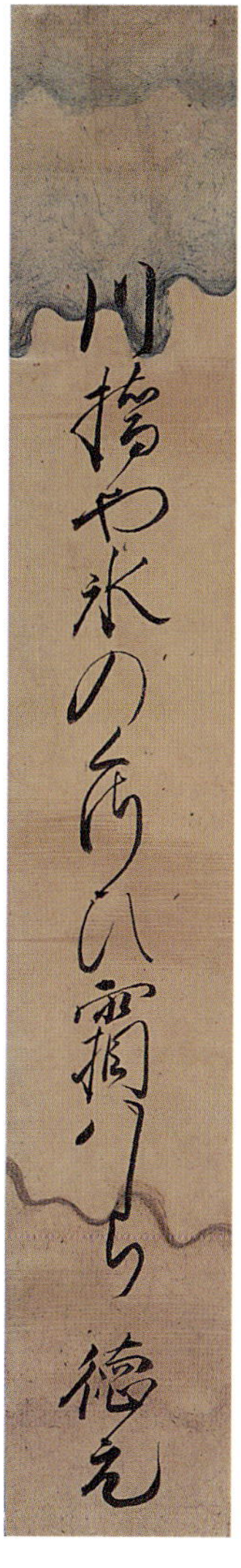

斎藤徳元

川橋や氷のくさひ霜ハしら　徳元

斎藤徳元

謡誹諧　花のふる役者よハやせ桜川　徳元

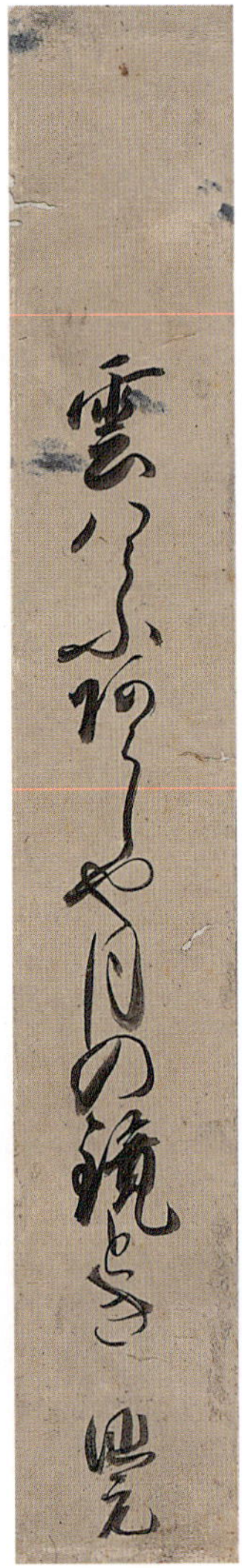

斎藤徳元

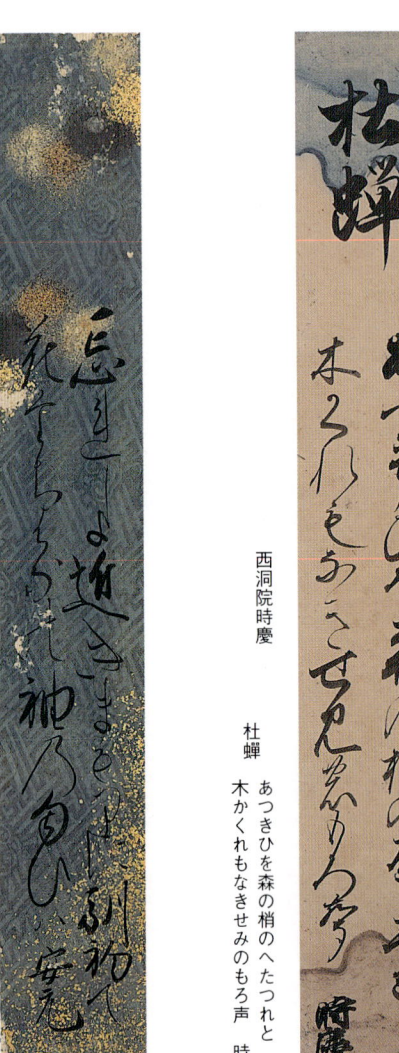

雲ハらふあらしや月の鏡とき　徳元

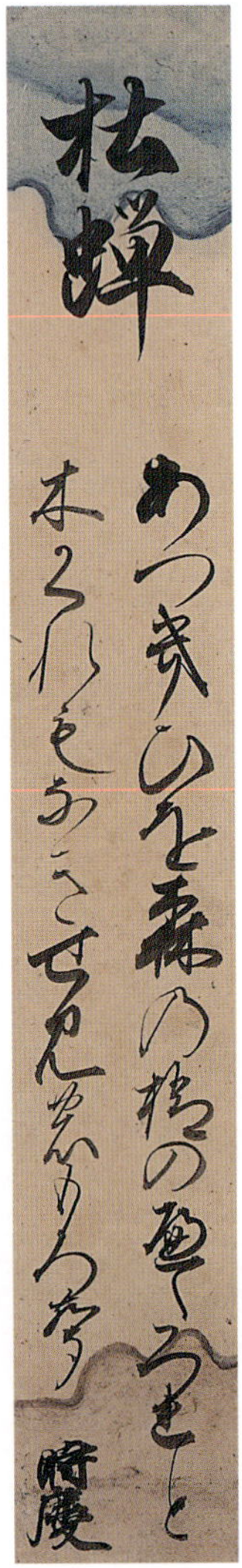

西洞院時慶

杜蝉

あつきひを森の梢のへたつれと

木かくれもなきせみのもろ声　時慶

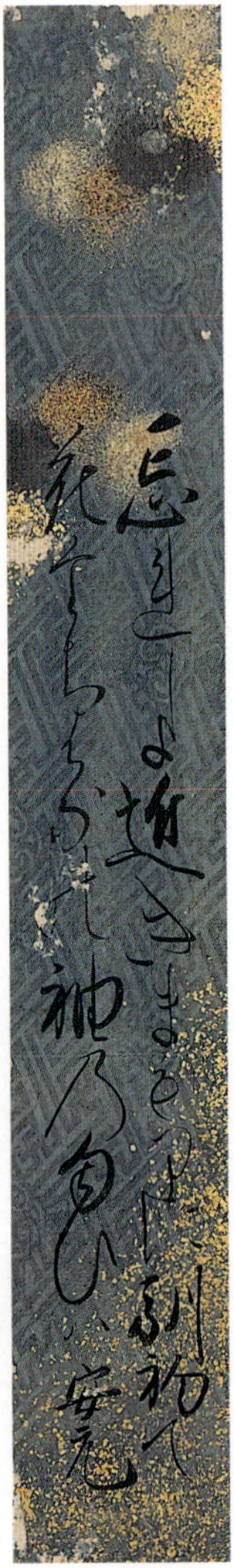

脇坂安元

忘れしよ近きまもりに馴初て

花たちはなの袖の匂ひハ　安元

岡田善政

神祇花
ゆく春や神にたむけをすゝか山
花の錦のぬさのおひかせ　善政

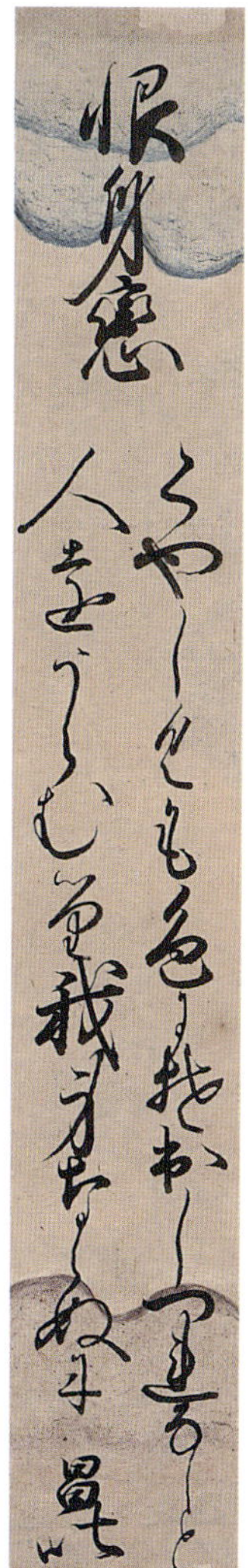

里村昌叱

恨身恋
くやしくも色にそ出しつれなしと
人をうらむる我身ならぬに　昌叱

松江重頼

身躰や棒にふる共花見駕籠　維舟

末吉道節

山家夢

心からうき世の外の山住ハ

ゆめにとひ来る人もうらめし　道節

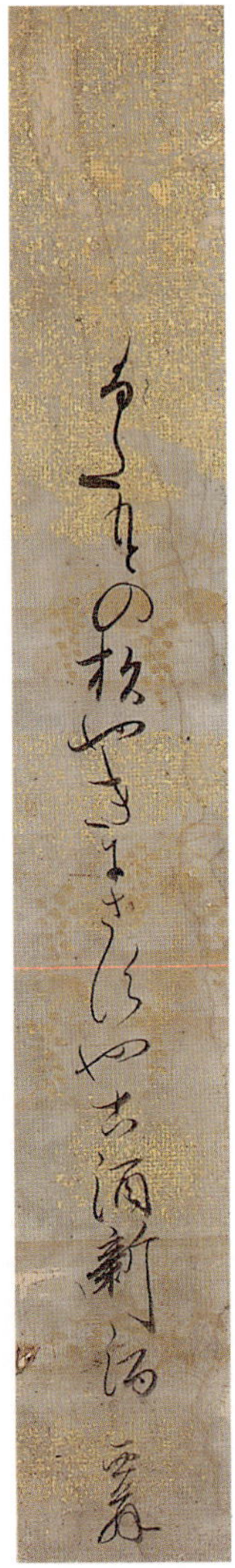

西山宗因

ふたもとの杉やきにさすや古酒新酒　西翁

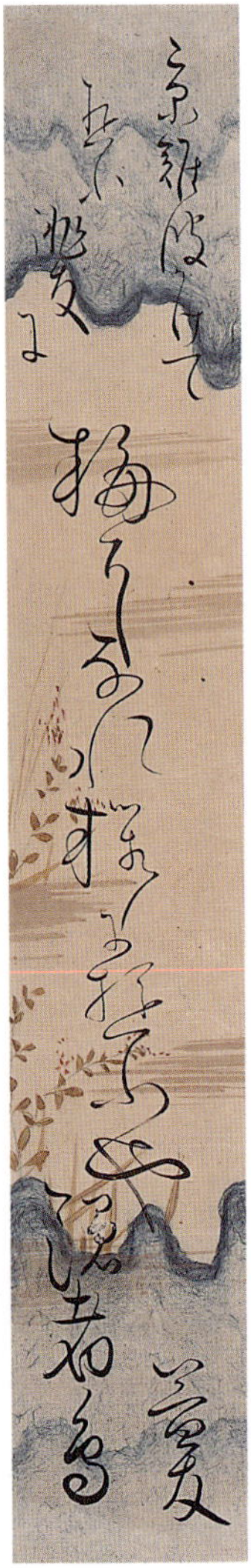

武村益友

京難波かけて

遊ふ誹友に

梅になれ桜に遊ふや隠者鳥　益友

# 目　次

# 第一部　徳元誹諧新攷

# 武将誹諧師徳元伝新攷

## 1．改稿「略伝と研究史」

【概要】　江戸初期の誹人。永禄二～正保四年八月廿八日（一五五九～一六四七）。美濃国岐阜（岐阜市）生。賜姓、豊臣氏。本名、斎藤元信。通称は斎之助・斎宮頭・又左衛門、別号、帆亭。父の元忠は通称を太郎左衛門・正印軒といい、岐阜城主織田秀信の代官である。徳元は天正末年ごろ、関白豊臣秀次に仕官、のち美濃墨俣城主となり秀信に仕えるが、慶長五年（一六〇〇）時に四十二歳の秋、関ケ原の前哨戦たる岐阜城攻防戦に敗れて加茂郡加治田村へ退き若狭国に亡命、京極忠高に小姓衆として仕官した。誹人徳元の後半生は『塵塚誹諧集』冒頭の「雪や先とけてみづのえねの今年」なる慶長十七年の歳旦句から始まる。寛永三年（一六二六）春、徳元は忠高に扈従して上京した。それは徳川秀忠・将軍家光の入洛に際して、その文事応接の係を勤めることにあったらしい。同五年は七十歳、六月、里村昌琢に誘われて有馬に遊び、日発句を成す。また、貞徳宅を訪れ前句付にも興じた。このころ、徳元は今出川の八条宮御所に出入りする衆の一人で、仮名草子『尤草紙』はその間に成立。同年冬、江戸に下るも翌六年冬、再東下。馬喰町二丁目にその後浅草に歿年の春まで定住。以後は昌琢門下として徳川秀忠を始め榊原忠次・脇坂安元ら幕閣と連歌の交流を深め、誹諧では高島玄札・石田未得ら草創期江戸誹壇の世界に長老として活躍した。十年（一六三三）十二月、自作を集大成した形の『塵塚誹諧集』が成る。そして十八年（八十三歳）正月、作法書『誹諧初学抄』刊。これは江戸版誹書の嚆矢である。晩年は丹後で八十九歳で歿したと言われている。辞世「例ならず心ち死ぬべく覚えて／末期にはしにたはごとを月夜哉／従五位下豊臣斎藤斎頭帆亭徳元（花押）」。墓所は天ノ橋立の智恩寺。法名は清岩院殿前端尹隣山徳元居士。徳元は昌琢門である。貞徳とは客分格。作風は『初学抄』で心の誹諧を説くが、作品には賦物が多く優婉なる趣を見せている。ほかに著作は『徳元独吟千句』（寛永五成）、『関東下向道記』（同五成）、『徳元俳諧鈔』（同七成か）、『於伊豆走湯誹諧』（一名『徳元千句』、同九成）などがある。徳元の賦物誹諧は、以後の江戸貞門誹諧における一風潮にもなり、未得の『謡誹諧』（寛永十二成）や玄札・白鷗両吟の『十種千句』（明暦三成）などにそれが見られた。くだって宝暦六年（一七五六）春刊行の、紫隠春来編『東風流』にも徳元を「関東中興俳祖」として顕彰している。

**年譜・全集**　笹野堅『斎藤徳元集』（古今書院、昭11）、安藤武彦『斎藤徳元研究』（和泉書院、平14）に所収。

**【研究史・展望】**　貞徳グループの誹諧が「微温的」と評するならば、徳元の誹諧は、むしろ犬筑波的で、「連歌いきにてかろがろと」（『毛吹草』）した寛闊なる誹風と見ることが出来ようか。斎藤徳元は少なくとも寛永六年十一月末の、京都寺町妙満寺で雪見の正式誹諧以前における、文禄から寛永十年代に至る武将誹諧師であろう。さて、昭和十一年に、笹野堅の本格的な『斎藤徳元集』が出刊、自筆本『塵塚誹諧集』が影印収録された意義は初期誹諧史研究上、計り知れない。その後は、野間光辰・森川昭・渡辺守邦・加藤定彦らによって伝記の空白部分が埋められ、作品の増補や註釈がなされた。とりわけ近年、棚町知彌の史料翻刻、「『末吉文書』にて〈模細工〉せる近世初期上方遊俳の横貌—道節・宗久・宗静の三人をめぐって—」（東大史料編纂所、平14・2）は、門外不出の末吉家の誹諧資料を悉皆調査したもので、徳元・道節の往復書簡の紹介、寛永七年、徳元の歳旦吟「春立やにほんめでたき門の松」に対する、道節の亜流句が当代江戸の誹壇に流行した様が知られる。

伝記研究の完成は、平成十四年七月に安藤武彦の著作『斎藤徳元研究』（1090頁）の出現であろう。総括と出自考・年譜考証・書誌と考説と—年譜風に—・徳元短冊鑑賞・その周辺・作品抄等を収録する。波乱に満ちた徳元の生涯を概観してみるとき、江戸貞門の長老という範疇にとどまらない。徳元は正保四年八月、江戸で病歿かという説（安藤）も浮上する。いったい東下後の徳元は謎に満ちている。歴史小説を書く立場から見れば、むしろその点にこそ魅力があろう。著作の跋文に記す「貴命」とか「君命」は誰なのか。作風は言語の曲芸を興がる賦物誹諧で、四季発句集「有馬在湯日発句」や『於伊豆走湯誹諧』の註釈を進めることが、かれの誹諧の特異性を究めることになるだろう。優婉とパロディ句の笑いにある。

**【参考文献】**加藤定彦「江戸貞門点取俳諧集」（『関東俳諧叢書』25、平15・7）、安藤武彦「架蔵徳元文学書誌解題」（『日本古書通信』864、平13・7）、同「粋の誹諧師斎藤徳元老」（『日本橋』294、平15・10）、同「前句付『そろはぬ物ぞよりあひにける』の作者考—徳川秀忠か、『塵塚誹諧集』下巻所収句—」（『近世初期文芸』20、平15・12、いずれも本書所収）

（平成十六・八・十五改稿）

## 2. 架蔵徳元文学書誌解題

私好みの、重厚なる著作、井上安代氏の『豊臣秀頼』（平4・4再版）の冒頭序文の末には、国史学の碩学井上光貞博士の一文が掲出されている。

いわく「あるテーマが面白いということは、人がもてはやすからではない。そのテーマには、じぶんの問題関心上、謎を解くための、無限の鍵が隠されていて、怪しい光を放っており、どうしても手放すわけにはいかないためである。私はその謎解きを〝手軽く〟やらないことにしている」と。

私の斎藤徳元研究も三十五年以上を経てしまったが、確かに依然として謎めく怪しい光を放ち続けているのだ。

徳元は、安土桃山の時代から三代将軍徳川家光の晩期に至るまで、いわゆる修羅場の如き歴史の大転換期に連歌師・誹諧師として遭遇する。従来の誹諧史家の間では、徳元の史的位置づけを単に江戸貞門誹壇における指導者とだけされるが、それは妥当な評価ではあるまい。

斎藤道三の外曾孫という彼の出自をはじめ、一族春日局との交流、里村昌琢連歌文化圏を通して八条宮智仁・智忠父子や近衛信尹、澤庵和尚など貴顕・僧侶との風交、あるいは榊原忠次ら幕閣との往来などなど、正保四年（一六四七）歿八十九年にわたる徳元の長い生涯は余りにも多彩である。十六世紀から十七世紀へ、カオス（混沌）の如き世相のなかで、したたかに洒脱に生きぬいた彼である。門人の浮木斎是珍は「翁ハ文武一巻ニ収メ」と総括の讃で締めくくった。

徳元は織豊政権下における、従五位下で賜姓豊臣の一ゼネラル（武将）だった。通称を新五郎・斎之助・斎宮頭・

伊豆と言い、慶長五年秋八月の岐阜城攻防戦に敗れるまでは、父正印軒元忠ともども岐阜中納言織田秀信に仕えた〝堂々日本史〟ならぬ〝堂々家老〟。

そして知行所は現在の岐阜県安八郡墨俣町で、徳元自身は、寛永六年（一六二九）十二月に江戸下りの折、同所に逗留して当時を述懐している（『関東下向道記』）。

前半生が戦国武将だった、その生き残りの一人である帆亭徳元は、歿後に画かれた総髪の肖像画を見る限り、だから武道の世界すなわち弓道や剣術の道にも堪能で、当然ながら刀剣に対する目利きもそなえていたらしい。

参考までに徳元の曾孫斎藤定易（延享元年＝一七四四＝八月歿）は大坪本流馬術の始祖・指南家として著名である。

さて、同六年二月九日付、八条宮家家司生嶋玄蕃宛、徳元第四書簡のなかに、

……江戸よりは何もえもたせ不／申候此二色みの物（※美濃物）にて御座候／兼里が大小刀に干大根三十本／進上仕候……

と記すくだりがそれ。病篤き智仁親王への献上物として、美濃関の小刀鍛冶や兼里作の華麗なる拵、慶長新刀の大小刀を病魔退散祈願のために贈っている。

## 徳元伝記新素描

架蔵本に、「宝暦三年酉三月吉日」の年記を有する、一写本『岐阜攻城軍記』がある。半写一冊、識語「于時寛政十年午四月十一日書之／小出良金印印」とある。それは、『濃陽諸士伝記』などと比較して、けっして良質なる史料とは言い難いが、著者にとっては愛着の写本であった。殊に、

斎藤伊豆長良川を渡り夫より入道致シ江戸迄罷越誹諧の師を致し朝暮送り候由也

と記される、斎藤伊豆こと斎宮頭徳元の修羅場否プロフィールには心ひかれるものがあろう。先年、私は信憑性ある

二幅の徳元画像を紹介したことがあった。一は、薙髪法体の自賛寿像（正保三年中秋画カ、『連歌俳諧研究』第39号所載）であり、二は、総髪武人像（歿後、慶安二年秋画カ、『日本古書通信』第832号所載、共に拙著『斎藤徳元研究』上―口絵に収録）であった。いずれも共通するイメージとしては、洒脱で若やいで見えハンサムである。そんな品のよさが感じられる徳元画像から、彼が実は、過ぎにし四十二歳の秋に岐阜城攻防戦に敗亡、長良川を渡河、遠く若狭国へと亡命する若き日の痛みを秘め続けてきた、とは思えないくらい艶やかさが見られよう。桃山時代から江戸初頭に至る歴史の転換期にしなやかに生きぬいた徳元の人と文学にこそ、だから研究者にとっては魅力的なのである。

徳元の　秘めし春愁　想うかな

例えば名刺で想定してみる斎藤徳元の肩書きとは、武将・医師・仮名草子作者・連歌師・誹諧師・狂歌師ということになるが、蓋し晩年になって徳元老は、「従五位下、賜姓豊臣の武将誹人也」と心に秘めていたらしい。徳元は永禄二年（一五五九）、美濃岐阜に生まれた。父の正印軒元忠は織田信忠に仕えて、三法師秀信の守役をつとめた。本能寺の変では、「是に於て正印、秀信公を抱き其乱場を遁出て江州大溝に潜居」（「斎藤宗有先祖書」斎藤達也氏蔵、同拙著収録）したのが実説で、いくばくもなく、三法師を懐に正印軒は昵懇の前田徳善院玄以の許へたよったらしい。参考までに、久留米市、篠山神社文庫蔵『御家中略系譜』所収、「斎藤系譜」によれば、

秀吉公、秀信卿江濃州岐阜を賜う。時に正印五千石、秀吉公より百十三石を賜い、かつ江州一万石の代官を命ぜられ、仕置衆（※行政官）を相加え、濃州洲股に在住す。

とある。長男の徳元は天正末年頃に、伯父（※正印軒ノ兄）斎藤権右衛門の縁故で関白豊臣秀次に仕官するが、間もなく秀吉の「御馬廻組」にも加えられて文禄の役に出陣したのである（『太閤記』）。恐らく、この頃に、「豊臣」の姓を賜わったのであろう。同じ頃か、近衛三藐院批点（※慶長十九年十一月歿、五十歳）「鮎なますあいより青き蓼酢哉」

を発句とする独吟魚鳥誹諧百韻一巻が成立する。文禄末、徳元は岐阜中納言織田秀信に仕官、父正印軒の跡目を嗣いで墨俣城主兼ねて町奉行となった。屋敷は岐阜城に近い西材木町。彼は後年になって、狂歌版の道の記である、『関東下向道記』のなかで、

　墨股此所は古へそれがし知るよしの里なりければとり〴〵馳走して唐網（たうあみ）打たせ名物の鯉を取る云々

と、往年の「城主」時代を回想している。文中、「知るよしの里」とは、知行所の意味である。やがて前述の、慶長五年八月廿二・廿三日の両日にわたる関ケ原前哨戦に巻き込まれてしまうのだった。そして敗亡。

慶長十七壬子（みづのえね）年（一六一二）の新春、徳元は正月元日を「若狭国に年へて住ける間」（『塵塚誹諧集』上）と、小浜城下で迎えている。すでに五十四歳、いわゆる「人間五十年、下天（げてん）の内をくらぶれば、」を過ぎてはいた。歳旦吟は、

　雪や先とけてみづのえねの今年　　徳元

それは、前述の伯父斎藤権右衛門の長男で従兄弟の勝左衛門と次男祖兵衛の兄弟がともに若狭京極藩士になっていた縁で、京極若狭守忠高に文事応接担当の小姓衆として仕官したのであろう。因みに主君忠高も亦、文筆・書道好きだった（拙稿「新出・京極忠高の書簡を読む、など」、同拙著収録）。禄高は二百石。

　さて、如上の若狭居住時代から、徳元の後半生が始まったのである。前掲書の一写本『岐阜攻城軍記』にしるす、「誹諧の師を致し朝暮送り候由」なる日常が展開された。寛永二年は六十七歳、春の一日、ある古典好きな人物が天福本伊勢物語を携えて城内竹原（たわら）の徳元亭を訪ねる。

　ある人天福の本とて伊勢物語をもて来てひろめかし侍りける時に

　　てんふくの春やいたちの物かたり　　（『塵塚誹諧集』上）

天福年間ならぬ貂（てん）ぷく――鼬（いたち）の物語、とかろやかにパロディにしてしまう。すでにして、ここ若狭小浜城下においても文学者徳元の教養は一目置かれていたようだ。同じ頃に、旧主織田秀信の墓所詣でに、「高野道の記」の誹文も物

している。以下の事柄は、「書誌解題」の章にゆずりたい。

寛永三年春、徳元は主君忠高に扈従して上京した。同五年六月、里村昌琢に誘われて有馬に遊び、日発句を成す。また、松永貞徳宅を訪れて前句付にも興じた。この頃、徳元は昌琢門下の資格で今出川の八条宮御所に出入りする衆の一人で、仮名草子『尤草紙（もっとものそうし）』はその間に成立。五年冬、江戸に下るも翌六年中春に、急ぎ帰京する。それは八条宮智仁親王の不例を仄聞してのことであったろう。六年冬、再東下。馬喰町二丁目の居宅に、その後、浅草の地に歿年の春まで定住したらしい。因みに徳元の交友録を仮に作成してみるならば、まず別格としては徳元宛酒樽を贈った一族の春日局を始め里村昌琢一門、八条宮家・近衛三藐院・三条西実条（さねえだ）・沢庵宗彭ら。次いで、織田豊臣系に、織田信雄・脇坂安元・山岡景以ら。晩年の周囲では岡部長盛・松平忠利・小笠原忠真・榊原忠次ら幕閣のスタッフが認められよう。正保四年（一六四七）八月廿八日、徳元は江戸浅草の自宅で病歿したか。八十九歳だった。天ノ橋立智恩寺に現存する墓碑は恐らく供養碑であろうと推考したい。法名は、清岩院殿前端尹隣山徳元居士。なお、元禄七年刊行の弄松閣只丸（しがん）編『丹後鰤（たんごぶり）』を繙くと、

吟風指してあれこそ斎藤杋（ママ）帆亭徳元の墓なりと語れる、さはかりの先達むさしより出てこの地に物しられたるよ、
人の世はいつくと定め難し、……

とある。更に、ぐっとくだって昭和五年十一月に下関の病院長だった俳人西尾其桃が、徳元墓碑を詣でて、「風流武人」と顕彰している（「天橋と大江山」）。

## 徳元自筆、夏句等懐紙

本懐紙は、かつて久曾神昇博士御秘蔵のものであった。因みに徳元の懐紙は稀有である。原紙部分天地三二糎、横四三・五糎。極札「斎藤徳元［山琴］」。極札が懐紙右上に貼附。久曾神先生いわく「琴山」印は初代との由。参考までに

開祖古筆了佐は寛文二年正月廿八日歿、九十一歳。料紙は懐紙大の楮紙で、マクリである。

徳元

夕暮の雨やさいはひほとゝぎす（初夏）
声ハして行駒みえぬ夏野哉
雪おれに若竹（中夏）なびく軒ば哉
窓に涼し（末夏）夕山風や夕月夜
一本になを色しるきさゆり（中夏）哉

（一行アキ）

卯の花（初夏）やただ北窓の夜半の月
ふしだつハ浅沢水の早苗（中夏）哉
五月雨ハわれハがほなる蛍（中夏）哉
つきせぬハことばの海の泉（末夏）哉
郭公（初夏）名のらばふじの高ね哉

夏されバふじのミたけにあま人の
しらがさねほす雲と見るらん

すべて連歌発句十句、未だ知られざる佳句ばかりである。末尾に和歌一首がある。季語は、『毛吹草』連歌四季之詞によった。

発句はすべて夏の句ばかりであるが、ただしその配列は順序不同で、思いつくままにのびやかに書き記している。第五句めと第六句めとの間の〝一行アキ〟から、あるいは手控え程度の句稿の一部かとも推察せられるが、今はただ

「夏句等懐紙」ということにとどめておこう。成立年代は寛永八年以前に成りしものか。

　のびやかに　書きたる徳元　春真昼

　花曇り　徳元自筆の　おおらかさ

**自筆本『徳元俳諧鈔』**

昭和四十三年十月十一日午前十一時卅分、神田神保町の古書肆一誠堂書店よりかねて依頼しける徳元句集の一写本が郵送し来たる。見れば、本書は笹野堅先生の名著『斎藤徳元集』に全文翻刻・収録せられたる、前島春三氏旧蔵の『徳元俳諧鈔』と仮に名づけられた自筆本そのものだったのだ。

寛永七年以後成か。横本の写本一冊。縦一六・九糎、横二三・七糎。表紙、表裏とも渋表紙にして袋綴（ただし後補）。題簽・内題ともに欠く。最初の一丁（本来の白紙表紙）表に、「此主斎藤貞六正勝（花押）」と。裏に後人による筆にて、「斎藤徳元自筆の俳書／初め参枚第拾壱枚第拾五枚第二十枚落丁」。よって本書は、巻頭より数丁脱落。丁数は、廿七丁（うち最初一丁は本来の白紙表紙、本文廿六丁）。本文は、概ね十一行。

奥書（自奥）

　年来したしくちなミ侍りける中に去やことなき御方より愚作の誹諧一覧あるへき旨しきりにのたまひ」ォける

を斟酌なからいなひかたくてとり〳〵書記し侍りぬ先一年東へ罷下し道中の発句狂歌其より以来の句とも幷付合

等色々又十品のはいかい面八句のこれかれとりあつめて此一冊となしてつかハし侍るなり外見あらハその嘲哢を

まねくものか」ゥ

内容は、寛永五年（六年とも）の冬、江戸へ下りける折の道中句日記（但し本書は初めを欠き、垂井の宿から始まる）を巻初に、次いで江戸到着後の春・夏・秋・冬の発句、付合次第不同として独吟千句・千句のうちより抜抄せしもの、春・夏・秋・冬・恋・雑に分類せし付句、公家名誹諧・謡名之誹諧・魚鳥之誹諧・草木・薬種・茶湯・虫獣・源氏・神仏・名所等百韻の各面（おもて）八句のみを記した句集である。かくて自筆本『徳元俳諧鈔』横写本一冊は、多治見の陶玄亭文庫に納まったのである。

その後、赤木文庫主横山重先生より、本書の本文第一枚目表の右下方に捺印されたる蔵書印「松叜」（ショウコウ、叜は更の本字）と正方形子持郭の朱印が、明らかに故前島春三氏蔵書印なることを御教示賜った。

野間光辰先生からも過分なる御祝詞を賜う。

「前島春三旧蔵徳元誹諧抄御入手の由　御手紙を拝見してその偶然なるが如くにして実は偶然に非ざることを思ふ　これ全く貴君の研究に対する執着のあらはれなるべし　一事を追求して深く到る、肝要なること如是……」

（原文ノママ）

さて、あれから、もう卅三年が過ぎた。

（平成十三・四・廿二稿）

## 3．粋の誹諧師斎藤徳元老

江戸開府四百年に当たって、それに因んで言えば、武将誹諧師斎藤徳元の場合にも、こういう出来事を思い出した。曾孫の馬術指南家斎藤定易（さだやす）が幕府宛に差し出した「馬術由緒書」（宝永六年四月十二日附）のなかで、「一、私祖父斎藤斎宮頭徳元と申し候者は、権現（家康）様、台徳院（秀忠）様の御為に遊ばされ候者にて御座候事。」と書き付けているからである。

ふり返ってみると、ことしのお正月は徳元の「霜の日本橋」句で、新年が明けたようである。それは、朝日新聞、平成十五年一月四日付け朝刊で、大岡信さんが「折々のうた」で取り上げておられることを、畏友の深澤秋男氏からファックスで知ったことだった。うれしかった。左に抄出する。

唐人（からびと）も渡るや霜の日本橋　　斎藤　徳元

『塵塚誹諧集（ちりづかはいかいしゅう）』所収。日本橋が創架されたのは慶長八（一六〇三）年だったという。関ケ原の戦いの僅か三年後。（中略）右の作者は、関ケ原で敗れた武将で、その後俳諧師になった人。これは橋建設から二、三十年後の句である。

図1　（画・佐伯安淡）

武将誹諧師、豊臣賜姓斎藤徳元老がそれまでの若狭小浜ならびに京都在住から、江戸日本橋の馬喰町二丁目の宅に移住したのは寛永六年（一六二九）も暮れ近き冬の頃だった。時に、もう七十一歳になっていた。

いったい徳元は、なにゆえに江戸定住を決意するに至ったのであろうか。住みづらくなった京都で何があったのか。いま失意の原因となるものを二、三挙げてみたい。　○支柱の如く敬愛した八条宮智仁親王の薨去。　○一族の春日局の上洛にもかかわらず後水尾帝の突如の譲位。　○幕府への仕官運動とその見通し。などなど、ということか。

入道姿の徳元は過ぎ来し方を回顧する。関ケ原前哨戦としての岐阜城攻防戦は、慶長五年八月廿二日に始まった。翌廿三日午刻に岐阜城は落城。その寸前に、芸能好きな青年主君織田秀信の町奉行職を勤めていた、斎宮頭徳元は女装姿に変装して下山し、長良川を渡って遠く若狭国小浜城主京極忠高をたよったのである。負の四十二歳、亡命の中秋の候であった。若狭在住時代の句作に、

女子竹に生へてかゝるやをとこ草

なる発句を詠んでいる。「生へる」とは、陰茎が勃起するさま、を言うか。ハンサムな彼の肉体はとても艶々しい。寛永九年十一月成、『徳元千句』（『於伊豆走湯誹諧』トモ）所収、第七「草木之誹諧」の付合中にも、

（初ウ3）あらけなきむこの山風梅ちりて　木
（〃4）きや布をもよめがはぎまくられて　草
（〃5）べちくとへちまがれつゝ新枕　同
（〃6）もまれぬる身のあせはたらく　木

とある。臨場感ある、新婚夫婦の閨房のさま。近代では斎藤茂吉の永井ふさ子へ寄せるラブレターにも散見せらるるか。

寛永三年春、徳元は在京都。懐旧の柳の馬場を再訪する。その折、ふと眼にした光景に、

　花よめや柳のばゞの孫むすめ

と。因みに柳の馬場は天正十七年五月、徳元が時に卅一歳のころに遊廓となった。現在は存在しない。柳に馬場は縁語。「馬場」は又、婆。未だ遊廓が存在していた時分、〝柳の婆〟は二十歳代であったろうか。対するに若き日の徳元の甘酸っぱい好色ぶりが想像せられよう。すでに六十八歳の春だった。徳元は卅数年ぶりにいまは傾城町の面影すらない柳馬場通を再訪した。と折しもそこに可愛らしき花嫁姿が眼にとまる。花嫁御は昔、艶聞を流したあの柳の婆、彼女の孫（馬子）娘であったのか。

　それから三十年後の寛永七年新春を、徳元はここ日本橋馬喰町二丁目の宅で迎えることとなった。その折の心境は大いに晴れやかな気分であったろう。西軍の残党くずれで、長い間負い目の人生をひそやかに生きぬいてきた彼は、賀句を書初に、

　試筆　春たつ（※立つ・建つ）やにほん（※二本・日本）目出度門の松

因みに右「春たつや」の歳旦吟をもって、江戸の誹壇からは徳元を「つひに一世の作者と称せらる」（『俳家奇人談』上）という評価を得て、江戸五俳哲の筆頭に位置づけられるに至ったことである。門人の末吉道節も、右の亜流なる等類句を数句制作しているほどである。

　ところで、斎藤徳元の誹風とは、京都の松永貞徳たちの貞門グループとは別種の里村昌琢（※幕府の連歌師）門、おおらかで、「連歌いきにてかろがろと」（『毛吹草』）した、天衣無縫のエロティシズムが散見せられよう。例

図2　（画・佐伯安淡）

えば墨で抹消されている作句には、

　ほりくじるは実（さね）も毛のあるところ哉

　汁の中へ入るゝばかり（※雁─男根）の毛股（もゝ）かな

などは、卑猥さを憚ったがゆえであろうか。とすれば、収録の家集『塵塚誹諧集』は、親交の春日御局（かすがのつぼね）が如き「あるやごとなき」婦人に宛てて献上したものか。されども徳元は、やはり、オランダの黒船が来港する、という寛永初頭の世相にも敏感に関心を寄せていた誹諧師で、

　でえうすは今やよろこぶ神無月

　でえうすは神と仏のわかれかな

と二句、詠んでいる。

　さて、馬喰町二丁目における徳元所持の家は、二階建て、かつ中（ちゅう）二階には座敷もある、洒落た構えの造りであったらしい。詞書に「寛永十九年八月十五日／中二階座敷にて」と記して、

（発句）月見せむ今宵三五夜中（ちゅう）二階　玄札

　千里の風の吹虫籠（むしこ）窓　徳元

と、彼は脇句を付けている。晩年、この徳元亭のもとへ、京都・大文字屋の松江重頼が訪問した。正保二年五月雨の降りしきるころであったらしく、折柄、徳元亭からは米寿に近い老齢にもかかわらず、艶めく「声ふし」が聞こえてき、重頼はこの江戸誹壇の長老に敬意を表しながら挨拶句を送ったのだった。

　声ふしに心おくての田歌かな

　あやかれや百日紅（ひゃくじっこう）を木々の花

田植え歌をうたう声も通り節回しが心奥手で、つまり遅咲きのようなれども、出来栄えはお見事。因みに徳元は謡（うたい）も

堪能で昔、岐阜城に出仕していた頃には、お坊っちゃん殿様織田秀信に対して応永の写本宴曲・真曲抄を指南していたのであろう。次句「百日紅」とは猿滑（さるすべり）のことで、徳元老への敬意を比喩するか。夏から秋にかけて紅色の六弁花をつける。そして歿年の正保四年、三月六日には幕閣の重臣で群馬・館林藩十一万石の太守、榊原考功忠次も訪ねてきて「柳樽」百韻を詠んだ。

（発句）書見るも柳桜は二字木哉　　　忠次
（脇）　几帳（きちょう）をまくる春の窓際（まどぎわ）　　　徳元

（平成十五・七・十三稿）

# 徳元誹諧鑑賞プロローグ

徳元をめぐる主従・師承・親子関係図

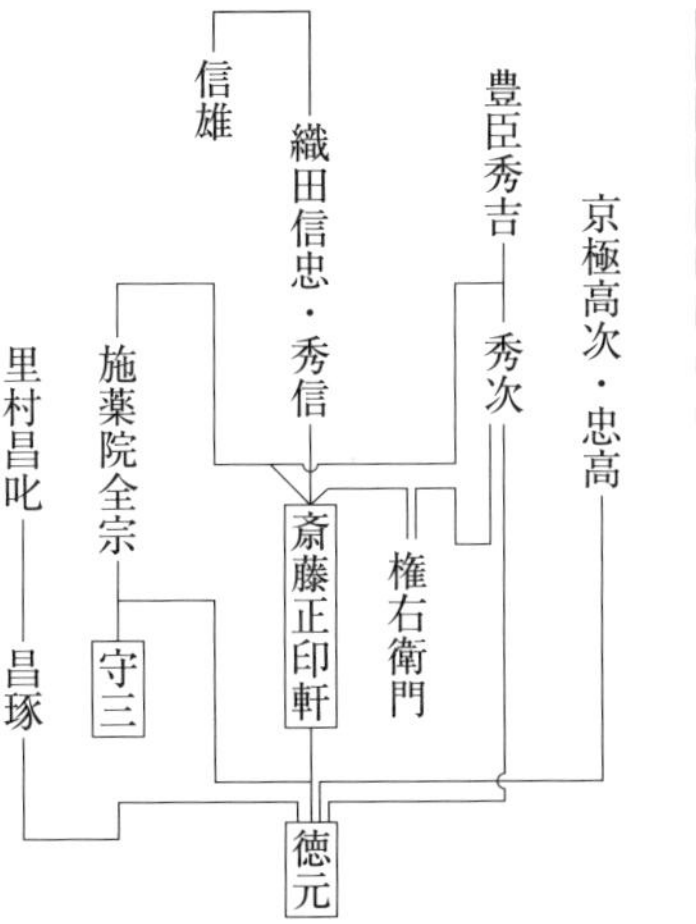


薩摩より凱旋して、筑前国箱崎宮に御陣の豊臣秀吉、床には千利休好みの野草ネコジャラシを活けて（後述）、「夜ホノボノ明方」なる茶会を催したことは、まことにシンプルで貞門誹諧的な雰囲気であったろう。博多の豪商・神屋宗湛が記す『宗湛日記』天正十五年六月十九日早暁、箱崎御陣所にての条にはヴィヴィッドに詳述される。

一関白様ニ　御会亊　　宗湛　宗室両人
御数奇屋三畳敷、ヱンナシ、二枚障子ニ上ニアケマト（上げ窓）、六尺ノヲシ（押）板有、此路地（露）ノ入（いり）ハ、外ニク（潜り）リヲハイ入テ、トヒ（飛）石アリ、箱松ノ下ニ手水鉢有、木ヲクリタル也、古シテコケ（苔）ムス、ヒシヤクハ上ニフセテ、此箱松ノ下マワリテ、数奇屋ノ前ニ古竹ニテ腰垣アリ、ソコニス（簀）戸ノハネキト（撥木戸）有、夜ホノ〳〵明方ニ、ハコ松ヲ通リ、ハネ戸マテ参候ヘバ、内ヨリ関白様シヤウシ（障子）御アケナサレテ、ハイレヤト御コエタカ（声高）ニ（二）也御定（諚）候也、イマダクラ（暗）クシテ、座敷ノ内モ不見分、サテ上座ノヲシ板ニハ文字懸テ、ソノ前ニ桃尻ニヱノコ草（狗尾）ヲ生テ、薄板ニスワル、風炉、御釜セメヒホ、手水ノ間ニ水指イモカシラ、サソロテ、内ヨリ被成　御出テ、茶ヲノマウカト御定（諚）候テ、シキ肩衝ヲ四方盆ニスヘ、井戸茶碗ニ御道具入テ、水覆カメノフタヽ引切ニテ御手前也、御茶タテラレテ後ニ、此肩ツキヲ御手ニモタセラレテ、両人ノモノヲ御ソバニ被召奇（寄）、是ヲ見ヨ、此薬有ユヱニ、シギ（鴫）ト云ソト御諚候也、

推測ではあるが、右の雅景は、太閤馬廻組の武将豊臣徳元も彼みずから、「山岡景以追善之誹諧独吟」の前書に、「予も又そのかみ聚楽伏見にいまそかりし時より御よしみ深く云々」と記すが如く、山岡景佐（かげすけ）・甥の景以らとの風交を介して仄聞したことであろう。後年、回想の付合が詠まれている。

□『於伊豆走湯誹諧』

（オ7）　茶湯之誹諧　第十　付合

腰かけの円座(1)をめぐる秋の風

（〃8）　しはしそこぬるなら柴(2)(肩付)のかき

（1）円座（えんざ）―茶の湯で、露地の腰掛けに座布団代わりに置く敷物。真菰（まこも）や竹の皮などで円形に作る。

（2）肩衝（かたつき）―肩の部分が角ばっている茶入れ。肩衝茶入れ。

肩衝（かたつき）茶入れの銘品「なら柴（楢柴）」は、『松屋名物集』（『茶道古典全集』第十二巻所収）によれば、もとは村井長門守貞勝蔵。伊日宗伯・東蔵主らを経て、博多の豪商神屋（紙屋）寿貞の所蔵となった。やがて神屋宗湛（寛永十二年十月廿八日歿、八十五歳）から「楢柴　関白公へ上ル、」とあって、豊臣秀吉の所有に帰したらしい。因みに、宗湛は石田三成系であった。その後の伝来は、左の通り。

○太閤秀吉公

円座　秀頼公へ、／「茶入」
楢柴　高二寸九分、横二寸五分、／口高五分、「同」（茶入）
○家康公　元和二年辰四月十七日、／於駿州御他界、
　楢柴
○秀忠公　左大臣、／寛永九年正月二十四日　御他界、
　楢柴
○家光公　右大臣
　一ノ御長持　楢柴
とある。

それもその筈、徳元の弟で久留米・有馬藩医の斎藤守三（施薬院全宗ノ門人）が五男、同じく臼杵（うすき）・稲葉藩医の斎藤宗有が記す**写本『斎藤宗有先祖書』**（元禄十四年以前成、斎藤達也氏所蔵文書。拙著『斎藤徳元研究』1018頁以降に影印）に書き留めた記述が、その辺の動静をいくぶんか説き明かしてくれる。新見かつ信憑性も有之。宗有は、長兵衛利澄と言い、始めは八十郎、元禄十五年八月歿。徳元の甥に当たるのである。

**斎藤正印ノ条**
　新兵衛次男也　俗名ハ太郎左衛門ト云　同嫡子権右衛門ハ関白秀次卿ノ士也。卿ノ亡後権右衛門子孫散テ諸侯ノ臣トナル　ソノ後裔アルイハ京極備中守殿家ニアリ　讃州丸亀ニ住ス　アルイハ松平安芸守殿家ニアリ　広嶋ニ住ス

正印　織田城之介信忠卿ニツカヘ　御嫡子秀信公ノ傅（フ）トナル　明智日向守俄ニ叛テ忽チ京都ニ於テ信長卿・信忠卿トヲ弑ス　時ニ秀信公幼弱也　是ニ於テ正印秀信公ヲ抱キ　ソノ乱場ヲ遁出テ江州大溝ニ潜居ス　羽柴秀吉卿コレヲ聞テ秀信公ニ地五万石ヲ与ヘ　正印ニハ禄百十三石ヲ賜フ　ソノ後ニ秀吉卿天下ヲ有シ玉フニ及テ　秀信公ヲ濃州岐阜ニ移シ地二十五万石ヲ与ヘ官位ヲ□□（虫虫）岐阜中納言ト号　コノ時秀信公正印ニ禄五千石ヲ賜ヒ家老ノ列位ニ加ヘ濃州洲股城ニ居ヲ使ム　秀吉卿亦正印ニ命ジテ一万石ノ御代官ヲ主ヲ使ム

関ケ原之乱ニ秀信公モ石田（虫）治部少輔ニ誘引セラレ　家康公ヲ敵ニシ東方ノ軍ト戦ヒ大ニ敗亡シ秀信公高野ニ入ル　久シカラズシテ病ヲ以テ薨シ玉フ　コレニ依テ正印洛外ニ蟄居シ　世ヲ恐テ洛中ノ己ガ宅ニ入ラズ　時ニ京都ノ所司代徳善院旧友ノ好（ヨシ）ミヲ以テ厚ク懇愛ヲ加ヘ旦京ノ宅ニ居ル事ヲ得セシム　コノ宅ハモト秀信公在京ノ時休宿ノ所ナルヲ秀信公曾テ正印ニ賜フ也　正印此宅ニ移リ居リ　安住シテ病死ス

コノ宅正印二男守三ニ与フ　守三嫡子嫡孫伝テコレヲ有ツ　今久留米庄左衛門コレヲ持ツ、此宅ハ物甚広キヲ正印ノ代ニ分ケテ人ニ与ヘソノ後亦減少シ今残ル所　表十壱間入貳十貳間也　二条上ル町釜ノ座ノ突抜ケ通リ丹後屋町ニ在ル也　太閤秀吉公正印ニ賜ヘル禄地百十三石ノ折紙一通御朱印一通并羽柴久太郎殿状　丹羽五郎左衛門殿状　浅野弥兵衛殿書付等守三方ニ蔵（ヲサメ）置キ今宗有コレヲ持ツ　右ノ外ニモ　秀吉卿正印ニ賜ル御朱印ト折紙ハ正印嫡子斎藤斎宮助所在□（虫）災ニ焼失ノ由　正印ハ宗有祖父也

## 斎藤斎宮助（※徳元）ノ条

……嫡子斎宮助ハ正印ノ家督ヲ継ギ禄五千石ヲ領ス　亦洲股ニ居　秀吉卿参内ノ時斎宮助ソノ太刀ヲ持ツ　故ニ諸大夫ニ□（虫）　関ケ原ノ乱ニ黄門公敗亡シ病死シ玉フテ　斎宮助剃髪　徳元ト号ス　後若州太守宰相公ノ家ニ到リ客礼ヲ以テコレニ待（タイ）シ元来弐百石ヲ賜フ　宰相公薨シ家門減少ニ成リ群臣多出散ス　徳元亦彼家ヲ出ツ　時ニ黒田筑前守殿ニ招カレテ行キ礼遇俸米若州ニ在ル時ノ如シ　後筑前守殿家ヲ出　又小笠原右近太夫殿ニ招カレテ

行キ□[虫]例前ノ如シ　徳元年老ヒ世務ニ倦ミ暇ヲ乞ヒ退レ去リ　京極丹後守殿家中徳元嫡子斎藤九兵衛所ニ行テ安居シ孝養ヲ得　寿ヲ以テ死ス

## 徳元誹諧鑑賞は

私の徳元誹諧鑑賞は、如上に於てその前書きにある。松江重頼が自費出版に成れる、大本五冊の誹書『犬子集(えのこしゅう)』(寛永十刊)なる書名は始め先生の松永貞徳から「犬子草(えのこぐさ)」と名付けられたらしい。その由来は『犬筑波』の子方になぞらえての意味であった。が、それだけではあるまい。それは太閤秀吉も好んだ如く、日本古来からの野草「犬子草・えのころぐさ・ねこじゃらし」とも呼称される、たくましく、したたかなイメージが加味されてのことではなかったか。夏の終わりごろから秋いっぱいにかけて新開地などの空き地を散策していると、至るところに「えのころ草」が群生、太い緑色の穂が折柄の秋風に靡いている様をよく目にする。帰化植物たる〝メリケン草〟が一本も見当たらない点が、私にはなぜか誇らしげに見えてくる。

## 徳元句に詠める犬たで・ゐのこ草

□「有馬在湯日発句」

八月大

一日　犬たでやほへ出るそばのゐのこ草

犬蓼(いぬたで)(図3参照)

タデ科の一年草。道端などに自生。高さ20〜40センチ。茎は紅紫色を帯びる。葉は細長い楕円形で両端がとがり、緑や裏の脈上に毛がある。夏から秋に、紅紫色の小花を穂状につける。あかのまま。あかのまんま。あかまんま。

季　花＝秋。　（『大辞泉』178頁）

狗尾草（えのころぐさ）（図4参照）

イネ科の一年生草。路傍や空き地の至る所にみられ、高さ40〜70センチ。葉は細長く、先がとがる。夏、茎の頂に円柱状の太い緑色の穂を一本出し、子犬の尾に似る。ねこじゃらし。季　秋。　（『大辞泉』298頁）

図3　犬蓼

図4　狗尾草

季語は『毛吹草』巻第二・誹諧四季之詞に、「七月／えのこ草」とある。蓋し、同書には例句が認められない。わずかに『犬子集』巻第四・秋草の条には、

ほえ出て人もくはぬや犬子草（ゑのこぐさ）　（作者名なし）

犬蓼（いぬたで）のほえかゝるをも摘手（つむで）哉　重頼

の例句が収録。ただし二句共に前掲の、徳元句からの影響を受けているように見受けられる。平成十六年九月廿五日(土)夕方、晴れ。枚方市郊外、自宅附近の府立山田池公園に向かう宅地造成地周辺に、犬蓼の花をカメラに収めるべく探索しているうちに、ふと気がついたことがあった。それは、「犬子草（狗尾草）」の群生にまじってきまって一、二本程度、犬蓼を散見するからだ。すれば、「犬蓼や吠え出る（穂へ出る）そばの」と詠んだ徳元句は、パロディ旁々、正確なる写生句であって、「こなたかなたにてつかふまつりし」実景句ではなかったか、と思われる。

とかく日本人の感性ほど「古稀」のよわいを過ぎると、なぜか物事を観る眼が感傷的になってくるようだ。永井荷風は、「日本の風土気候は人をして早く老いさせる不思議な力を持つてゐる」（昭7。岩波文庫版『荷風随筆集』下―202頁）と述べている。『濹東綺譚』の最終章は、一篇の詩で脱稿される。「宿かる夢も／結ぶにひまなき晩秋（おそあき）の／たそがれ迫る庭の隅。／君とわかれしわが身ひとり、／倒れ死すべき鶏頭の一茎と／ならびて立てる心はいかに。」と。因みに、この「葉鶏頭の詩」は、正岡子規に『小園の記』（明31・10作）なる、小品有之。その『小園の記』の後半部からの影響、あるいはイメージを受けしか。又、斎藤茂吉は、「草つたふ朝の蛍よみじかゝる／我のいのちを死なしむなゆめ」と作歌する。わが父敏郎母濱子も正に激動の敗戦後を関東州大連市引揚げなど駆け足で人生を去っていった銀行員夫婦であるが、晩年の五十代・六十代前半でもう老心になっていたようだ。

識者は「ベル・エポックの詩人」と評する。「ベル・エポック」とは、「美しき、古き良き時代。もとは、十九世紀

末から第一次世界大戦までのパリの平和で爛熟した時代をいう。」由。寛永時代の武将誹諧師斎藤徳元も、天下分け目の関ヶ原合戦以前は、豊臣秀吉の太刀持ちをつとめた、「従五位下豊臣賜姓」斎藤斎宮頭徳元であった。その徳元老も、寛永十年の歳末になって、家集たる『塵塚誹諧集』上下二冊を年代順に自撰するに至るのである。その際、彼は序文の末に、「年の一（ひとつ）も若かりし時、こなたかなたにてつかふまつりし数句を、心のすさみばかりにかきあつめて、ちりづかとこれを名付侍るになん。」と、収録の方針を書きつける。ときに七十五歳も暮れようとしていた。

総体的に見て、徳元の発句作品には㈠実際に「年のひとつも若かりし時、こなたかなたにてつかふまつりし数句」、――つまり行吟せし句作が多い。

**例句鑑賞**

□東美濃・釜戸宿（現、岐阜県瑞浪市釜戸町）の旗本馬場氏の覚書『馬場氏ノ覚』（大写。瑞浪市加藤作之氏蔵の複写による）寛永三年の条に、

一　将軍家光公　寛永三年寅九月六日行幸　同十日還御　此年ハ四／月より八月迄大旱　井水渇

斎藤月岑著『武江年表』寛永三年の条にも、「四月より八月迄諸国旱魃（かんばつ）」とある。対するに、徳元句の詞書と発句は左の通り。

（寛永三暦のころ）……水無月廿日のころ、江戸より御上洛とて、世中ゆすりてあふぎ奉る。いかめしき御ひかりを拝み奉りて

日のもとのあるじやあつき京上り

㈡は、いわゆる「日発句」や「賦物誹諧」、連句に詠み込まれたる付合には、前述の「ベル・エポックの詩人荷風」

ではないけれども、往時茫々たる前半生の動静が「回想」の形式で詠まれる場合がある。こういう手法には、例えば西鶴連句、とくに『大矢数』にも見られよう。(ロ)の場合も、その一齣々々の回想が、年代順ではなくして、思い出すままに、取り留めのない話題として浮上する。むしろ徳元誹諧のユニークさとは、だから回想の付合にあるだろう。

**例句鑑賞**

□『於伊豆走湯誹諧』（寛永九・十一成）

　名所之誹諧　第一

（発句）あたゝかに石はしり湯や伊豆の山　　伊豆

『金槐和歌集』巻下、雑部

　箱根路をわが越えくれば伊豆の海や沖の小島に波の寄るみゆ

　　走湯山参詣の時

　渡津海(わたつみ)の中に向ひていづる湯のいづのお山とうべもいひけり

　伊豆の国や山の南に出づる湯のはやきは神の験(しるし)なりけり

（斎藤茂吉校訂。岩波文庫版）

発句「あたゝかに」は、源実朝詠、万葉調の本歌取りである。馬を駆って徳元は三江紹益ら同好の士と熱海へ遊んだ。走湯山なる伊豆の山をうち出づると、そこは伊豆山権現のふもと走り湯の温泉である。

徳元は丁子風呂・竈風呂・空風呂・石風呂・奈良の土風呂(どぶろ)など風呂好きで、温泉好き（※有馬・熱海）でもあったらしい。『塵塚誹諧集』の下巻には、徳川秀忠の前句「そろはぬ物ぞよりあひにける」に付句（在江戸）は、

　銭湯はとめぶろならぬ入(いれ)こみに

と詠んでおり、彼は銭湯へも通ったことであろう。句中の「留風呂（とめぶろ）」とは、自分だけが風呂に入るために、他人が入るのをさしとめる意（岩波・古語補訂版）、であるが、ここでは留風呂でもないのにすきまもなく入れ込んでいるさまを言う。当代は混浴だった。すれば武将誹人らしからぬ庶民性をも身につけていたようである。この徳元の、「銭湯は」の付句は文献上、貴重である（『公衆浴場史』）。

むせぶほど風かほる也丁子風呂

寛永三年夏、在京時代の発句。『京羽二重』（貞享二・九板）巻六・風呂屋の条には、

○丁子　ふや町四条下ル町
○〃　姉小路東洞院西へ入町
（『斎藤徳元研究』上―207頁）

とある。因みに、「丁子風呂」についての文献は乏しく手許の稀書たる、『東西沐浴史話』（藤浪剛一著、人文書院）『公衆浴場史』等にも認められない。丁子そのものは芳香性調味薬・興奮薬でもあり、いわゆる媚薬であった（『東西媚薬考』121頁、渡辺信一郎著『江戸の閨房術』221頁など）。徳元はおしゃれで、若々しい。諸家の例句にも見当たらない。そういう点でも、徳元誹諧はユニークで風俗俳句の観すらあるのだ（本書第一部「粋の誹諧師斎藤徳元老」参照）。

ひえ（※冷え・比叡山）果て入身（いるみ）もやせ（※痩せ・八瀬）の竃湯（かまゆ）哉

寛永三年冬。確かに地理的にも八瀬の里は比叡山の果てで、比叡山麓に位置する。八瀬の竃風呂は若狭街道沿いの高野（たかの）川畔に存在する。その先きは大原上野で、徳元自身にとっては三法師秀信ならぬ惟喬（これたか）親王の御墓（みはか）が在ったのだ。八瀬の竃風呂については『都名所図会』巻之三に詳述。古歌は、『新続古今集』の「誹諧」に、

大原へ行とはなしに恋すればやせとをりぬる物にぞありける　藤原清輔

と詠み、「恋すれば痩せ」と「八瀬」を隠語にしている。山本三郎編『八瀬大原』（昭27・8刊）には、「……往古の竈風呂は今も駅の北十数丁、八瀬大橋のほとりに保存され、「八瀬の竈風呂」は今も土地の名物になっている。土饅頭形の竈中に青松葉を焚き、竈土が十分に熱した頃折りを見て、火を引いて水を撒き、塩筵を敷いてその上で温まる原始的な熱気風呂のようなものである。」と説明される。

一夏の　あか（※閼伽・垢）の水くむ風呂屋哉

寛永七年夏、江戸にて詠む。前掲書『公衆浴場史』によれば、江戸町の銭湯の始まりは、徳川家康入国の翌天正十九年（一五九一）夏ごろ、である。その後、「町ごとに風呂あり」（三浦浄心『慶長見聞録』）、と。ただしこれは「蒸風呂」であったらしい（62頁）。徳元句は、中七に「あかの水くむ」とあるから、「水風呂」か。そして、それは多分「湯女風呂」であったろう、と解される。

から（※空・唐）風呂もたくひの本（※火の元・日の本）や冬の宿

寛永七年冬、在江戸。「空風呂」とは、四方を密閉し、湯気で身体を蒸し温める風呂を言う。蒸風呂のことで（『岩波・古語補訂版』347頁）、当代、利用する者が多かったらしい。又、「唐風呂」に対する「日の本」の対比の意も込めた。

付合は左の通り。

あつさそのころこもよむしろよ
石風呂はさめてもしばしとりをかで
扇をやをかずはだかで明すらん
（『塵塚誹諧集』下、「付合之句次第不同」秋）

「石風呂」は石を焼いて水を注ぎ、その湯気を浴びる。

（三オ4）　あらはであかや猶つくもがみ
（〃5）　奈良ぶろに入らぬは常の不嗜

（『於伊豆走湯誹諧』第十「茶湯」付合）

「奈良風呂」は、奈良で製出した、陶土製の土風呂。

**回想の原風景**

次いで、有馬ならびに伊豆走湯（熱海）の両度にわたる在湯句集の成立事情を、それぞれの序跋中から抄記してみよう。

□寛永五年林鐘の末つかた、法橋昌琢公にいざなはれて、津国有馬へまかり、在湯中のつれ〴〵、その年の日発句を書記し侍りけるを、……

□（寛永九暦仲冬日至）此誹諧は伊豆国熱海在湯中のつれ〴〵に異なる興にもやと百韵ことの名をかへ品をかへて此浦のもしは草によそへてかきあつめ侍りぬ……其外何れもそれ〴〵の詞を一句〳〵にかへ侍んことを宗として……

と成った。右、両度における在湯句集の序跋中に、共通することは、「在湯中のつれづれに」なる一節であろう。それは為すこともなく退屈まぎれに、遊び心で脳裏を往き交う句景句情を詠んでいった次第であろう。ひとり、温泉に浸ってみるという癒しの行為は、だから人生回顧の詩情を時として想いおこすことにもなるのであろう。ロマンチスト徳元であった。時代はずっと降って、近代における「犬筑波」的な恋愛歌も存在する、斎藤茂吉が連作短歌「死にたまふ母」の〈その四〉に、「酸の湯」の温泉で、しみじみと慈母を追想・追懐する詠二首がある。

○酸（すゆ）き湯に身はかなしくも浸（ひた）りゐて空にかがやく光を見たり

○火のやまの麓にいづる酸（さん）の湯（ゆ）に一夜（ひとよ）ひたりてかなしみにけり

（『赤光』所収）

さて、徳元歿後三百六十年、その時空を超えて、ふたたび著者は前掲の賦物連句集『於伊豆走湯誹諧』所収、「茶湯之誹諧」鑑賞に追体験を試みたい。そのことで、徳元の脳裏に浮かぶ回想の原風景、いわゆる愚句「徳元の　秘めし春愁想うかな」なる詩情に迫ってみたいのだ。

伊豆山権現こと伊豆山神社には、徳元が詣でたころに成ったらしい、一幅の古絵図が蔵されている（図5参照）。紙本着色。本紙部分は縦七〇・九糎、横七〇・九糎。書名は「豆州加茂郡伊豆権現領／四至牓示境内最略絵図」。裏に識語が有之。

本図ハ慶応元丑年出役先へ差出候／図面ト符箋アリシヲ昭和十年七月保存上表装セルモノナリ／右後日ノタメ識

図5　（伊豆山神社蔵）

ス

昭和十年七月

伊豆山神社宮司　香西大見（コウザイオオミ）

平成十四年十一月廿一日に実見をした。

寛永九年十一月は徳元、ときに七十四歳の中冬である。江戸馬喰町二丁目の居宅を発って―、因みに彼は大坪本流馬術の指南家でもあり、従って道中は馬上であったか。狂歌版道の記『関東下向道記』の冒頭部には「まづ三条の橋駒もとゞろと打渡り云々」と記していることからも推察せられよう。彼は、走湯山（そうとうざん）とも称される岩戸山の本宮を詣で、次いで伊豆山大権現に詣で、それからまっすぐに下山して新磯浜（にいそはま）に出たか。浜に面したところには現在、熱海市指定文化財（昭五十三年四月廿五日指定）・史跡「走湯温泉湧出口」（図6参照）が在る。「滝湯」とも呼ばれている。かつて大正の頃まで、ここ新磯浜一帯には温泉宿が建ち並んでいた由。むろん徳元老は湯治客であったろう。彼は、「海鼠（この）腸（わた）」を賞味した。それは、ここ数年来、風邪を引きやすく、痔も患い気味だったか（徳元第四書簡、本書第一部「徳元句と『海鼠腸』」）。ここで、少しく横道にそれるけれど、鶴﨑裕雄氏の論考「『大乗院寺社雑事記』に見る連歌興行」（二）（『大乗院寺社雑事記研究論集第二巻』和泉書院、平15刊）を一読するに、室町時代における連歌興行では例えば、長禄三年（一四五九）四月廿七日の条、

月次連歌在之、安位寺殿出御、風呂同在之、……

など、連歌興行と「風呂在之」なる記事が散見される。

図6

右の如き慣習は、近世初頭に至るまで続いていたのか。当代、未だ「誹諧」は座興・言い捨ての文芸也。従って浴後（本稿では在湯後）に「誹諧」となったであろう。

話を元に戻す。走り湯から東方に登った中腹に「別当般若院」が有之。伊豆山神社宮司がいわく、幕府の役人たちとの応接は別当の般若院（高野山末）だったとか。すれば冬至の頃、徳元はここで思いがけなくも三江紹益と再会して、追加の「漢和之誹諧」を両吟、『於伊豆走湯誹諧』に収録をした。奥書の末には、

又追加漢和の狂句は折節洛陽建仁寺より益長老東関下向まし〳〵て不慮に参会則章句を申請両吟につらねならへ侍るは知識の金言をけかし侍る事嘲哢をまねくものか

と、いかにも彼らしい奥床しさ、文飾めいた謙遜表現で書き留めている。三江紹益とは、本年正月廿五日に在江戸、池田長幸邸で「夢想之連歌」の会にともに出座していた。連衆の主な顔ぶれは、里村昌琢・脇坂安元・金森重頼・中川久盛らであった（拙著『斎藤徳元研究』下—864頁）。徳元は、ここ熱海走り湯の温泉で湯治がてら、般若院に於て各種賦物誹諧を制作したか。私は、「茶湯之誹諧」の付合を抄出することで、秘めし春愁、往事茫々の若かりし日々を回想する徳元の詩情を思いやってみたいのである。

（二オ1）　にこ〳〵と布衣（カウロ）や泣をたらすらん
（〃2）　**捨子**もひろひあくる辻〳〵

□『松屋名物集』
○太閤秀吉公
　捨子　大（大覚寺。天目）「同」（六斤入）
○家康公

捨子　五斤壱、

○家光公

茶壺之部　○捨子

（三オ3）　せい高き人のあたまやよこるらん

（〃4）　あらはてあかや猶**つくもかみ**（ナスヒ）

茄子（なす）―茶の湯で用いる茶入れの一。丸形で口もとがすぼみ、中央がふくらんだ形のもの。

□『松屋名物集』

○平信長公

作物（ツクモ）　一萬貫、「茶入」

○岐阜（※美濃の守護大名土岐氏。）

作物（ツクセ）「茶入」

○松永弾正久秀

作物（ツクモ）　京袋屋ヨリ、信長公へ、袋金襴、緒浅黄

（三オ9）　きさかたは配所の跡のいかならん

（〃10）　なしむ名残やをしま**松嶋**（ハチヤツホ）

茶壺（ちゃつぼ）―葉茶の貯蔵・運搬に用いる陶製の壺。

□『松屋名物集』

○珠光 南都
松嶋 上ハ濃萌黄、下ハ白シ、「壺」
○紹鷗　堺ヘノ町、京ハ三条ヱヒス堂ノ隣、大黒菴ト額ヲ打、天文廿一子年卒、于時五十一歳、此時子息宗
瓦六歳也、
松嶋「壺」
○平信長公
松嶋「同（壺）」
○今井宗久 紹鷗妹聟 号昨夢斎、
松嶋大、
「壺」

（三ウ5）中わうしょくは香炉は千鳥にて
（〃6）あみをかけぬる天の**はしたて**（葉茶壺）

□『松屋名物集』
○周防大内 幼名サイキト云、
周防山口城主大内氏。ここは義隆（天文二十年歿）のことであろう。
幼名は乙名の誤。家老佐伯という意か。
大橋立（橋立―葉茶壺。）

（名オ7）　うつら狩かた野の槿花ふみしたき

（〃8）　そらにふはめく初鴈（ハチヤツホ）の声

□『松屋名物集』

○松永弾正久秀

　初雁　大、「壺」

（名ウ1）　俤に似たるとおもふ人もなや

（〃2）　恋し床しとみほつくし（ナスヒ）つ

（〃3）　きのとくやいつ迄爰に君ゐ寺（チヤハン）

　茶碗（ちゃわん）

□『松屋名物集』

○曾谷上京、針屋　浄貞号不住斎、

　針屋浄貞、京都の町人。

　標茄子（ミヲツクシ）

○家光公右大臣

　御茶碗之部　○紀三井寺

抄出せし付合には、かつて聚楽伏見にいまそかりしとき、茶湯の会の折などに一見したことであろう織豊家伝来品の数々、それにまつわる物語が彼の記憶の世界に鮮明に映像化されてくるようである。

（平成十七・四・廿二稿）

# 徳元作「薬種之誹諧」と施薬院全宗・斎藤守三をめぐる

正徳五年三月刊行の、『新版合類薬種名寄帳』横本一冊を架蔵せし、その折の紙片には、「徳元作、薬種之誹諧註釈研究資料也。平成九年四月七日、寺町二条下ル尚学堂書店より入手す。」とメモしている。

該書は、伊呂波分・斤目附／異名部分・和名附／で、序文の末に「正徳甲午（※四年）春。浪華。芳菊堂。本郷正豊叙す」とある。丁数は、「合類薬種名寄帳」の部分、百四十丁。巻末刊記は「正徳五乙未年三月吉日／書林大野木市兵衛／柏原屋清右衛門／河内屋宇兵衛」である。

以来――、アノ、つまりは著者の心の奥底に、寛永九年十一月、徳元七十四歳の中冬に、熱海・走湯山の中腹、「別当般若院」で薬種之誹諧など各種賦物誹諧を制作したらしい（第一部「徳元誹諧鑑賞プロローグ」参照）、それの註釈すべきことが、ずーっと離れなかったのだ。されど当時、私は現役の主任教授。連日、大学の改組改編に関する教授会に忙殺される始末だった。

さて、徳元は、「薬種之誹諧」を制作するに当たって、手頃な手引き書を常に座右に置いていたのではなかったろうか。例えば、その一書に、大方家蔵の如き写本『薬種いろは抄』の如き辞書が挙げられよう。該書は、解題者小林健二氏の研究によれば、著者は、「三州　杉江斎喜三撰之」とあって、成立は永禄十年（※徳元、九歳）か。書写年代は、室町末から江戸時代の初期頃と推定せられた。平成元年二月に影印本が清文堂出版から刊行されている。想うに徳元があの厖大なる各種賦物誹諧制作の背景には、彼が織豊期に培った、武将としての〝実用の学〟が役立っているのかも知れない。そう考えて見ると、喜三撰の手作り『薬種いろは抄』の存在が浮かび上ってこよう。

ところで、手許に在る『新版合類薬種名寄帳』は一見するに確かに便利な薬種字引書ではあろう。如何なる薬種名なのかを把握する、だいたいの目安をつけることが出来るからだ。なれども前述の、『薬種いろは抄』や難波恒雄著『漢方薬入門』（カラーブックス197、昭45・5刊）等々で比較・検してみるに、記述にいい加減さが目立つ俗書也、と評したい。

私は、いささか前置きが長くなったようである。『徳元千句』（『於伊豆走湯誹諧』トモ）所収、第五「薬種之誹諧」を、ただし表八句のみ註釈を試みたい。△二百三十目

（発句）　武士のもつや長刀香薷散

□香薷（カウジュ）　大工ノ葉又ナギナタカウジュトテナギナタノナリニシテ　ハノカタホコロビテ紫色ノハナサク　ムネノカタハホコロビザル也　此ノ葉ヲ取テ日ニホシテモミクダキ　細末シテ使咬咀（こうそ）シテモ使　スコシアフル共云ヘリ　又香薷散（カウジュサン）ハ僊薬（センヤク）ナルホドニカウジュヲムシテ香薷散ヲ粉薬ニスルトキヨカランヤ（『薬種いろは抄』）

□△香（かう）薷　ミそもぐさ／なきなた（『薬種名寄帳』）

□香薷散（かうじゆさん）――香薷・陳皮・甘草など七味を細末にした、素湯または水で飲む散薬。夏、霍乱（くわくらん）・吐瀉・腹痛などに用いた。（『岩波古語補訂版』273頁）

□末夏――霍乱（くわくらん）・香薷散（かうじゆさん）（徳元『誹諧初学抄』）

□六月――霍乱（くはくらん）・香薷（『毛吹草』巻二、誹諧四季之詞）

□長刀――香薷（『毛吹草』巻三、付合）

（脇）　いくさきう〱きょりん鶴乱（※ココハ魚鱗・鶴翼ノ陣ナラヌ霍乱ト読ム）

□川芎・芎藭〳〵・撫芎　同半也　コシラヘ　撫芎ヲ見　土芎・同物ト云リ（『薬種いろは抄』）
□芎藭　せんきう也（『薬種名寄帳』）
□きうきう——押しつけられて痛み苦しむさまの形容。（『岩波古語補訂版』359頁）
従って、「芎藭」を、いくさで押しつけられて痛み苦しむさまに転化する。
□香薷散——鶴乱（霍乱）

（第三）大わうの国のおきての直ならて
□大黄　錦紋大黄　同　黄色ナルヲホムル　帋ニ包水ニテヌラン　炮シテ使　又生ニテモ使　又イタヽキムネアタリノコトニハ酒ヲシメシ　又ヒタシテ蒸シテ用　或アツ灰ノ中ニ炮シ使　ハヤク下スニハ生ニシテアフリ使（『薬種いろは抄』）
□△大黄　おほし（『薬種名寄帳』）
□きう〳〵——大黄（胸腹痛などに繁用）。（『漢方薬入門』25頁）

（オ4）天ま（※天魔）のわさと見るはゝきほし
□天麻　カミニ包水デヌラシアツバイノ中ニテ炮レ取出シテ酒ニヒタス事一宿シテトリ出シ　キザミ焙使　又キザミアブル共云　又イモ疹ニハ生ニシテ使ト也（『薬種いろは抄』）
□帚星——すいせい。ほうきぼし。
□天麻　頭痛・目まい・ヒステリー症に用いる。（『漢方薬入門』29頁）　ヒステリー症を「天まのわざ」に見立てたか。

（オ5）かしこき（※畏き）は月にまきれて山籠
□訶子　カリロクト云也　大ナルヲカリロクト云　中ヲ訶子ト云　小ヲ随風子ト云人有　コシラヘヤウ訶梨勒

ニ見タリ（『薬種いろは抄』）

□天魔のわざ――畏き

□訶子　子宮出血・滞下・子宮炎などに用いる。（『漢方薬入門』69頁）訶子――「月にまぎれて山籠」と解するか。

□△訶子　からかし（『薬種名寄帳』）

（オ6）学ひ身にしめひらくくわんとう

□欵冬花　フキノ花也　刻日ニホス　忌レ火ト云リ　フキノトウ共云（『薬種いろは抄』）

□欵凍　ふきなり（『薬種名寄帳』）

（オ7）秋はつるいたつら物はやくもなし

□益母・茺蔚子・益明一物也　根ハ白水ニ一夜ヒタシ　葉ハ只用皆酒ニヒタシアブルト云ヘリ　目ハジキト云草也　益母草ト云也（『薬種いろは抄』）

□七月――益母草めはじき共花当月なり（『毛吹草』巻二、誹諧四季之詞）

□徒ら物――無用のもの。役に立たぬもの。

□△益母草　めはじき（『薬種名寄帳』）

（オ8）かすもつかう（※帽額）はさためても何

□木香・蜜香　同也　火ヲ忌ム刻使大薬ニ入トキハ上ヲケツリナム　中ノ汁有所ヲ使テヨキ也　細末スルニハウスクキザミ日ニ乾シテスル也　モシ細末シカタキトキハユルキ火ニテアブルベシ　然レ共アブラザルㇾハヲトル方ニヨル炮スル事有ベキ也（『薬種いろは抄』）

□△木香　われもかう（『薬種名寄帳』）

□かすもつかう――「唐木香(からもつこう)」の誤りか。(『漢方薬入門』8頁)

徳元の医薬的知識は、付合から見てもなかなか微妙なところである。例えば、長刀――香薷。香薷散――鶴(霍)乱。例句に、徳元は、「三ぶく(伏)の夏にはのむや香薷散」(『塵塚誹諧集』上、若狭居住期の作)と詠んでいる。「三伏」とは、陰陽道で、夏の暑い期間をさすことば。次いで、きう〳〵――大黄。天麻――天魔のわざ。訶子――「月にまぎれて山籠」。などなど、実際に医師が臨床的立場からでないと詠みこめないような、あるいは理解しにくいような付句が、見受けられるのである。

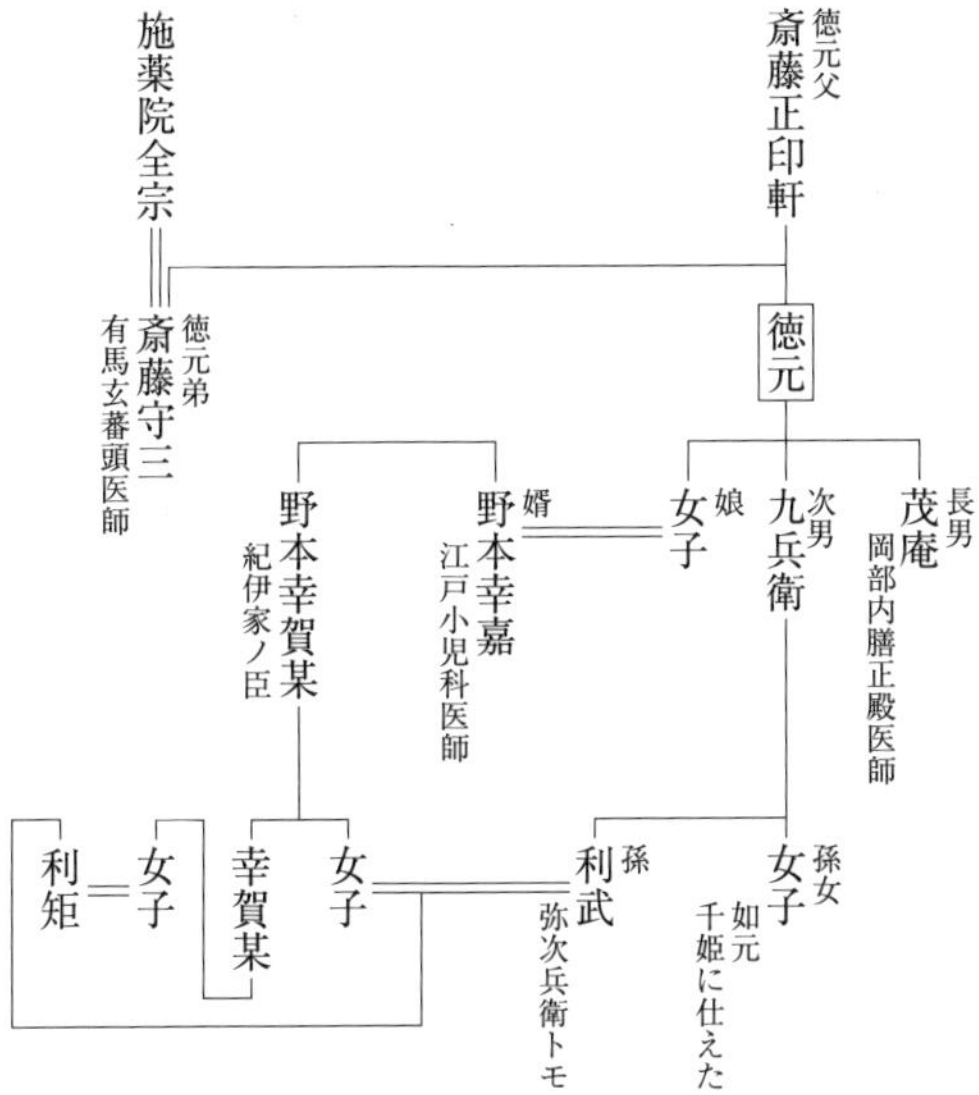


ここで改めて、徳元の身内についても、いわゆる誹家ならぬ〝医家略系図〟を上記に作成してみた。すれば、医師の存在が目立つのである。まず弟の斎藤守三を挙げなければならぬ。彼は施薬院全宗門下であり、一時期ではあろうが、全宗の相続人でもあった。全宗は秀吉のパトロンであり、私設秘書官であった。次いで長男の茂庵、婿の野本幸嘉小児科医師であろう。因みに徳元の江戸下りはとりあえず婿どのを頼ったものか。野本家との姻戚関係は三世代にわたっている。

如上で私は述べきたって、ふっと幕末に成った斎藤月岑の著作『武江年表』に記載されたる「略伝」中の二字分が

脳裏を去来したことだった。それは、

寛永五年〔一六二八〕戊辰の条

○十二月、斎藤徳元（**医師**にて連歌をよくす）関東へ下り、馬喰町二丁目に居す（関東下向の記あり。其の時の句、むさし野の雪ころはしか富士の雪。○江戸にて句集を梓に行ふ事、この人に始れり）。

とある。「薬種之誹諧」を制作する下地となったのは、徳元も亦、医師であったゆえか。あるいは後半生は、「同朋（どうぼう）衆（しゅう）」が如きイメージであったかも知れない（第一部「京極忠高宛、細川忠利の書状をめぐって—忠高像と小姓衆徳元像を追いながら—」）。とに角、『武江年表』の記事は首肯出来得よう。

もう一つ、資料を掲出しておこう。写本『斎藤宗有先祖書』（拙著『斎藤徳元研究』下に収録）に記すメモである。

斎藤斎宮助（※徳元）ノ条

秀吉卿参内ノ時斎宮助ソノ太刀ヲ持ツ　故ニ諸大夫ニ□（虫）

とある。私は、ここらで、そろそろ懸案の、豊臣秀吉の黒衣（くろこ）役施薬院全宗と弟の守三をめぐる事柄に移りたい。

『斎藤宗有先祖書』所収、斎藤守三ノ条

……守三ハ少時太閤秀吉卿ノ命ヲ以テ　於施薬院ノ家ニ行キ　養子トナル　秀吉卿御参内ノ時ハ必ズ施薬院舎ヲ以テ　御装束ノ所トナシ玉フ　故ニ秀吉卿施薬院ニ於テ厚ク恩顧ヲ施シ玉ヒ　正印ニ於テ亦モトヨリ懇眷（ケン）ヲ賜フ　時ニ施薬院嗣子無ク　是故ニ施薬院ニ正印次男守三ヲ養シメ玉フ也　守三於彼家ニ行キ　其後施薬院ニ実子出生ス　是ニ於テ守三家督ヲ於実子ニ譲リ　己レハ正印所ニ皈ル　（以下、略）

「施薬院全宗」なる、医師については独立した項目が見られない。例えば吉川弘文館刊『国史大辞典』にも認められない。されど愚考するに、施薬院全宗の存在価値とは、改めて豊臣政権が確立していく過程では、なくてはならぬ人物であった、と考えられよう。なぜならば、

……守三ハ少時太閤秀吉卿ノ命ヲ以テ　於施薬院ノ家ニ行キ　養子トナル　秀吉卿御参内ノ時ハ必ズ施薬院舎ヲ以テ　御装束ノ所トナシ玉フ　故ニ秀吉卿施薬院ニ於テ厚ク恩顧ヲ施シ玉ヒ　正印ニ於テ亦モトヨリ愍眷(ケン)ヲ賜フ

(『斎藤宗有先祖書』所収、斎藤守三ノ条)

そして、そこに正印軒・徳元・守三ら父子が介在するのであろう。それは、徳元自身の故実に関することや、文事・薬種に関する知識などが、秀吉側に啓蒙的に伝えられていくのであろう。やはり「同朋衆」的役割であったか、と推考したい。

さて、私は以下で手許の大著たる、京都府医師会編『京都の医学史』(昭55・3刊)第四篇「安土・桃山時代の医学・医療」から関連する記事を抄出することにしたい。

安土・桃山時代の医学

名医は十七人で、安土・桃山時代から江戸初期に及ぶ。代表的医人として、

5. 施薬院全宗伝

6. 施薬院宗伯伝

の名が見えている(180頁)。

**初代施薬院全宗**　施薬院全宗は大永六年(一五二六)江州甲賀郡の生まれ、遠くは丹波康頼(『医心方』の撰者)に

つながり、はじめは比叡山薬樹院の住持、すなわち山門の僧であった。のち還俗して翠竹院一渓道三について医術を学び、豊臣秀吉の恩遇で、後陽成院の勅を奉じて施薬院使に任ぜられ、昇殿を許された。また秀吉は禁闕の南門に施薬院を建て、多くの民衆を治療した。全宗は徳雲軒と号し、慶長四年（一五九九）十二月十日歿、七十四歳。比叡山に葬られた。（第四篇、第四章、第七節施薬院について、270頁）

……ついで施薬院は参内するとき朝服と平服を着換える場所となった。（272頁）

……施薬院は、将軍が禁裏にうかがうとき、前述のようにこの施薬院で平服を朝服に着換えるところとして習慣づけられていた。したがって**施薬院（三雲家）**は、まず身分保障の安全地帯の人と見てよかった。云々（298頁）

施薬院全宗（中央）らの墓は十念寺に現存する。（図7、8参照）。

○文禄三年二月廿五日、太閤秀吉は大坂城を出発し施薬院全宗らをしたがえて、吉野山の花見物。同月廿九日、「御歌会」を催した。作者は、秀吉・関白秀次・右大臣晴季・権大納言親綱・同輝資・大納言家康・権中納言秀保・同秀俊・参議秀家・同利家・左近衛中将雅枝・右衛門督永孝・侍従政宗・准三宮道澄・入道前内大臣常真（※信雄）・**法印全宗**・法眼紹巴・同由己・法橋昌叱ら。施薬院全宗も「五首和歌」を詠んでいる。

法印全宗

花のねがひ　玉きはる我が老らくの花もがな君がちとせの春毎にみむ

不散花風　立かくす霞のうちの花のいろちらぬはかぜのたよりにぞみる

瀧の上の花　石（いは）ばしる瀧津流に落ちつもる花はみながらあわとこそなれ

図７　施薬院全宗家の墓所
　　　中央が全宗の供養塔である

図８　同上

神の前の華　なべて世のちりにまじはる誓をもはなにみせたる神がきのうち

花　の　祝　むす苺（こけ）のあを根が嶺のはな盛こずゑはさらに十（と）かへりのまつ

（岩波文庫版、小瀬甫庵著『太閤記』下、巻十六、186頁）

近侍する斎藤徳元は後年、回想形式で狂歌と誹諧発句を詠むか。

□『後撰夷曲集』生白堂行風撰、寛文十二年刊。巻第五、神祇

吉野勝手の宮にて　徳元

神軍かつ手の宮の鉾（ほこ）のえは吉野漆の花ぬりにして

□『吉野山独案内』謡春庵周可撰、寛文十一年刊、巻一、

誹諧発句

から大和一目（やまとひとめ）にや花のよしの山　江戸 徳元

次いで卅日（※文禄三年二月）、秀吉は、

御歌の會の翌日、山上の花色異なりければ、

紅葉せぬ松の葉ごしの花の色に家路わすれて千代もへぬべし

こもり宮のもとにてよみ侍る　法印全宗

折にふれいまをさかりの花のいろ雲井につゞく櫻木のみや

と。以下、秀次・晴季・**全宗**・秀俊ら。全宗詠のみ抄出する。

ちればまた桜木のみやの花に来てなほ奥ふかき春をたづねん

（『太閤記』下、巻十六、188頁）

次いで、茶道関係資料より、同様に抄出する。つまり、それは秀吉——施薬院全宗が登場するところには、決まって斎藤正印軒・徳元・守三の影がちらついているからである。因みに織豊期には、正印軒父子の存在は、未だ歴史上の人物にはなりきっていない。徳元研究四十年め、空想的で確たる実証を欠くが、如上の〝影〟なるものは確かであろう、と考える。

□『山上宗二記』（『茶道古典全集』第六巻所収）

花入事

一　ソロリ　右同シ花入、京施薬院（註）幷曲菴所持ス、／四方盆ニスハル

（註）施薬院—徳雲軒全宗。もと叡山の僧。秀吉に近侍して、施薬院使となる。（79頁）

□和泉堺の豪商・天王寺屋津田宗及の茶会記。『天王寺屋会記』（「宗及茶湯日記」トモ。『茶道古典全集』第七巻所収）

天正十一年三月十八日　昼　薬師（註）ノ**徳雲軒会**　宗二　宗恵　道己　宗及　松花ノ御茶也、従筑州拝領、（以下、略。387頁）

（註）薬師ノ徳雲軒—施薬院全宗。

天正十一未年九月十六日　秀吉様御興行

御道具そろへアリ、人数之事　宮内卿法印（松井友閑）・宗易／荒木道薫（村重）・もすや宗安

御座敷両ケ所　宗及　五人也、

見物之衆　池田勝入
　　　　　**薬師徳雲**(註)

(以下、略。398頁)

(註)　薬師徳雲—徳雲軒。施薬院全宗。

天正十一年拾一月十四日　**於薬師徳雲軒**(施薬院全宗)、秀吉様　道薫　宗及

(以下、略。402頁)

天正十二年十月十五日終日(於大坂御座敷)

秀吉様之於御座敷、……

人数　**徳雲軒**(405頁)

………

天正十三年三月五日ニ於大徳寺、大茶湯被成御興行、

………

秀吉様**御馬廻衆**(註)・大名衆も、茶湯仕衆何も右之分也、……(410頁)

(註)　徳元は秀吉の馬廻衆也(拙著『斎藤徳元研究』上—51頁)。

寛永六年十二月末に成った、徳元作道の記『関東下向道記』箱根付湯本ノ条を掲出する。

坂を下れば馬手にあたりて小山有　是をひじり山と云　一とせ太閤御所秀吉公小田原の北条氏政と取あひ給ひすでに此所に御動座有て　城を八重はたへに取巻　諸手よりきびしくしよりてせめけり、云々

右の文章は、かれ自身がおおよそ四十年前のことを回顧した、臨場感見らるる古戦場記である。文中、「太閤御所秀

吉公」とか「此所に御動座」などと言った敬称は、実際に近侍した立場でなければ、斯くは表現しないであろう。「動座」とは、相手に対する敬意を表すため。貴人・神木・神輿などが座所を他に移すこと。後には、貴人の出陣にもいう（『岩波古語辞典補訂版』925頁）、とある。桃山文化圏に生きた、武将誹諧師斎藤徳元は「秀吉卿参内ノ時斎宮助ソノ太刀ヲ持ツ。故ニ諸大夫」に任官されたのだった。このステータスは、例えば貞徳を始め重頼や立圃とはおのずから一線を画する。従って遊誹の士であり、作風も亦、武将的遊び心が濃厚で、のちに「有馬在湯日発句」や『於伊豆走湯誹諧』所収、第四「刀銘」、第五「薬種」、第九「鷹詞」、第十「茶湯」など、賦物誹諧制作の下地となったことは否めまい。寛永七年二月九日成、諏訪出雲守忠恒（忠因）邸での連歌百韻中、名オ五句め、恋の付合にも、

（名オ5）　結びぬる夢の月夜は夏衣　　重好
（〃6）　あへず馴し人のうつり香　　徳元

と詠んでいる（拙著『斎藤徳元研究』上—354頁）。すでに拙稿、「粋の誹諧師斎藤徳元老」及び「徳元誹諧鑑賞プロローグ」にも述べた、くり返しになろうが、如上の作品は徳元にとっては、栄光の日々に対する回想の誹諧、桃山文化へのいわば〝ベル・エポック〟の時代をなつかしむ誹風であったろう。「薬種之誹諧」の制作も、恐らく施薬院全宗——弟の藩医斎藤守三——徳元という医縁を想定してみてこそ作が可能であったか、と推考してみるのもいかがであろう。

（平成十七・九・十稿）

〔追記〕「施薬院全宗」なる項目については、『国史大辞典』に、「やくいんぜんそう」の見出しで見えている。訂正する。

# 武将誹諧師徳元よ

斎藤徳元の誹諧には艶なる香りが魅力的である。正保二年（一六四五）正月ときに八十七歳の自筆短冊にも、

　梅は春をもってひらいた色香哉　　徳元

そこで愚句も一句。

　掲帝（がてい）掲帝（がてい）　徳元国（こく）や　梅色香

平成十七年の晩秋に満七十二歳となった私は、当該年度末—三月末をもって、十四年間つとめた京都外国語大学非常勤講師職を定年退職（通算教職四十八年）することになる。で、このことを契機に遊び心で新年から日記を題していわく、「陶玄亭散人日録」と。ずーっと書き継いでいくことに決めたのだった。そのなかの、二月三日の条を抄出してみる。

○午前十一時過ぎ、NHKFM放送で、鈴木牧之著『北越雪譜』を紹介。その中で雪の異名「六ツの花」について、すでに江戸後期に於て雪片が科学的に解明されていたとか、しきりと感心せし口振りであったが、不可也。一六三〇年代、寛永時代に左の如き里村昌琢の連歌発句が、かれの『発句帳』に存在する（拙著、下に収録）。

　雪の名もあらたまの春や六の花　　昌琢

さて、マスコミさんよ。もっと周到に江戸時代初頭に眼を向けられよ。

〔追記〕寛永五年十二月廿一日／さえし夜のね酒や五ツ六の花　　徳元吟

昌琢門の、武将誹諧師斎藤徳元の場合もやはり首肯出来よう。同学の誹諧史家の間でさえも、かれのプロフィールについては例えば『犬子集』に巻頭句として採られた誹人、以下「江戸五誹哲の筆頭」とか、その著作『誹諧初学抄』は「江戸板誹書の嚆矢也」といったような、一行程度の叙述である。世間とは、だからそのような物である。ライフワーク徳元像、私はかれの置かれた立場に立ってみて、八十九年の生涯をふり返って立体的に創作的に覚え書きを進めたい。

## 一、徳元の美濃路・小越の渡り

慶長十年代から寛永初頭にかけて美濃路周辺は大垣城主で連歌大名岡部内膳正長盛を始め、殊に幕府の連歌師里村昌琢門流の間で、東下り紀行文の制作が盛んだった。その一人竹中半兵衛重治の嫡子で美濃国不破郡岩手村の旗本、丹後守重門（寛永八年、五十九歳歿）も『時雨記』（慶長十三年頃成）などを著している。

寛永六年（一六二九）十二月、道三の外曾孫で武将誹諧師の同門、斎藤徳元は京都鴨河畔で、発句「朝霜をふむ三条の小橋哉」と詠んで、駒もとどろとうち渡り江戸へと向かった。その折、彼も亦、『伊勢物語』の主人公〝昔男〟なる在原業平に擬して、『関東下向道記』という狂歌入りの紀行作品を制作している。もう七十一歳になってはいたが、思考はやわらかい。

美濃路へ入ると、さすが徳元にとってはふるさとで懐旧の宿場町である。垂井・青野が原・赤坂・大垣へと詠み進み、墨俣宿へ着いた。

墨股（すのまた）、此所は古（いにし）へそれがし知（しる）よしの里なりければ、とりぐ〵馳走して、唐網打（たうあみうた）せ名物の鯉を取。／その日は河逍遙になぐさみ逗留し侍り。

土地の人々は三十年前の、旧領主を温かく迎え入れてくれて、名物の鯉でもてなしてくれたのだった。

さて、彼はいいよいよ美濃と尾張の国境、木曾川の「小越の渡り」に出た。

婦入(よめい)りのつゞくをこしの渡りとて　船と船とのべゞの寄り合ひ（狂歌）

河をこゆれば尾張の国也

『毛吹草』（正保二年刊）の付合に、「輿―婦入(よめいり)」とあり、地名の「起(おこし)」が懸かる。「べべ」は着物の小児語、転じてみだらな表現（女陰）を暗示する。又、享保十一年以降の定(さだ)め書(がき)には、「一、昼夜共に渡船東西に一艘宛を置き、川中にて入違ふ様にする事。」（『起町史』）とある。恐らく彼は、羽島郡正木村新井の内、旧加納新田より乗船したことであろう。そうして川中で、上流の、起字堤町の常渡船場から乗り込んできた嫁入りの続くお輿船が、たがいに寄り合って来る様――華麗なる壮観に、思わず眼を奪われたか。木枯らしも吹き過ぎていったであろう。そのまま入れ違い通り過ぎてゆくのである。

徳元が東下後、三百七十年めの平成十七年晩秋。私は一日、尾西(びさい)起の渡し場跡を訪ねてみた。豊かに流れる木曾川の景観で、濃尾大橋を少し上(かみ)に向かうと、こんもりと茂れる森が入り江になっており、そこが常渡船場の跡らしい。むろん船頭衆の影すらも無く、わずかに金刀比羅社境内に、「起渡船場跡」なる自然碑が存在するばかりだった。

## 二、武将誹諧師徳元よ

女子大の専任教授を退職して六年め、なれど、私の〝古書病(こしよ)〟はいっこうに回復する兆しがみられない。むしろ慢性化している傾向だ。原則的には毎週、三条大橋を渡って河原町三条に向かう。かれこれ三十年来、親交の古書肆キクオ書店詣で、をしている。現役時代と較べてみて、最近のキクオ書店には著者好みの重厚なる洋装本が、殊に若狭関係の翻刻書がちらほら書棚に並ぶようになった。蓋し稀覯書で四万円前後であるが、仕方があるまい。左に購入順に列記する。

□『若狭漁村史料』（福井県郷土誌懇談会、昭38・3刊）
□『越前若狭地誌叢書』上下二冊（松見文庫、※ただし「若狭関係」は下巻に収録　昭48・1刊）
□『小浜・敦賀・三国湊史料』（福井県郷土誌懇談会、昭34・3刊）

すべて徳元研究上、役に立つ書物であった。

私は昨秋、論考「徳元作『薬種之誹諧』と施薬院全宗・斎藤守三をめぐる」（本書第一部収録）の末尾で、左の如くまとめている。

寛永六年十二月末に成った、徳元作道の記『関東下向道記』箱根付湯本ノ条を掲出する。

坂を下れば馬手にあたりて小山有　是をひじり山と云　一とせ太閤御所秀吉公小田原の北条氏政と取あひ給ひ　すでに此所に御動座有て　城を八重はたへに取巻　諸手よりきびしくしよりてせめけり、云々

右の文章は、かれ自身がおおよそ四十年前のことを回顧した、臨場感見らるる古戦場記である。文中、「太閤御所秀吉公」とか「此所に御動座（ごどうざ）」などと言った敬称は、実際に近侍した立場でなければ、斯くは表現しないであろう。「動座」とは、相手に対する敬意を表すため。貴人・神木・神輿などが座所を他に移すこと。後には、貴人の出陣にもいう（『岩波古語辞典補訂版』925頁）、とある。桃山文化圏に生きた、武将誹諧師斎藤徳元は「秀吉卿参内ノ時斎宮助ソノ太刀ヲ持ツ。故ニ諸大夫」に任官されたのだった。このステータスは、例えば貞徳を始め重頼や立圃とはおのずから一線を画する。従って遊誹の士であり、作風も亦、武将的遊び心が濃厚で、のちに「有馬在湯日発句」や『於伊豆走湯誹諧』所収、第四「刀銘」、第五「薬種」、第九「鷹詞」、第十「茶湯」など、賦物誹諧制作の下地となったことは否めまい。寛永七年二月九日成、諏訪出雲守忠恒（忠因）邸での連歌百韻中、名オ五句め、恋の付合にも、

（名ォ5）　結びぬる夢の月夜は夏衣　　重好
（〃6）　あへず馴し人のうつり香　　徳元

と詠んでいる（拙著『斎藤徳元研究』上―354頁）。すでに拙稿、「粋の誹諧師斎藤徳元老」及び「徳元誹諧鑑貫プロローグ」にも述べた、くり返しになろうが、如上の作品は徳元にとっては、栄光の日々に対する回想の誹諧、桃山文化へのいわば〝ベル・エポック〟の時代をなつかしむ誹風であったろう。「薬種之誹諧」の制作も、恐らく施薬院全宗――弟の藩医斎藤守三――徳元という医縁を想定してみてこそ作が可能であったか、と推考してみるのもいかがであろう。

江戸日本橋馬喰町二丁目の宅に定住するようになって、いまはよわい八十余年になる彼、武将誹諧師斎藤斎宮頭徳元として著述するに当たって、過ぎ来しかたを回想するのである。寛永十八年一月の年記を有する、『誹諧初学抄』中、季語の部から検してみよう。因みに※印として誹交密なる松江重頼編『毛吹草』のそれをも併記した。『初学抄』の独自性を示したかったからである。

□中春
雪なだれ　北国に在之。
※雪なだれ

□中秋
敦賀祭　八月十日也。馬市を立る。越前国也。
※敦賀祭　十日

□初冬
雪垣かこふ　北国ニハ十月ノ比(ころ)より家のめぐりをこも（菰）にてつゝむ也。
※雪垣囲(かきかこふ)

□中冬
ひゞ　あかゞり　雪やけ　雪つぶて　雪ぐつ　かんじき（橇）　そり　雪竿(ざほ)
右何(いずれ)も北国ニ在之(これあり)。雪ざほの事、竹に一尺二尺のす（寸）をきざみ置て、年〱の雪のふかさあさゝをためす。
歌に読(よめ)り。
※雪やけ　雪礫　ひゞきれ
雪竿　竹に一尺二尺の寸を刻立置て毎年深浅ヲ知
雪沓　橇(かんじき)　雪ニはく物なり
そり　雪ノ時のる物也
ふゞきだほ（ふ）れ　此等北国に有事(ある)也。
※ふゞきたふれ

すれば、徳元は、「北国に在之」とか「北国には……」「北国に有事」とわざわざ註記してまで、強調しているのである。更には、中秋—敦賀祭の条でも、「馬市を立る。越前国也。」と具体的に記述する。それは、徳元自身が実際に敦賀に滞在していたからこそ、仄聞していたのであろう。歳旦吟を参照せられたい。「疋田鮨」を詠みし句（後述）も存在した。

甲子（※寛永元年）の冬、越前国のうちつるがといふ所を、若狭国のかみ忠高公御加増として拝領ありける次の春

まどゐして春やつるがの弓初　（『塵塚誹諧集』上）

（註）たでかみにせよとやさいに疋田鮨（ひきたずし）　（〃）

従って北国に住む人たちの民俗や行事、日常生活そのものから生まれた季語の中味を、徳元は熟知していたのだ。如上の事柄は重頼の『毛吹草』には認められない。『誹諧初学抄』だけに見られる独自色であろう。

慶長五年ときに四十二歳の秋、徳元は関ケ原前哨戦に敗れて若狭国へ亡命した。以来、京極忠高の小姓衆として寛永二年六十七歳の年末まで若狭在国廿五年間にわたり、裏日本の「北国」で暮らした。因みに、年譜風にしるす。拙著『斎藤徳元研究』（和泉書院刊）より。

○慶長五年（一六〇〇）庚子　四十二歳

八月廿二・廿三日、関ケ原前哨戦たる岐阜城攻防戦。徳元は、落城寸前に「女装姿」で城を忍び出で、長良川を越えて亡命した。

○慶長十七年（一六一二）壬子　五十四歳

正月元日、徳元、若狭国に住みて誹諧・狂歌を嗜む。歳旦吟、初出也。このとき、徳元は入道して若狭・京極家に小姓衆として仕官する。禄高は二百石。伯父斎藤権右衛門の子、勝左衛門（少右衛門）・祖兵衛の兄弟がすでに京極高次・忠高の家臣になっていた。この従兄弟をたよったか（『斎藤徳元研究』上―25頁・139頁）。

〇寛永二年（一六二五）乙丑　六十七歳

歳末まで、若狭在国也。詳細は、『斎藤徳元研究』を参照せられたい。

ふり返ってみれば、若狭在国廿五年間のことどもは、彼にとっては失意の時代であったにもかかわらず幸いにも文事応接の小姓衆として、主君京極若狭守忠高も亦老成で能筆、和歌の嗜みもあってか以心伝心、なにかと徳元を重用したようだ。

名多の庄と云所の川へ、国のかみ（※忠高）逍遙せんとて出られ侍る時、老ては似気なき（※似つかわしい、ふさわしい様子ではない）事とはおもひながら、人なみにまかりて云々（『塵塚誹諧集』上）

右のくだりは寛永二年秋、徳元が忠高につき従い、遠敷郡名田庄村を訪れた条で、『伊勢物語』百十四段における「昔男」になぞらえて書いている。従って、若狭在国廿五年間とは、「武将誹諧師」充電の日々であったろう。

註「たでかみにせよとやさいに疋田鮨」句—上五「たでかみに」は、立髪のことか。更に「疋」の縁で、馬や雄のライオンなどの首の背側に生えている長い毛—「たてがみ」を懸けていよう。中七は「せよと優いに」と読むか。下五「疋田鮨」については、前掲書『小浜・敦賀・三国湊史料』所収、『敦賀志』に「香魚酢、疋田駅の産物」（197頁）。疋田村（敦賀より平路二里）の条にも「此里人毎年五月より鵜を飼、香魚をとり、鮓に製して官へ奉る。……此鮓の甚美なる普く人の賞する所にして、邑人も亦夏月第一と賞翫す。」（229頁）と。かつ疋田村の城主疋田氏代々を戯画化せし、と見たい。敦賀に長く滞在した人間でなければ、作句は無理であろう。

（平成十八・三・十四稿）

# 京極忠高宛、細川忠利の書状をめぐって

## ――忠高像と小姓衆徳元像を追いながら――

徳元誹諧を核とする、わが文庫には、主君だった京極若狭守忠高の書状が二通架蔵する。うち一通は、すでに紹介ずみ（拙著『斎藤徳元研究』下に収録）。平成十五年のＮＨＫ大河ドラマは吉川英治原作に成る、剣豪「宮本武蔵」で、徳元とも親交があった渡瀬恒彦演ずる澤庵和尚や中井貴一の柳生宗矩がしばしば登場した。

土佐堀川からの緑風が頬をなでる頃に、私は大学教授を退職後、二年ぶりに淀屋橋上へ出、中ノ島河畔に面して建つ、クリーム壁の豪壮菱形の住友ビルの前から、バスで府立大阪国際会議場へ向った。川風が心地好く吹き過ぎてゆく、葉桜の候だった。お目当ては、「宮本武蔵とその周辺―書画を中心として―」展に出品されたる、京若州宛、細川越中守忠利書状の実見にあった。

書誌。軸装。紙本墨書。財団法人永青文庫蔵。

池蓮

露の玉これなんそれとうつせミの／

花にたちおほふいけのはちす葉／

我に如此読申候被成御覧候而可被下候

五月四日　（花押）

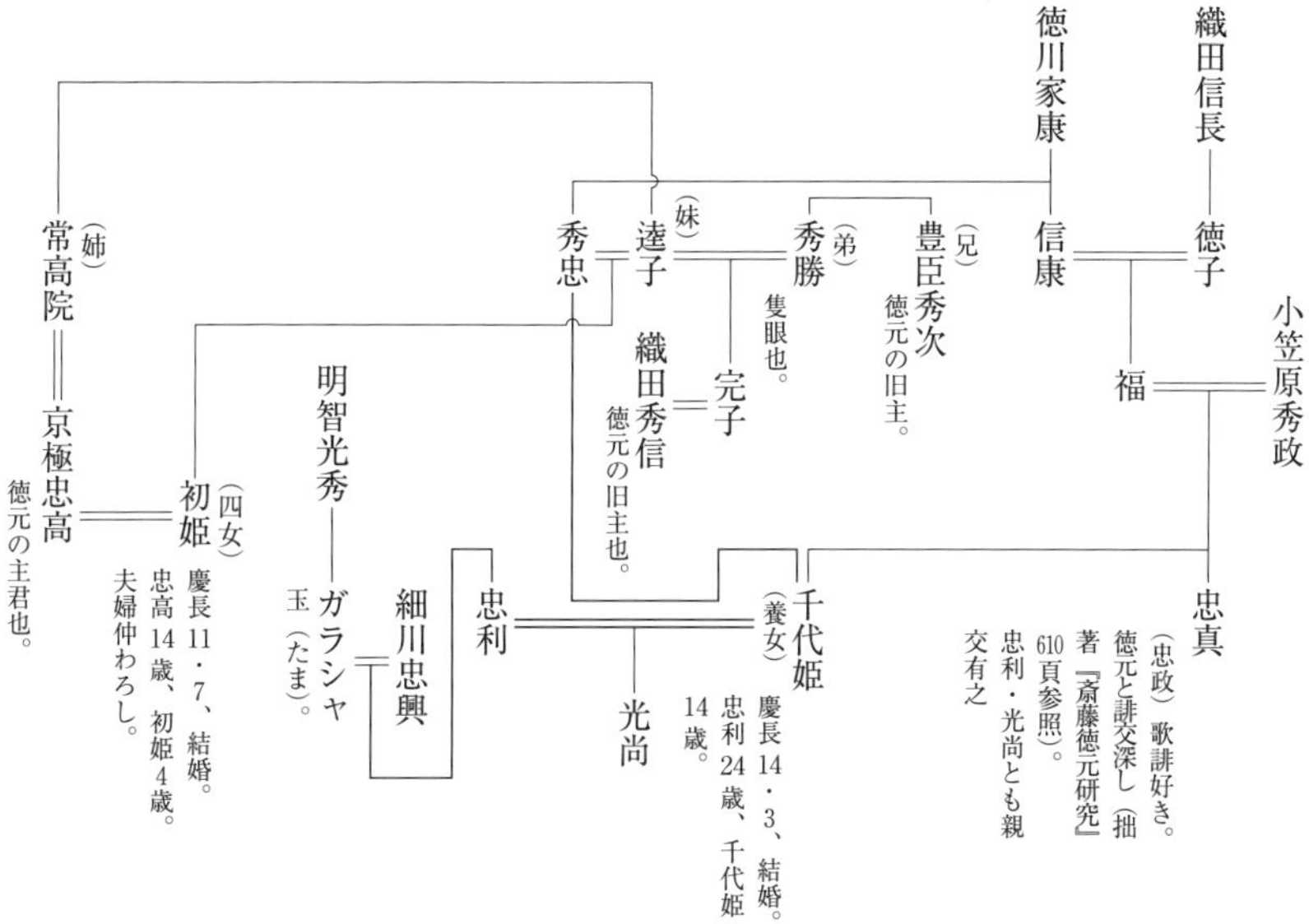


細越中

［封］　京若州様　　忠利

人々御中

宛先の「京若州」とは、いったい如何なる大名か。特別入場券の見出しには、単に「細川忠利　京若州宛書状・消息『八月十日…』」と記すのみ。担当学芸員はわからなかったらしく図録も亦同様に説明せられてはいない。便宜上、山本博文氏の著書『江戸城の宮廷政治―熊本藩細川忠興・忠利父子の往復書状』（読売新聞社、平5・6刊）をもとに、細川忠利・京極忠高・小笠原忠真をめぐる略系図を作成してみよう。

奇しくも如上の三人は〝義兄弟〟の間柄にあったのだ。とりわけ歌誹好きの忠真とは親交が深い。従って身内の個人情報は比較的容易にキャッチすることが出来たのであろう。むろん将軍家に対しても同様であったろう。山本氏前掲書123頁以降、「京極忠高の失態」の条を参照せられたい。すなわち、それは「池蓮」と題した細川忠利自筆の自詠歌を、義弟たる京極若狭守忠高とその家臣に宛てて、その批評方を乞うた内容の書状也、と考えられる。

私はここ四十年来、京極忠高の家臣で武将誹諧師斎藤徳元（永禄二（一五五九）～正保四年（一六四七）八十九歳歿）の伝記研究と作品集成に没頭してきた。因みに拙著『斎藤徳元研究』上下二冊（和泉書院、平14・7刊、約1100頁）に詳述。そのなかで若狭小浜城主京極忠高が敢えて西軍（石田三成方）の残党徳元（岐阜城主織田秀信の家老）を新たに召し抱える必然的意図が今一ツよく納得出来ないでいた。まあ徳元の文才などが買われて、文事応接担当の「小姓衆」として採用されたのであろう、と推考してきたのだったが、……。

さて、こたびの特別展観で偶目し、如上の忠利自筆自詠歌の出来栄えと批評方をなにゆえに義弟忠高に宛てたのであろうか。つまり、忠高も同様に歌詠みであったということなのか。これは新見である。

本書状の出現によって、忠高が一応歌詠みであったと解すれば、誹諧師徳元の京極藩採用もすんなりと氷解出来得よう。私の忠利書状実見の目的とは、だから宛先である京極若狭守忠高という一大名家の歌人像を新たに構築する点にあった。

われわれは今、細川忠利自詠による、「池蓮」の題詠で「露の玉」が詠み込まれている一首を読みながら、ふっと徳元作『尤草紙』上―七、「きれいなる物の品々」の章末に挙げた、

池の蓮（はちす）

はちす葉の濁りにしまぬ心もて

などかは露を玉とあざむく

なる一首が想起される。蓋し右は『古今和歌集』巻第三・夏歌からの引用ではあるが、その詞書には、「はちすの露をみてよめる」とある。すれば前掲の「池の蓮」は作者徳元のオリジナルか。忠利の自詠歌は『尤草紙』からの受容なのか、宛先に「人々御中」とあるので、あるいはそこに、「京若州様小姓衆徳元」とか「同朋（どうぼう）衆徳元」を想定して

みたいところだが、わからない。

再説、謾考する。それは若狭居住時代における徳元の誹文を読み直してみたい。**一**は、寛永二年の秋、徳元は主君忠高に扈従して、遠敷郡名田庄村を訪れているが、その折の誹文は『伊勢物語』第百十四段における「昔男」になぞらえて叙述する。**二**には、同三年春、徳元は小浜城下から上洛した。在京の間に、「源氏巻名発句」を詠み、次いで『古今和歌集』の序文中「そも〳〵、うたのさまむつなり。」を下敷きにして「歌の六儀の詞ばかりをいさゝか発句に」と平易に、「そへ歌・かぞへ歌・なずらへ歌・たとへ歌・たゞごと歌・いはひる歌」をそれぞれ発句に詠みこんでいる（拙著『斎藤徳元研究』上―230頁参照）。これなどは暗に歌人忠高への文芸指導とみてとれないであろうか。要するに私は、今後の研究課題に、忠高と徳元との雅交を歌誹の面からも例えば新たに寛永版「昔男や貫之」役を演じてみせるが如き、主従関係だったであろう、としたいのである。

（平成十六・二・十一稿）

**〔追記〕** 徳源院に京極忠高の和歌短冊一軸が所蔵される。岐阜市歴史博物館の寛・土山両学芸員のご教示による。

（平成十九・六・廿記）

名月とも
しらて
さふらひに
詠哥之
おとろき
とりあへす如此ニ候
いつとなくいたく澄そふたもとそと
おもへはけにもなにしあふ月　忠高

# 研究補遺

## 1.「一子出家九族天に生ず」考
### ――斎藤道三の遺言状と徳元――

斎藤道三・正印軒何以・斎宮頭徳元。如上の家系が、私の学的脳裏の片隅にずーっと居座っている。されども基本的には間違ってはいまい。

中秋は喨々（りょう）たる十四日の空晴れて、私は岐阜市長良福光町（道三町トモ）在の道三首塚を、ようやく詣でることが出来た。以下は掃苔録である。（正面）「弘治二辰四月廿日／齋藤道三公塚」。（右側面）「天保八丁酉十一月造立／岐阜山下常在寺廿七世日椿代」。（左側面）「崇福寺村名主／井上仙蔵／敬白」。塔婆形の供養塚で、寸法は碑面のみ、高さ中央部より五八・五糎、横幅二四・〇糎、奥行き一三・四糎。こぢんまりと目立たないのがかえって好ましく、昭和三十年十二月廿二日附で岐阜市指定史跡となっている。岐阜市教育委員会の作成になる、説明板の文章を掲出しておこう。

斎藤道三は斎藤義龍と長良川を／隔てて戦い、弘治二年（一五五六）四月／一八日、長良川中渡の合戦に打って／出たが、道三方は敗れて大半の将兵／が戦死した。道三自身も四月二〇日、／城田寺に退れようとするところを／長井忠左衛門、小牧源太、林主水／などによって討ちとられたという。／六三才であった。／

その遺体は崇福寺の西南に埋葬／されたが、塚は長良川の洪水にたび／たび流された。その後、天保八年／

（一八三七）、常在寺第二七世日椿／上人が現在の場所に移して碑を建／てたものである。

と。掲出の文章は、おおむね太田牛一著『信長公記』をふまえ、要を得て正確。始め首塚は、長良崇福寺の西方約一丁、田圃の中に二箇の円墳有之、「前なる（円墳）を道三墳」（野田醒石著『岐陽雅人伝』昭10・3）と呼称。その後、流失して、「○斎藤道三塚は大川筋七番猿尾の西悪水落杁のきわ（崇福寺）堤内にありしが享保の比境内へ引由」（樋口好古著『濃州徇行記』寛政年間成）。松平秀雲著『岐阜志略』（延享四年自跋）は、崇福寺第十世雲堂和尚の代に斎藤塚を境内へ引き移したらしい。そして、天保八年（一八三七）十一月になって、常在寺の第廿七世日椿上人が、改めて建碑したようである。

さて、懸案の、道三の遺言状のことである。伝えられているものは三本で、(イ)『江濃記（ごうのうき）』所載のもの。(ロ)大阪・岡本家蔵。(ハ)京都市上京区・妙覚寺文書。であるが、本稿では、自筆とされる、「妙覚寺文書」を掲出したい。因みに、桑田忠親博士は著作『斎藤道三』（新人物往来社刊）157頁以降で詳述されている。

態申送候意趣者、於美濃之國大桑、終には織田上總介（信長）可任存分之条、譲状對信長渡遣、爲其節下口出勢眼前也、
其方事、如堅約之、京之妙覺寺へ被登尤候、一子出家九族生天といへり、如此調候一筆泪計、よしそれも夢、齋
藤山城至之、法花妙躰之内、生老病死之苦をは、修羅場ニをゐて得佛果、嬉哉、既明日及一戦、五躰不具之成佛、
不可有疑、けにや捨てたに此世のほかはなき物を、いつくかつゐのすみかなりけん、

弘治二年

四月十九日　　齋藤山城入

道三（利政）

兒まいる

宛先の「児（ちご）まいる」とは、最愛の末子斎藤新五郎也（後に美濃加治田城主。『斎藤徳元研究』上―94頁）、という（『江濃記』、

土山公仁氏説）。文中に、「一子出家九族生レ天」のくだり、がある。この「一子」は、むろん末子の勘九郎（新五郎）である。

実は、道三の外曾孫たる徳元も亦、仮名草子作品『尤草紙』上の第十八章「浮かぶものゝしなぐ＼」で、

罪浅き人。

一子出家すれば九族天に生ず

と書き留めていたのだ。対する語註に、新日本古典文学大系本（岩波書店刊）の該書校註者渡辺守邦氏は、「諺」（74頁）とのみ註される。が、これには出典があった。語源は『仏説盂蘭盆経』からで、「一子出家、七世父母皆成仏道」による。更に奈良康明編『仏教名言辞典』（東京書籍、平元・10刊）によれば、出典は「中国、唐、洞山良价（八〇七～八六九）の言葉。『洞山語録』一子出家、九族生天。（家族の中で一人出家者がでれば、九族が天界に生まれることができる。）」ということである（梅谷繁樹氏のご教示）。この諺は、日本古典文学作品中にも流布せられていたらしい。すなわち、『平家物語』巻十、『太平記』『そゞろ物語』（三浦浄心作、寛永十八年三月中旬開板）、『田夫物語』（作者未詳。刊記を欠く。成立は寛永十五年から同末まで。岸得蔵氏『田夫物語』考）等々にも引用されている。いずれにしても中世以後、戦国末から江戸期初頭にかけて、道三と徳元がともに記せし事柄自体が、稀有というべきであろう。因みに、「浮かぶ物の品々」の章は、そのあとに、「……俄なる大名の一類。」へと続くのである。それは多分、道三を始め、豊臣秀吉や加藤清正・福島正則らの一代大名たちの末路を見詰めたとき、旧豊臣系で昵懇だった山岡景以・脇坂安元らと共に乱世を生き延びた、美濃岐阜出身の武将誹諧師「豊臣徳元」が実感として表現した一文かも知れぬ。そのうえに、『尤草紙』上の卅一「赤き物のしなじな」の章は、

一、中そく＼赤事中そ。紫野のきもん閣に、妙覚寺の二王門、云々

から始まる。あるいは道三の遺言状なるものの存在を彼は仄聞していたのであろうか。

なお、徳元サイドからの、「一子出家」とは、甥の「周岳玄豊」を指すのであろう。すなわち弟の医者斎藤守三と先妻土井氏との間には、その三子に東美濃恵那郡福岡町在、妙心寺派宗福山片岡寺開山、周岳玄豊和尚が現実に生存していたのであった（拙著『斎藤徳元研究』上―62頁参照）。

〔附記〕　終始、岐阜市歴史博物館の筧真理子・土山公仁の両学芸員からは懇切なるご教示をいただいたことに、深謝いたします。

（平成十六・十一・六稿）

〔参考〕

## 編集余記

群雄割拠の戦国時代。美濃国主となった斎藤道三は、子義龍と長良川で戦い敗死。命日の昨日、岐阜市の常在寺で四百五十回忌法要が営まれた▼死の前日、美濃を信長に譲るとしたため「道三遺言状」は後に信長の岐阜侵攻の大義名分となる重要資料。これには複数があるが、「そもそもが偽物」との説もある。そこに一石を投じるような論稿が、美濃文化総合研究会機関誌の最新号に▼多治見市出身の国文学者安藤武彦さんの「『一子出家九族天に生ず』考」と題する一文。安藤さんは、道三の外ひ孫で俳諧の祖といわれる斎藤徳元の「尤（もっとも）草紙」の中のこの語句に着目した。「遺言状」にも「一子出家九族生天」というくだりがあるからだ▼出典は「仏説盂蘭（うら）盆経」か中国唐代の僧洞山良价の語録。「平家物語」「太平記」にも引用されているが、いわば知る人ぞ知ることわざ。そこで「戦国末から江戸期初頭にかけて、道三と徳元がともに記せし事柄自体が稀有（けう）というべきであろうか」と▼徳元は「浮かぶ物の品々」の章にこれを書き留めたが、この後も「俄（にわか）なる大名」「妙覚寺二王門」など道三を連想させるキーワードが連なることから安藤さんは「道三の遺言状なるものの存在を彼は仄（側）聞していたのであろうか」と俳諧研究の観点から遺言状実在を示唆した▼京の油売りの父と二代で盗（と）った美濃を、娘婿信長に譲るとした「国譲り」の遺言状。岐阜の原点としてあらためて見直したい。

（論説委員・永井豪氏執筆「岐阜新聞」平成十七・四・廿一・木曜日付）

## 2. 関梅龍寺の央雲と徳元の刀銘誹諧

岐阜県関市で刃物卸商社を営む井戸正(いどしょう)社長の肝煎りで、私は平成十三年十一月廿九日の午後、関市役所大会議室で、「武将誹諧師　斎藤徳元と刀銘之誹諧(とうめいのはいかい)」なる題目で講演をすることが出来た。その内容とは近年、早稲田大学図書館に収蔵せられたる寛永六年二月九日付、八条宮家家司生嶋玄蕃宛、徳元第四書簡を解説して、なかんずく、

……江戸よりは何もえもたせ不／申候此二色みの物（※美濃物）にて御座候／兼里が大小刀に干大根三十本／進上仕候……

と記すくだりであった。すでにして糖尿病が遠因の、腫(は)れ物（疽(そ)）にいとうなやむ智仁(としひと)親王への献上物として、美濃関の兼里(かねさと)銘に成る慶長新刀の大小刀(おおこがたな)に「干大根卅本」を贈っている。因みに井戸正さんのご教示によれば、初代兼里は嘉吉頃、現在の養老町直江に住み、のち赤坂（大垣市赤坂町）で鍛刀したらしい。二代め兼里も応仁・文明の頃に、赤坂で打ち、三代めの兼里以降に関へ移ったと言う（小川恭三著『資料集西美濃の刀工』91頁）。すれば、あるいは徳元老、「濃州通罷上候とて大垣／へ立より申候へハ岡内膳殿御噂／被申候」（前掲書簡）と記して、その折に赤坂宿の街道沿い辺り刀剣商で多分みやげ物程度に求めたことであろう。値段は五両前後か（石川英輔著『大江戸番付づくし』所収、「名刀」69頁）。かつ糖尿病患者にとっては「干大根卅本」も薬効有之とか。

徳元作「刀銘之誹諧」（『徳元千句』所収）は、寛永九年十一月に成った。それは百韻連句のすべてに刀銘を賦す、という特異な言語遊戯に徹した付け合いでパロディ化するもの。いま、当該句の前後に「美濃国」の刀銘を詠み込んだ付け合いのみ抜き出してみよう。なお棒線部は刀銘である。

花〳〵の菊一文字植とをし　備前
志津こゝろなき霜の大ふり　美濃
なへての民ものむ三原さけ　備後
かんなへのしゆくの市人兼元め　美濃
濁る世は三池の水もあせ果て　筑後
鳥龍にかさる兼船もなし　美濃
長久に祈る契りを身にしめて　出羽
寿命をおもふいもとせの中　美濃
月に暮をうち酔は友成　備前
つきせぬや和泉守の亭主ふり　美濃

以上である。「志津ごころ」は、賤（しづ）ごころ。「賤が心」で男性の一人称。「兼元め」は、金元（かねもと）・銀元で「資本主の意」に転化。金求め、となろう。付け合いの鑑賞は、刀銘「備後国三原住」ならぬ、なべての民も飲む「三原酒」から「燗鍋」に付き、更に〃刀鍛冶の大神〃南宮大社などを想定して「神名火（かむなび）の宿――赤坂宿の市人」へと展開していくか。そして「関孫六兼元の奴め――金もうけをする宿場町の刀剣商よ」などと徳元得意のパロディに化してしまっているようだ。以下略。

さて如上、私には徳元の脳裡にイメージされた関の刀剣類を略述してきたことで、卅九年ぶりに、ふたたび関の梅龍寺を詣で、夬雲(かいうん)和尚なる坊さんと武将徳元との縁を調べ直してみたい、とにわかに思いたったのだ。理由は、和泉書院から近刊の拙著『斎藤徳元研究』の第二部・年譜考証篇、慶長五年（徳元、四十二歳）の条に於て、

○八月廿三日午刻、岐阜落城の折、上格子(あげこうし)にて深手を負い、郎党に援けられ関梅龍寺まで来、手傷保養を受け、住僧夬雲和尚、善に労わる。程なく全快して池田家に仕官す、とか。（山本館里著『南北山城軍記』延享四春成）

と軽く触れた程度で、『堂洞軍記』『美濃名細記』など野史のたぐいも同様なる記述であった。講演終了後、井戸正さんの東道で大雲山梅龍寺を詣でる。卅数年前に出刊の、私家版『戦国武将斎藤斎宮弢—俳人徳元の前半生—』（昭39・8刊）で、「文中、関梅龍寺に住僧として『快雲和尚』なる僧が居た、と記されているが、同寺史を調査してみると、前記、住僧は全く見当たらない。」（43頁）と註記をしたが、果たしてそうなのか。結果は否であった。すなわち、示された平成七年盛夏刊行の、住職真常弘禅著『梅龍寺史』を繙く。38頁以降に詳述されている。

夬雲玄孚(かいうんげんふ)禅師は梅龍寺第九世、妙心寺第百九世の住職である。西濃上土郡の人、姓は猿渡氏。七歳の春に八世天猷(てんゆう)玄晃(げんこう)（※大徹法源。富加町加治田、龍福寺開山）の弟子となった。四十一歳のとき、天猷から印可(いんか)を受く。くだんの慶長五年は五十四歳。のちに中津川市苗木城下・雲林寺の開山となって、元和八年三月廿五日に示寂、世寿七十六歳であった。従って、前掲書『南北山城軍記』を始め野史の記述は事実であろう、と訂正したい。（平成十四・正・八稿）

## 3．昌琢・徳元と金剛般若経の最終章

幕府の「御連歌師」里村昌琢老も、その門下で武将誹諧師斎藤徳元の人生観にも、やはり無常観がうかがわれよう。殊に金剛般若経の最終章や法華経普門品第廿五章からの章句は、彼らの脳裏に深く刻みこまれていたらしい。

ここで、角度をかえて、もう一度、作品を読み直してみる。改めて私は寛永二年の春に、若狭在国の徳元が三法師秀信歿後十七回忌に因んで、遙々高野詣でに旅立ったのだ、と考えたい（第一部「謾考　徳元作『高野道の記』あれこれ—織田秀信の歿年月日について—」）。なれども、それだけの理由では必然性に欠けるだろう。まず昌琢の場合から述べる。寛永六年四月七日、八条宮智仁親王が薨去。御年五十一歳。相国寺の塔頭慈照院に葬られた。雅交深き昌琢は江戸から急ぎ帰京、六月四日に御墓を詣でて長文の追善記と百句を手向けた。拙著『斎藤徳元研究』（上—268頁）を参照のこと。で、その終章から抄出する。

……ひくれぬれは／都にかへり侍るをしたわせたまひて　川つら／ちかくをくり出させ献をすゝめ給ひしも如夢／幻泡顥（コウ）如露亦如電矣生者必滅のことわり／をまぬかれたまわぬかなしひ（後略）

右の出典は、金剛般若経の最終章からであろう。すなわち、

いかにして人のために演説するや。相を取らざれば、如如にして不動なり。何を以ての故に。

　一切の有為法は、夢・幻・泡・影の如く露の如く、また、電の如し。／まさにかくの如き観を作すべし。

仏は、この経を説き已りたまえり。（岩波文庫版『般若心経・金剛般若経』による）

とあるのである。

さて、徳元の作品に移ろう。彼の場合も亦同様に、例えば『尤草紙』下の第廿二章「あだなる物の品々」の文頭は、

一、世間は、如夢幻泡影、如露亦如電。傀儡棚頭。／夢の世にまぼろしの身の生れきてなにをうつゝと定むべきかは（以下、略）

で始まっており、以下はこの金剛般若経の偈文による無常思想で叙述されている。『俳家奇人談』所収、「斎藤徳元」伝の章末、辞世句についても、

……若州において死す。辞世、

今までは生たは事を月夜かな

これ大空経の文に拠れり。曰く、幻化夢ノゴトク、影ノゴトク、水月ノゴトシと、妙なるかな。

（岩波文庫版による）

とある。文中、「大空経」に関しては、前掲書『法華経』上巻を繙いてみると、第二・譬喩品第三に、「於空法得証」とあり、後註には「『空』の教え――「空」は梵語シューニヤター śūnyatā の訳。この世に存在するものはすべて因縁によって存在するようになったものであって、その実体とか本質とかいうものはもともと無いということ。大乗仏教の基本的な教説」（岩波文庫版、393頁）と説いている。私は、「大空」とあるから、あるいは般若心経・金剛般若経などを指すのであろう、と想定したいが、文末の竹内玄玄一の解釈「幻化夢ノゴトク、影ノゴトク云々」のくだりには、明らかに昌琢同様に金剛般若経最終章の思想がうかがわれる。かつ又、徳元の辞世句自体も右思想の諧謔であろう。くだって西山宗因が『阿蘭陀丸二番船』で述べた、「……いづれを是と弁ず、すいた事してあそぶにはしかじ。夢幻の戯言也。谷三ツとんで火をまねく、皆是あだしのゝ艸の上の露。」も案外パロディか。例えば宗因の独吟中にも「仏道を」「彼岸」「火宅」「世尊」又は「大般若経」なる仏語が散見せられるが、深追いは控えたい。

すでにして「高野の嶺によぢのぼり」て、光台院の裏山に建立されたる、織田秀信の供養塔を詣で、しばらくの間

墓を守れる武将誹諧師斎藤徳元は、入道姿になってはいた。入道とは、在俗のままに剃髪し僧衣をつけて仏道に入った人のことを、斯く呼称する。確かに彼は金剛般若経などの無常思想を内に秘めるが如き武将誹人ではあろう。なれど織豊乱世の修羅場をくぐり抜けてきた豊臣ノ斎藤斎宮頭入道徳元自身は、無常思想に徹し切れなかった。洒脱・諧謔・誹諧紀行への旅うんぬん。そうだ。「高野道の記」の旅とは、それは、「帰るさ、奈良の都へ」向かう文人として の行吟の旅ではなかったろうか。なお、そのことは別稿にゆずりたい。

（平成十五・四・十四稿）

## 4．謾考　徳元作「高野道の記」あれこれ

### ――織田秀信の歿年月日について――

寛永二年の新春は徳元翁数え年六十七歳、若狭国小浜藩主京極若狭守忠高に仕える、文事応接担当の小姓衆であった。むろん、主君忠高も老成・能筆家で手紙好きだったらしい。昨秋の元年七月には弱年にして高野山麓の向副村字東垣内の閑居で不遇のままに世を去った、旧主「岐阜中納言殿」の十七回忌に当たっていた。いったい、岐阜中納言秀信はいつ頃世を去ったのであろうか。現今、秀信の歿年月日については、三説も存在するのである。すなわち、

(イ)　慶長十年五月八日歿（『寛政重修諸家譜』『徳川実紀』『岐阜市史』）

(ロ)　慶長十年七月廿七日歿（光台院供養墓碑、拙著『斎藤徳元研究』上―129頁）

(ハ)　慶長十三年七月廿七日歿（善福寺蔵霊牌『斎藤徳元研究』上―46頁）

以上である。

私は謾考を試みる。すでに法体で「円実徳雲大居士」なる秀信法師は、東垣内の宅から、恩師松永貞徳宛に、無念の書状を送っていた。それの返事として、貞徳は、

岐阜中納言殿高野におはしけるか卯月の末つかたの文にこしかたのことみなくやしきよしの給をこせ給ける返事に

郭公はらたち花に聞そへて　いとゝむかしのことやくやしき（『狂歌大観』本篇、138頁）

と送っている。想うにそれは、郭公――初夏四月、橘――中夏五月の候で慶長十年の四・五月の頃ではなかったか。

秀信は卯月の末つかた、貞徳宛に「来し方、西軍――石田三成方に組したことは皆悔しき」由を愚痴って、どうしようもないわが身の行末に思い余ってついに「郭公腹を断っ」た日が五月八日のことではなかったか（キリスト教は自殺を禁じてはいるけれど――）。だが、それは未遂に終ったのであろう。なれども幕府宛には、「慶長十年五月八日歿」として届け出たのであろう。自殺未遂ではあろうけれど、敢えて死んだふりをする〝佯死〟としておこう。

(ロ)の「慶長十年七月廿七日歿」は、従っておおやけには、そのまま押し通していけば間もなく〝百ケ日〟を迎えよう。光台院裏山の五輪塔なる、おおやけの供養墓碑銘が、百ケ日追福としてであろうか。因みに、同じく光台院の裏山には徳元の旧主豊臣秀次の宝篋印塔なる「胴体墓」も現存していた（拙著『斎藤徳元研究』上―170頁）。秀次は秀信夫人完子の伯父に当たる。で、かつて三法師秀信くんは義理の伯父さんに弟従していたらしい。この点に関しては、土山公仁氏の新見多き好研究「三法師秀信」（『歴史読本』平15・5月号所収、新人物往来社刊）に詳述される。

さて、秀信の真の歿年月日は、いつのことであったろうか。私は「慶長十三年七月廿七日歿」が妥当であろうと考えたい。以下、その根拠を箇条書き風に列記してみる。

(1) すでに冒頭に於て述べた如く、寛永元年は年回の年で、歿後十七回忌に相当すること。従って翌二年三月に、徳元は遠く若狭国から若狭街道経由で高野詣でに旅立ったか。

(2) 向副の、善福寺薬師堂に祀れる、秀信霊牌には、銘に「大善院殿前黄門松貞桂融大居士　慶長十三年七月二十七日」と直接に墨書している。じか書きの霊牌であるがゆえに、かえって資料性が高い。

(3) 高野街道の傍ら西垣内の小高くなった丘には、前記薬師庵の旧跡が在った。そこには自然石になる一塚が現存、銘文はないが秀信墓と伝えられる。幕府宛には憚って人知れずに墓碑を建てる、とすれば、銘文はむしろ彫られないほうがよろしかろう。

参考までに土山公仁氏は、前掲の「三法師秀信」で、生年とその生母に触れられる。「秀信が生まれたのは天正八年（一五八〇）である。幼名は三法師。母は摂津の箕面あたりを領した塩川伯耆守長満の娘である。長満は、天正十四年、秀吉の命をうけた池田輝政に滅ぼされたともいう。」と。井上安代氏も同見解である。すれば秀信は慶長十三年七月、廿九歳歿と考えるのが妥当か。されど、土山氏の稿は末尾で、「現在高野山光台院にある秀信の墓石は後世に建てられたもので、それに記された慶長十年という歿年も確かなものでなく、高野山からおりて地元の有力者の娘との間に子供をもうけ慶長十三年に病歿したという説もある。」と、締め括りを暈（ぼか）されたことは少しく残念である。

（平成十五・四・二夜、稿）

## 5．譾考　徳元作「高野道の記」あれこれ

### ――高野山から吉野勝手の宮へ――

**寛永二年**（一六二五）　**六十七歳**

〇三月上旬（※新暦四月上旬）、徳元、高野山に詣づ。しばらくの間、光台院裏山に在る、織田秀信供養塔を墓守りする。三月十五日ごろまで、高野山に滞在した。

〇三月十六日ごろに、高野山を発って、修験道の吉野山へ向かう。

折ふし、吉野は全山桜満開、殊に中千本の辺りは花の吉野也。謡春庵周可撰『吉野山独案内』（寛文十一刊）に、徳元句一句収録。

から大和一目（やまとひとめ）にや花のよしの山　江戸徳元（巻二）

後年、彼は寛永九年十一月成、『徳元千句』（写本一冊、「於伊豆走湯誹諧」「熱海千句」トモ。）「第一　名所之誹諧」の付合に、

藤さく門は**たふの峯**なり（大和）
**吉野**にはまん〳〵とある花盛（同）
**かつて**しられぬ春の大雪（同）

と回想しているか。

○さて、徳元は、このとき勝手明神を詣でている。折柄、春の大雪であったか。吉水神社蔵「由緒書」によれば、

式内　村社　吉野山口神社（※勝手神社を山口神社とも言った）

一、祭神　天之忍穂耳命（※勝軍神）　大山祇命　久々能智命

木花佐久夜比咩命（※花の神）　苔虫命　草野比咩命

一、由緒　創立年月不詳　清和天皇貞観元年正月廿七日　詔授正五位

朱雀天皇天慶三年正月六日詔授正四位

後醍醐天皇延元二年正月十日詔授正二位　慶長三年豊臣秀吉公社殿改造中薨去ニ付仝五年豊臣秀頼公社殿改

**造**　正保元年十二月八日焼失仝三年再建ス

（以下略）

とある。すれば、徳元が参詣せしときは、豊臣秀頼が社殿を再建した以後のことであったろう。彼は当神社で狂歌一首を詠んでいる。

□生白堂行風撰『後撰夷曲集』（寛文十二刊）

巻第五　神祇

吉野勝手の宮にて

神軍かつ手の宮の鉾のえは吉野漆の花ぬりにして　徳元

と。第三句中に詠み込んでいる「鉾」については、『大辞泉』（小学館）で検するに、「両刃の剣に柄をつけた、刺突のための武器。青銅器時代・鉄器時代の代表的な武器で、日本では弥生時代に銅矛・鉄矛がある。のちには実用性を失い、呪力（じゅりょく）をもつものとして宗教儀礼の用具とされた。」（2433頁）とある。

図９　勝手神社

図10　勝利神（吉水神社蔵）

平成十五年も歳晩余日なき頃に、私は吉水（よしみず）神社を詣でた。それは宮司の佐藤素心氏が勝手神社宮司をも兼務しておられるがゆえである。更に悲しき事実としては現在、明和四年（一七六七）の火災以後に成った、という勝手神社の社殿（図9参照）が、過ぎにし十三年九月廿七日に全焼し、跡地は平地となってしまっていたのだ。幸いにも吉水神社の社務所で、火災から免れた〝ご神体〟（図10参照）を拝することが出来た。なるほど、徳元が「神軍（かみいくさ）かつ手の宮の鉾の柄（え）は」と詠んでいる如く、勝利神たる天之忍穂耳命の右手には刀刃を天に向けて誇示している形相だ。だが、しかしである。ご神体を仔細に拝すれば、否であろう。これは鉾にあらず、いわゆる刀剣也。徳元の狂歌内容とは少しく異なっている様がうかがえよう。案の定、佐藤宮司も「確かにご神体は明和の火災以後に、新たに制作し直されたようです」と認められたのだった。従って寛永二年三月、徳元が豊臣秀頼再建の勝手神社に於て拝したとされる勝利明神像とは、推考するに両刃の剣に柄は吉野の黒漆に花塗り模様の「鉾」であったにちがいない。本来は、吉野修験道の崇拝対象たる、不動明王が如き〝お姿〟だったであろう、と考えられる。因みに入道徳元は高野詣での帰途、敢えて嶮岨な吉野詣でへと、なにゆえに参詣の旅を続けなければならなかったか。「勝手の宮」に何を祈願したかったのか。わが行く末のことであろうか、わからない。

その後、徳元は雅交ありし（追記）織田信雄（のぶかつ）藩領の大宇陀（おおうだ）を経由して、狂歌一首「なら坂やこの貸し宿のふためけばとにもかくにも寝られざりけり」（『塵塚誹諧集』上）と心に不快気だった、奈良坂へと向かったらしい。

（平成十五・十二・廿六稿）

〔追記〕『思文閣墨蹟資料目録』第377号（平15・11）には、新出の織田信雄書簡一通（十二月廿六日付、片桐主膳正貞隆（※且元ノ弟）宛）が図版にて収録されている。左に掲出する。

預示本望存候久々江戸ニ／御詰候て御苦身共由存候／当年ハ高野へも不罷出候／年内余日も無之候間／来春万々可申達候

恐々／謹言

極月廿六日　　常真（花押）

〆　片桐主膳正殿御宿所　常真

注目すべきは、文中に「当年ハ高野へも不罷出候」と記す箇所であろう。常真は連年、高野詣でをしていたのか。井上安代氏の著作『豊臣秀頼』（私家版、平4・4）によれば、

年譜慶長十八年の条

三月、紀伊御影堂、高野山僧、大坂へ登城し秀頼に謁し御礼する。（出典、高野山文書。55頁）

とあって、秀頼と高野山僧とは仏縁が在ったと見たい。とすれば豊臣氏滅亡以後、彼は従妹の淀殿を始め豊臣家への供養、あるいは甥の三法師秀信への展墓のためであったろうか。

（平成十六・二・二記）

## 6．徳元第五書簡の出現
### ――歳旦吟「春立や」成立の経緯――

寛永七年正月、岡部内膳正長盛・美濃守宣勝父子の江戸屋敷は、『正保武鑑』（屋敷付、正保元刊）等によれば、「赤坂御門前」に在ったらしい。上屋敷である。それは、現在の赤坂見附で、衆参両院議長公邸の辺りであった（岸井良衛著『江戸・町づくし稿』上巻）。嫡子宣勝は卅四歳。彼の藩医を勤める、徳元の長子斎藤茂庵もこの赤坂屋敷住まいなるか。正月二日は書き初め、江戸の街は朝から雨が降っている。徳元老は七十二歳、旧冬に再東下した。馬喰町二丁目の新宅に移って最初の元旦を迎える。二日は大名家に年始訪問、赤坂御門前の岡部藩邸で「試筆」に参加した。その折の、徳元一代の名歳旦吟、「春立やにほんめでたき門の松」はこのときの句作で、『犬子集』刊行以前から、すでに江戸の誹壇に風靡していた模様で、徳元門下、末吉道節句に、「我町に立や二本の門の松」なる模倣句が、存在する。先年（平成十四年）刊行の、拙著『斎藤徳元研究』に於て、著者は右「春立や」の句を、「大名屋敷を始め町屋（まちや）が建ち並ぶ馬喰町の宅から眺めてみた、寛永七年のリアルな正月風景」也、と鑑賞したことだった。こたびの「徳元第五書簡」の出現によって、成立は寛永七年元旦、場所は馬喰町の宅にあらず、赤坂御門前、岡部美濃守宣勝の「表御殿」ではなく「うらやしき」で詠まれし歳旦句也、と訂正したい。因みに、『塵塚誹諧集』下巻にも例えば、前書に「武州江戸山の手と云所にて」とか、「武江山の手にをゐて」と見えていて首肯出来よう。

さて、新出の「徳元第五書簡」について、書誌を略述する。本簡は、平成十六年十一月十二日に実見、東京古典会・古典籍展観大入札会（於、東京古書会館）の下見会に出品されし一幅であった。目録番号、一二八一。軸装。杉箱は新調、外題が貼付。「斎藤徳元／元正之御慶／申納候／宛先　斎藤玄蕃／寛永七年」と。次いで、本文を掲出する。

折から加藤定彦教授のご教示にも深謝したい。

〆　斎藤玄蕃様　　　　徳元

元正之御慶申納候　玄蕃様御気／色も弥よく御座候哉　然ハ昌琢父子元旦試毫之物如此候

雨といひてこゝろみぬるか今朝の春　　昌琢

聖代ニハ雨といへハふり　てる日といへハ其まゝてるといふ／古キことハより出たる右発句之由候

影も先かすむひがしのあした哉　　昌程

此次而我之句なと申入候事ハくるしく候へ共／其方ハ□□□(難読)申候　如此候　他見有ましく候／たゝ物かたりニハ

さも候ハん哉

木のめ猶いかにけふより春の雨

はいかい

春立やにほん目出度き門の松

一笑々々岡みのゝ殿のうらやしきニとくと有心／申候　其元少々御便入　御まち申候〳〵／恐惶謹言

寛永七暦　　徳（花押）

資料的価値について述べる。宛先、「斎藤玄蕃」とはいかなる人物なりや、初見。昌琢・昌程の元旦試毫連歌発句を知らせるくだり、連歌好きな武家衆であったか。昌琢に対しては、「然バ昌琢父子……」と敬称なしで記すが如く、プライベートな手紙では彼ら父子を〝呼び捨て〟で一筆啓上、見下していたようだ。「雨といひて」句は、『昌琢発句帳』にも収録。「聖代(ひじりのよ)ニハ」とは新天皇、すなわち明正女帝当八歳の御代(みよ)を指す。連歌発句「木のめ猶」は新出句。対するに誹諧発句として「春立や」を披露して、岡部美濃守殿の裏屋敷で心を入れて詠んだもの（前述）等々、報じている。すれば、中七五の「にほん目出度き門の松」とは豪壮たる赤坂見附御門——石垣枡形門の松をこそ指すのであろう。署名と花押の形は徳元第四書簡のそれと同形である。

大本『犬子集』刊行前後における、寛永期の江戸誹壇について鳥瞰図風に略述してみたい。徳元は寛永六年十二月廿六日に再東下。恐らく八条宮智仁親王の薨去を機に、徳元は江戸の馬喰町二丁目に定住方を決意したのであろう。そして寛永七年正月以後の徳元は、昌琢門下としての連歌師・誹諧師という資格で、内大臣の三条西実条(さねえだ)に誹句短冊を呈上したり、一族の春日御局からも、「南都酒」が贈られるなど。あるいは蒔田(まいた)広定・山岡景以・脇坂安元・松平忠利・諏訪忠因・諏訪頼立ら大名衆張行の連歌会にも一座している。確かに「歴々も不便に思しめし、かなたこなたと逍遙せられ」(『滑稽太平記』巻之三)て、「われらも(新年ノ)礼にありき申候」(徳元第三書簡)というような日常だったろう。寛永時代の江戸誹壇は、武将誹諧師斎藤徳元を指導者に仰ぐ武家誹諧文化圏であった。その象徴的な誹事こそが、赤坂御門前・岡部美濃守の裏屋敷での「春立や」歳旦吟の成立であり、かつ『犬子集』の巻頭句に入集されたことにあろう。三代将軍家光の治世に新年建ち並ぶ屋敷の通り、大名小路と「古寛永通宝」流通の江戸城界隈、誹文芸は大名衆から町衆へ。徳元は、道節宛第二書簡で「(江戸ハ)爰元も上下ともに」誹諧が盛んになっていく様(さま)を報じている。ところで、「徳元第五書簡」は東京都文京区内の某古書店がかなりの高値で落札、平成十六年の霜月半ば近く行方(ゆきがた)しれず成(なり)にけり、と。

(平成十六・十二・卅一改稿)

## 7．徳元の若狭在住期と重頼短冊

『思文閣古書資料目録』第196号（平18・5）に所載の、No.3「連歌・俳諧師短冊帖」全一冊は、連歌師兼載から始まって、里村南北両家、貞門・談林・蕉風の諸家短冊、計六十三枚貼込の折帖装である。写真版にて収録。因みに、『陶玄亭散人日録』四月二十三日の日記には、「徳元・重頼の二短冊に注目す。殊に重頼句を解読してみてビックリ。」。そして翌二十四日の条、「――十時四〇分に訪ねたり。――実見す。（略）新出句也。」とややコーフン気味でメモしている。

さて、書誌を記そう。黒ずんだ時代色の桐箱の上箱中央に、「手鑑」と墨書。なれど実際は、旧蔵者たる短冊コレクターが蒐集品を、剝がせし手鑑の台紙に、直(じか)に諸家の短冊を台貼りしたものであろう。

○山あかくそめて錦やたつた姫　徳元（※行書体）

金描樹木模様の朱短冊で、句柄に相応している。『塵塚誹諧集』下にも収録される。寛永七年以後、江戸在住期の作で、秋／九月十三夜として、

　山あかくそめて錦や立田ひめ

とある。季語は、『毛吹草』連歌四季之詞に、「中秋／龍田姫」である。

ところで、「山あかく染めて錦や」に相応する朱短冊は、まことにおしゃれである。私は三十数葉、実見してきた徳元短冊をめぐって、あれこれ想いをめぐらしてきたのだけれど、誹諧師徳元は常時、手控えが如き句稿を携行して

いたのではなかったか。例えば数寄者から朱短冊を示された彼、その都度句稿から図柄にふさわしい句をえらんで揮毫してきたのか。

○病後に／若劦へ／申遣し侍る

　　春風の告んはや又後瀬山　　重頼

徳元短冊の次に貼付される。色違い打曇り、金描草花模様の短冊。極札は「大文字や重頼　春風の㊞」とあり、古筆了佐門で朝倉茂入の極印である。詞書中に「病後に」なる事項は、手許の中村俊定先生の論考に「松江重頼の研究」「松江重頼年譜」（いずれも『俳諧史の諸問題』所収、笠間書院、昭45・9刊）を検してみても全く見えない。新見である。因みに中村先生の、如上の二篇は淡彩画の如き観。「若劦へ」は若狭在住期の徳元を指すか、後考したい。「若劦へ」に対応して、下五の「後瀬山（のちせやま）」も若狭の歌枕で、これ亦後考する。

○江戸邉にて／

　　焔霧にかはる霞の関路哉　　宗順

金霞、砂子地模様の短冊。連歌師辻（辻村）宗順は、徳元の連歌仲間で、多分、永田町の霞ケ関辺りで詠んだ句か。史料としても貴重である。その伝記は拙著『斎藤徳元研究』下―760頁に詳述。宗順の短冊は珍しい。

　さて、前掲の重頼句短冊は、徳元の「春風を」句が念頭にイメージされていて成ったものであろう。拙著『斎藤徳元研究』上所収、寛永二年・六十七歳の条には、

○春、徳元、風邪を引きて病んでいる人のもとへ見舞いに訪れて、発句一句を吟ず。

春風をさすがひ（※火）にははらふかな

徳元はまた医師でもあったらしい。云々。（168頁以降）

因みに原文の、『塵塚誹諧集』上は、

風を引て例ならずあつしくわづらひ侍る人のもとへ行けるに、祈禱のためとて発句所望せられければ、とりあへず

春風をさすが火にははらふかな

とある。右「風邪を引きて病んでいる人」とは、松江重頼青年を指すか。寛永二年時、彼は二十四歳で在京都から徳元宗匠を頼って若狭小浜にしばらく逗留、たまたま風邪に罹ってしまったのだろう。そのことは快復後、京都からの重頼句の詞書に「病後に若州へ申遣し侍る。春風の――」で、符合する。武将誹諧師で徳元医師は、在後瀬山の重頼を見舞って、治療したか。忘年の友情である。

次いで、若狭の歌枕なる「後瀬山（のちせやま）」について考察を加える。徳元と後瀬山については、前掲書『塵塚誹諧集』上―若狭在住期に、

寛永二年四月

今なかでいつの後瀬（のちせ）ぞ時鳥

九月十三夜

山城に月も名あぐる後瀬かな

と二句詠んでおり、徳元は、いわゆる後瀬山を賞美していたらしい。「徳元年譜考証」元和七年（一六二一）・六十三歳の条、

○初春二十五日、徳元、小浜城内の竹原の地にまつれる〝竹原天神〟に参詣して発句二句を吟じ、更に百韻一巻を奉納す。（『斎藤徳元研究』上―154頁）

□竹原天神

『向若録』（千賀玉斎著、寛文十一成）

菅神社両宇あり、一宇は治城の郭内にあり、其地を竹原と云う。**一宇は治城郭外の西後瀬山の南麓にあり、倶に雲浜天神社**と云う。……（中巻、菅神社の条）

『若耶群談』（延宝八成）にも同様の記述あり。

竹原天神とは現在の広峰神社を指し、当代、神主は和邇治郎兵衛なる人物。四百石であった。子孫は現存する（『京極藩知行録』、下―941頁）。一社は小浜城内・千種ケ森に在って広峰神社と呼称、もう一社は城外の西、後瀬山の南麓に存在した。更に、谷盈堂桜井曲全子著『若狭国伝記』（写本一冊、宝暦十四以前に成ヵ）によれば、

□竹原天神

此社竹原ニアリ　北野聖廟ヲ勧請シタル也　祭祀ハ正月廿五日　別当号二松林寺一松梅院ヲ模スト見ヘタリ　真言宗ナリ　以下、略。（上―155頁）

とある。小浜城下に、二社在る雲浜天神社は、後瀬山の南麓にも存在し、その神宮寺は松林寺と号して真言宗に属している。従って、北野聖廟を勧請した、「天満大自在天」像の前に護摩壇を築き護摩をたき、息災などを祈願したらしい。武将誹諧師斎藤徳元は、熱烈なる連歌の神様――天神信仰で、詠める発句も数句有之。徳元は、風邪を引て例ならずあつしく患っている松江重頼のもとへ見舞いに訪れて、「春風をさすが火にははらふかな」と詠んだのである。後日、重頼もお返しに、「病後に／若劢へ／申遣し侍る」と詞書を付して徳元老宛、答句、

春風の　告んはや又　後瀬山

と詠んだ次第也。下五「後瀬山」とは、前述の「南麓」にありし雲浜天神社――松林寺であろうか。それに、「後会の折に」の意も懸けたのであろう。すれば、春風邪ならぬ春風に託して告げましょう。いずれ、徳元宗匠にお会いします折に、と。ついでながら、徳元の若狭在住と重頼との交流をうかがわせる傍証に、『塵塚誹諧集』からもう一句。それは重頼撰『毛吹草』（正保二刊）巻五・夏―扇の条に、

何哥も扇にかけば折句かな　　徳元

□何歌も扇にかけば折句かな　　　（『塵塚誹諧集』上―寛永二年夏の句）

と入集される。右は、重頼が採録した、徳元句のなかでも唯一、若狭時代の制作句なのである。

終わりに例の、「春立やにほんめでたき門の松　徳元」句について触れておく。「春立や」の歳旦吟は寛永七年正月、江戸赤坂御門前、岡部美濃守宣勝の屋敷で詠まれたが（第一部「徳元第五書簡の出現」を参照）、何ゆえに『狗猧集』の巻頭句に採られるに至ったのであろう。重頼は、武将誹諧師斎藤徳元を当代における誹壇の長老格として、寛永初頭以来評価していたらしい。あるいは、長老格の意味とは、「有馬在湯日発句」や賦物誹諧・道の記などを多彩に物してみせるが如き、その文才に謙虚さに洒脱な誹人像に、心惹かれていったのではなかったか。すれば徳元と重頼との誹交は『狗猧集』編集以前から、すでに存在したことになろう。如上は、その試論である。　（平成十八・五・七稿）

## 8. 後裔からの手紙

昭和四十二年四月下旬のことである。徳元直系の孫で旗本の斎藤利武の後裔に当たる、米山時雨（よねやましぐれ）さんから一通の書簡を頂戴していた。当時、米山夫人は鎌倉市二階堂、大塔宮の奥に住んでおられた。因みに米山時雨さんについては、拙著『斎藤徳元研究』（和泉書院、平14・7刊）上巻第一部―「徳元伝雑考」の70頁に、下巻第七部―「斎藤家過去帳」の949頁を参照せられたい。さて、書簡を左に抄出しておこう。

　春暖の候御研究に励まれます御方様よりの御便りに接しまして誠に嬉しく存じあげます。
　私共も先般御承知と存じますが余りに永い年月続きました家柄に加え震災と戦火の為に先祖伝来の物は全部灰にしてしまいました上委しく覚えて居りました私の母（ヒサ）の妹（斎藤昭典の母）が三年前に亡くなりましてうろ覚えの事しか申し上げられず誠に残念に存じます（略）
　何か御研究の足しにでも出来ます様な事実が御座いますと本当に私共も名誉の事とは思い努力致して見度いと存じますが(1)維新頃に浅草千束に居り（これは下屋敷だったとか聞いており私も屋敷跡を見に連れて行かれた事も覚えておりましたが戦争ですっかり焼けて何もなくなってしまいました。私が七、八歳の頃行った時は大きな質屋の庭に(2)当時の井戸と大きな樹のあったのは印象に残っております）ましたので(3)戸籍がそこで出来た事だけ又(4)春日局以来徳川家から御法事をして頂いて居りこれは戦争が終ってからなくなりましたが、(5)東大の方からも墓（(6)定光院殿）を明ける時は見度いとの申し入れを受けておりますがまだ時期を得ないでおります（略）
　頂戴致しました資料は得難い物として末永く保存させて頂き度く念願しております。

伝記の御研究は仲々御骨折りのことゝ拝察致しますが増々御励みの程御祈り申し上げます
乱筆乍らとり急ぎ御返事迄
かしこ

四月二十一日
米山時雨

文章全体の筆致からは楚々とした奥床しさがうかがわれて、ペン字も亦やわらかく美しい。この年、私はもう一軒、福岡市在の後裔斎藤定臣（さだおみ）氏の存在を知って、氏秘蔵の葛籠（つづら）いっぱいの資料出現に私の関心は移ってしまって、結局米山夫人にはお目にかからずじまいだったのだ。以来三十五年の歳月が経過したが、いまもって悔やまれる。

さて、伝記的な記事を註釈しながら、掲出の書簡を読んでみよう。

(1)「維新頃に浅草千束に」

幕末期における子孫、斎藤利久は浅草千束町に住んでいた。利久は明治十九年二月五日に病歿。享年三十歳と四ヶ月であった（拙著『斎藤徳元研究』上―第一部「徳元伝雑考」69頁）。

(2)「当時の井戸と大きな樹」

松江重頼は『懐子』の序文中に、徳元を「浅草の入道」と呼んでいる（同書下―第六部「徳元句抄など」877頁）。

徳元は寛永十年夏、浅草の新宅に移って賀句一句、

むねのつちうつ木も大こくハしら哉

と詠んでいる（同書上―第一部「終生弓箭、斎藤徳元終ゆ」27頁）。

前掲の徳元句たる、

桐の葉も汲分がたし井戸の水

は、この折の作句か、と創作しておこう。

(3)「戸籍がそこで出来た」

米山時雨さんの父、斎藤武治郎氏が利久の養子になった明治十九年（一八八六）四月廿二日の時点で、すでに本籍地は浅草区浅草千束町二丁目八十八番地となっている（同書上―第一部「徳元伝雑考」70頁）。

(4)「春日局以来徳川家から御法事」

徳元の自撰自筆本『塵塚誹諧集』上下二冊は、奥書によれば「貴命に依って」成った、献上本である。そして「貴命」とは、愚考するにこの奥書のすぐ前行に書きつけた狂歌一首、

　春日御局よりとて、南都酒到来ニ付

　　わらび縄此手でまける奈良樽はかすが殿よりまいるもろはく（図11参照）

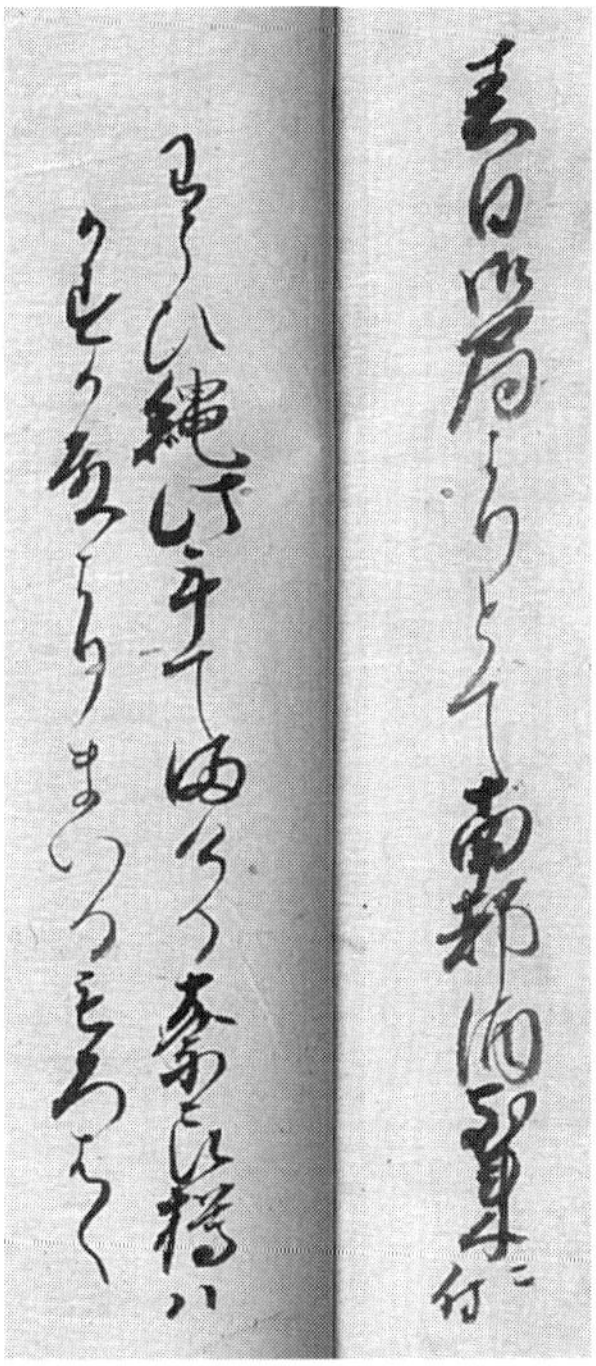

図11　『塵塚誹諧集』（早稲田大学図書館蔵）

と詠んだ「春日御局」その人を指すのではなかろうか（同書下―第四部「徳元漫想」622頁）。森川昭教授は後註で「春日御局　三代将軍家光の乳母。斎藤利三の娘。美濃斎藤氏の因縁により、徳元知ることありしか。」と記されている（『貞門俳諧集　一』183頁）。なお「徳川家から御法事云々」については、(6)の項を参照せられたい。

(5)「東大の方からも」
東京大学理学部人類学教室教授鈴木尚(ひさし)氏等編『増上寺／徳川将軍墓とその遺品・遺体』（東京大学出版会刊、昭42・12。架蔵）の「まえがき」（昭42・8・3記）によれば、増上寺と徳川将軍家墓地改葬作業が行われ、それにともない鈴木尚教授が中心となって、昭和三十三年八月四日に調査が開始。三十五年一月二十六日には完了している。従って「東大の方からも」とあるのは、以後の第二段階における調査方を指しているか。「斎藤家過去帳」には三代将軍家光の側室「定光院殿」も見出されるからである。

(6)「定光院殿」廣野三郎著『徳川家光公伝』（日光東照宮社務所刊、昭36・3。架蔵）から抄記する。

6　定光院　お里佐、お佐野。お里佐の方の出自については諸説あって決し難い。斎藤氏女（早稲田済松寺記。）……といふが如くである。

元和九年（一六二三）十二月、家光公夫人鷹司氏下向に供して下着、奥勤をなし、公の寵を得、慶安元年（一六四八）正月十日、鶴松を生んだ。……七月四日早世。慶安四年（一六五一）四月、家光公の薨ずるや、剃髪して尼となり、長心と名づけた。素心を以て戒師とした。延宝二年（一六七四）六月二十日死去。牛込早稲田済松寺に送葬した。済松寺は妙心寺派、素心の開基する所で、家光公の霊屋も営構されてゐた。法謚は定光院性岳長心大姉。以下略。（355頁）

『塵塚誹諧集』下、江戸に定住後の寛永十年以降の作に、

あるやごとなき人ひるねしておはしける所にて

若草のねよげに見ゆる砌かな

が収録。例えば、「あるやごとなき人」を、春日局とか、あるいはお里佐の方(かた)の如き婦人像が浮かんでこようか。

（平成十四・九・六稿）

# 9.『塵塚誹諧集』の伝来補訂

もう三十余年もまえの、岐阜県多治見市の旧居陶玄亭に住んでいたころの話である。ずーっと取って置きの、「御葉書」一通を紹介したい。昭和四十三年十月上旬に、私は神田神保町の古書肆一誠堂書店から、図らずも自筆本『徳元俳諧鈔』横写本一冊を入手することが出来た。ひどく興奮を覚えた。すぐに昂る心で、その旨を斯界の諸先学究にまずは報告したことだった。さて、折返し中村俊定先生からは、回想めいた御祝詞を頂戴した。文面は、かの笹野堅先生編に成る『斎藤徳元集』刊行の経緯を語るうえで、貴重なる書誌的記事也、と愚考する。十月二十日付だった。全文を左に掲出する。

拝復　学会ではお目にかかれませんでしたが御壮健何よりです。素晴らしい資料御入手の由おめでとう存じます。御入手の本はかって笹野君の徳元集を手伝った時手にしたことがあります。当時前島春三氏（当時日本女子大教授）から借用して来て翻刻したものです。『塵塚誹諧集』ももと前島さんのものでそれを笹野君が譲り受けたものです。笹野君の徳元集板行を思いついたのは塵塚を入手したことからです。あの本の手伝いは東大の市古貞次氏と小生でした。『徳元俳諧鈔』は市古さんであったか私であったか忘れました。誤読などありませんでしたか。昔がなつかしまれます。あの本が貴兄の手に入ったということはまことに意義があります。これを機に御研究おまとめ下さい。時節柄御自愛下さい。東京の近世文学会に御出でになりませんか。

文中、少しく注目すべきは、『塵塚誹諧集』ももとは前島春三氏の所蔵で、それを笹野先生が譲り受けたということのようである。ささやかなる新見だ。因みに、『斎藤徳元集』の解説では、

（『塵塚誹諧集』は）……上下共に開巻及び上巻の巻尾に緑色で「子孫永保、雲煙家蔵書記、共二巻」とある鹿島清兵衛の家の印記、上下の開巻の鹿島氏の蔵書印に重ねて朱の長方形の糸印があり、また二冊ともに巻尾に丸に「ち十」とある岡野敬胤氏の朱印がある。もと知十氏の愛蔵にかかるもので、今わたくしに帰してゐる。（13頁）

と述べられ、前島氏の名は触れられていない。なれども、『塵塚誹諧集』伝来の系譜は、

安西雲煙――（二代目）鹿島清兵衛、その妻は恵津子こと「ぽんた」である（田中純著『近代麗人伝』112頁以降）――知十岡野敬胤――**前島春三**――笹野堅――赤木文庫

というふうに訂正せねばなるまい。心あたたまる中村俊定先生からのお手紙ではあった。

（平成十三・八・八稿）

# 徳元の誹諧を読む

## 1．前句付「そろはぬ物ぞよりあひにける」の作者考
### ――徳川秀忠か、『塵塚誹諧集』下巻所収句――

寛永三年（一六二六）の春、斎藤徳元が京極若狭守忠高の文事応接係担当の小姓衆として若狭国小浜城下から上洛した折、京都所司代は二代将軍徳川秀忠に近侍していた板倉周防守重宗であった。

幕初における名所司代、板倉重宗（在職期間ハ元和五年九月カラ承応三年十二月六日マデ）に対する、徳元の評価は『尤草紙』下所収、「四　用いらるる物の品々、七　直なる物の品々」の二章で述べている。

四　用いらるゝ物の品々

一、主上、関白、将軍、これはあがめてもなおあきたらず。御朱印。所司代。（下略）（岩波・新古典大系・74『仮名草子集』101頁）

七　直なる物の品々

正直の二字。みどり子の心。聖人心。治れる世の掟。

（中略）

板倉の山田に積める稲をみておさまれる世の程をしる哉（中略）。無欲代官。所司代の※批判（※お裁き）。（103頁）

それは、暗に所司代重宗への、徳元の側からのサインではなかったか。『板倉政要』を参照せられたし。板倉重宗についての人物研究は意外と少ない。

ところで今夏、私は書斎にこもって改めて安楽庵策伝著『醒睡笑』を通読した。ただし底本は鈴木棠三氏の校註に成る、岩波文庫版上下二冊本によった。それは策伝も確かに徳元老とは同郷美濃国の出身で、かつ同世代。従って共通した知見や語句が散見されるからだ。因みに、以下を列記してみる。山畠助兵衛・愛宕精進・気の毒やなま木に鉈の庄・橋立の波もてぬらす文殊しり・すばり・おいど・茄子の枯るるを舞うという（※『塵塚誹諧集』上二、発句「茄子木やつれて舞〳〵かたつぶり」ガアル）・板倉政談（天下の所司代たりし）などなど。踏み込んで申せば徳元にとって『醒睡笑』とは、いわゆる〝新刊書〟であり座右の書ではなかったか。

『醒睡笑』とは、巻末の寛永五年三月十七日に成った安楽庵の自跋によれば、前述の板倉重宗の長子重郷に対して、「いまだ桜のみどりごの、年は十になり給ふといふ春、御父周防守殿の前にて、我がよむを、如何にも神妙にきゝおはします風情、栴檀は二葉よりの感に堪てさぶらひきに、又かこひにて茶をたてて給ふたるしほらしさ、いふ斗なければ、生たたせ玉ひて目出たふさかへ、すゑ繁栄あるべき色迄も床しく見及び」て本書を述作、周防守重宗宛に献呈した、という笑話集である。従って、寛永五年に十歳に成る重郷少年への訓育の書であったのだ。

斯くの如き成立の事情は一見、『枕草子』をパロディーする、徳元の仮名草子作品、前掲の『尤草紙』（初版八、寛永九年六月上旬、恩阿斎刊。長野県立歴史館・関川千代丸文庫蔵。『斎藤徳元研究』上―550頁）の場合にも共通して見られよう。

此尤草紙は、或人つれ〲の余りに、硯にむかひ筆にまかせて書集ける。其心あまれりや、たらずや。然を
忝　無品親王御覧有て、事足らざるを加へ、よろしきをたすけ、腹に味ひて筆の究とらせ給ふとぞ。

因みに、右の跋文中、「其心あまれりや、たらずや。」とは、『伊勢物語』第八十七段「田舎人の歌にては、あまれりや、たらずや」をふまえていよう。とすれば関ケ原敗戦以後二十有余年間、小浜城下の竹原に逼塞していたかれ、暗

にみずからを「田舎人」に謙遜して見せたあたりは奥床しい。『尤草紙』も亦、いまだ十代の若宮、八条宮智忠親王宛に献上の訓育の書でもあった。

さて、いよいよお目当ての一章を掲出することになろう。それは、下巻の五十一章「秀忠の誹諧」なる、見出しの章であった。

新田秀忠将軍、江戸の御城にて、大名衆御振舞なさるるに御鷹の雁の汁を仰付けられし。再進しげかりつるを御覧ぜられ、たはぶれに、

　振舞の汁や度々かへる雁

同じく元和九年の春、

　山々の雪のあたまや春の雨

といふ前句に、

　握りこぶしをいだすさわらび

また、

　高き物をぞやすく売り買ふ

といふ句に、

　富士の山扇にかきて二三文

また、

　今朝あけて雪を取出す箱根哉

同じくいづれの年の始めにやらん、

　武蔵鐙ふんばつて立つ霞かな

大御所徳川秀忠は、徳元句同様に室町風の誹諧を嗜んでいたらしい。
因みに、重頼編『犬子集』（寛永十刊）の巻末、すなわち第五冊目（上古誹諧）の最終に、「近年之聞書」として三句収録される。以下は秀忠の前句・付句に対する類句を挙げてみたい。

振舞の汁や度々かへる雁

（『塵塚集』上、寛永二年――ある人、手づからみづから雁を料理してよめがはぎを入て出されければ

かりを入て汁を出すやよめがはぎ）

加藤定彦氏は語註で、「『雁』は『雁首（かりくび）』即ち亀頭を暗示する。」と解される。鈴木勝忠先生も同解。更に、加藤氏は続けて「表面は、雁を入れた汁料理を、度々お替りするの意だが、裏に男女の性行為を暗示する。醒睡笑八には「振舞の汁や度々かへる雁」（作者は秀忠）、槐記には「下さるる御汁いくたびかへる雁」（作者は酒井雅楽頭（うたのかみ））以下、脇（伊達政宗）・第三（秀忠）の類句をそれぞれ所収。」と詳述せられた（岩波・新日本古典文学大系69・『初期俳諧集』281頁）。

山々の雪のあたまや春の雨

握りこぶしをいだすさわらび

（『竹馬狂吟集』、明応八年二月成立。――

春部付句

山のあたまを春風ぞ吹く

手をにぎるこぶしの花やちりぬらん）

『犬子集』に収録。「春」と「張る」（なぐりつける）の懸詞。「握り拳（こぶし）」に続く。

高き物をぞやすく売り買ふ

富士の山扇にかきて二三文

（『尤草紙』下及び徳元筆「夏句等懐紙」――郭公名のらばふじの高ね哉）

武蔵鐙（むさしあぶみ）ふんばつて立つ霞かな

（『塵塚集』下、寛永七年――元日午なりければ／むさしあぶみかけよ午（うま）の日けふの春）

『犬子集』にも収録。「ふんばつて」が誹言。

確かに秀忠の誹風には遊び心が濃厚で、その頃に詠んだであろう徳元句の句材にも一見、共通するか。さて、寛永三年時、京都の夏は殊の外暑くて、いわゆる酷暑だったらしい。徳元の賀句「日のもとのあるじ（※徳川将軍家ヲ指ス）やあつき京上り」は、この光景を諧謔せし表現であろう。大御所秀忠は六月廿日に上洛した。その折の模様について徳元は『塵塚誹諧集』上のなかで賀詞を書きつけている。

水無月廿日のころ、江戸より御上洛とて、世中ゆすりてあふぎ奉る。いかめしき御ひかりを拝み奉りて

日のもとのあるじやあつき京上り

冒頭、「江戸より御上洛」なる表現に、われわれは注目すべきであろう。因みに、住友男爵家旧蔵で現在、泉屋（せんおく）博古館蔵の新出、寛永三年九月成、「二条城行幸図」屏風を収めたる箱書にも、ただ「御上洛之図」とのみ記す由（実方葉子氏「新出《二条城行幸図屏風》について」『泉屋博古館紀要』18、所収）。当代、徳川将軍家の上洛をそのように固有名詞を伏せて呼称されてきたか。

ところで、「貴命」によって成立した『塵塚誹諧集』下巻の目次は、まず寛永六年十二月、江戸下りの道の記から始まる（※「寛永五年十二月」ト記スハ徳元ノ誤記）。次いで寛永七年以降の四季発句、「付合之句次第不同」として、春・夏・秋・冬・恋・雑の付合を収録。そして、

いと（※初案ハ「ある」。貼リ紙デ「いと」）やごとなき御かた上り（※「より」トモ読メル）めされて前句を一出し給
ふてけり。則席に五十句付て奉り畢。

　　そろはぬ物ぞよりあひにける
　靍のあし長きに鴨はみじかくて
　われ〳〵に逸起ははたをさしつれて
　花みには老若男女こぞりゐて
　地うたひに今春観世入まぜて
　（中略）
　　から竹ににが竹の子も生そひて

と即席に前句付五十句を制作。文頭の、「いとやごとなき御かた上りめされて」とあるのは、いったい如何なる〝高貴な御方〟が上洛されたのであろうか。徳元の場合、似たような文例に、架蔵の自筆本『徳元俳諧鈔』巻末の自跋に、

　年来したしくちなみ侍りける中に去やごとなき御方より愚作の誹諧一覧あるべき旨しきりにのたまひけるを、
（下略）

が認められよう。なれども、それは「去やごとなき御方より」と記すばかりで、「いと」が省かれているのだ。つまり「いとやごとなき御かた」とは、家柄や身分がひじょうに高いお方、と口語訳しておく。初案は「あるやごとなき御かた」と書いて身分を憚ったらしい。そういう御方が上洛した、ということは、寛永三年時に大御所徳川秀忠以外に見当たらぬ、と想定してみるとして不自然ではなかろう、と思う。そのように推考が出来、従って改めて付句五十句をていねいに読み直してみたならば、そこにいくつか将軍家に対する彼なりの心配りのサインが秘められていようか。

靍のあし長きに鴨はみじかくて（※第一句、慶祝。「鶴」ハ将軍家。「鴨」ハ京ノ鴨（加茂）川カ。）
地うたひに今春観世入まぜて（※秀忠ハ猿楽ヲ好ム。）
いかにせん能の役者の上手下手
狂言も三人かたはおかしやな
大臣のそばにあつまる五位六位（※五位六位ハ大名ナド諸太夫ヲ指ス。）
猿楽にでんがくもそふ神叓能
鷺の居る松にからすやとびもゐて（※松ニ鷺、「松平」を比喩。）
鴫もなく野べの松虫鹿のこゑ（第四十九句目。松虫」。）
から竹ににが竹の子も生そひて（※最終ノ第五十句目。）

恣意的に抜き出してみた。最終の付句「苦竹の子」については、改造社版『俳諧歳時記』夏之部を繙いてみるに、「苦竹　まだけトモ。〔滑稽雑談〕苦竹、肉厚くして葉潤し。筍微に苦味あり。（略）諸家惟苦竹筍を以て、最も尊しと為す。（中略）苦竹は夏なり。」と。「松虫」に「にが竹の子」、それは案外「松平将軍に竹千代君（三代将軍家光）」を連想するか。いやはや僻目かも知れぬ。

徳元伝記の研究を四十年。私の、これからの方法は、例えば『塵塚誹諧集』についても、いわゆる「徳元国」を鳥瞰図の如く立体的に読み直してみたい。そういう視点ですでに掲出の、「（寛永三年）水無月廿日のころ、江戸より御上洛とて、世中ゆすりてあふぎ奉る。」のくだりを読めば、徳元みずからも亦、主君京極忠高の文事側近衆として拝顔の栄に浴したことか。九月六日は、後水尾天皇が中宮徳川和子・皇女一ノ宮らをともなって、二条城に行幸啓した。『塵塚誹諧集』上には、

長月十日のころ、二条堀川のみたちへ行幸ありければ

堀川の御幸や月にもどり橋
やりのえや長月たつる辻がため
五位六位しゐ(ひ)柴かざす御幸(みゆき)かな

と詠んでいる。因みに行幸の道順は「御所を出て東洞院通を北へ、中立売(正親町)通を西へ、堀川通を南へ進み、二条城東門より入るものであった。その道筋総延長二十四町九間(約二・六キロメートル)には各大名から出された烏帽子著三、三二七人が整列・警護し、さらに各小路の辻々では約一、二〇〇人が固めるという厳戒態勢であった」(実方葉子氏、前掲論考)らしい。従って随行した側の徳元の誹文には、発句「やりのえや長月(※長突き)たつる辻がため」など臨場感が認められるだろう。

若狭守忠高にとって、大御所秀忠の存在は「岳父」であった。つまり、舅(しゅうと)と婿の間柄である。図録『徳川将軍家展』(NHK、平15・8刊)には、

初姫
生歿年　慶長七年(一六〇二)七月～寛永七年(一六三〇)三月四日
享年　二十九
生母　崇源院殿　続柄　二代秀忠　四女
夫君　京極若狭守忠高
法名　興安院殿豊誉天晴陽山大姉
墓所　伝通院
(徳川典子氏作成、222頁)

とあって、家光とは義兄弟になろう。春日局とも一族の誼(よしみ)で雅交有之。加えて最近、閉鎖的で知らるる永青文庫の蔵品で判明したことであるが、忠高は和歌の指南もしていたらしい。とすれば幕府の御連歌師里村昌琢門下で、八条宮

家御出入りも許されたる斎藤徳元老が、主君を介して秀忠から前句「そろはぬ物ぞよりあひにける」を頂戴して、則席に五十句を付けて呈上したことであろう、と結論づけたい。

秀忠は猿楽能を好み、椿の栽培でも彼が諸国から椿を集め、吹上花壇に植えて楽しんだりする（※鈴木棠三氏も『醒睡笑』下の巻末、解説中に触れられている。岩波文庫版、282頁）など、総じて「大御所御物がたき、御性質」（高野辰之編『日本歌謡集成』巻六解説、10頁）であるがゆえに、かえって前掲の発句「振舞の汁や度々かへる雁」の如き猥褻めいた御作をさりげなく詠んでみせた「お人柄」に、徳元は一段と親近感を寄せたことであろう。彼にも同様に、板倉重宗を評価し、「ある人の庭に、椿をおほく継木して置れければ／よせつぎの枝やれんりの玉椿」（『塵塚誹諧集』下）の発句、「謡誹諧」の作品など、共通した好みや関心事が存在するからである。末筆ではあるけれど、私の脳裏には曾孫の馬術指南家斎藤定易（さだやす）が幕府宛に差し出した「馬術由緒書」（宝永六年四月十二日附）中、「一、私祖父斎藤斎宮頭徳元と申し候者は、権現（家康）様、台徳院（秀忠）様の御為に遊ばされ候者にて御座候事。」なる漠然とした一節が、鮮やかに現実感をもったイメージにふくらんで蘇ってくるようだ。

（平成十五・十・十三、父静光院四十二回忌の日に稿）

## 2. 漉くや紙屋の徳元句

於北野
上手にもすくやかミやのうす氷　徳元

図12　徳元短冊（永井一彰氏蔵）

「平成十三辛巳年歳旦」としるす、永井一彰教授からの賀状に「徳元短冊入手。筆蹟は間違いないと思います。……」という吉報をいただいた。間もなくカラー写真も送られてきた。いつもながらの友情に鳴謝したい。右、掲出の図版が、それである。時代色をうかがわせる金描霞に草花模様の結構短冊、署名は見馴れた行書体で、やはり「皿」（バウ・マウ）画中、第五画目の「一」を欠いている。なお後日、実見する。むろん直筆であった。

さて、寛永三年（一六二六）は徳元六十八歳だった。このころ、現在の下京区四条室町下ル西に構える、京極若狭守忠高邸に滞在していたことであろう。同年十二月十九日か。徳元は北野天満宮に詣でし折あるいは境内の連歌堂からの帰りか、ふと天神さんの西側を流れる、紙屋川のまるで和紙の如くにうすく張った氷を一見して、一句詠んだのであろう。

因みに私は、ことし八朔の昼下がりに、北野天満宮を詣でた。そして御本社の西、木下闇の石段を上ると、御土居に出た。史蹟「御土居」とは、「天正十七年豊太閤皇居を造営し、ついで京洛の区域を定めその境界、並びに、水防のため天正十九年諸侯に命じて京都の四囲に築造した大土堤の一部」を言う。朽ちかけた案内の木札には、「天正十九年（略）大欅は秀吉が同年五月十八日巡察した時植えたものである。」と。その大欅を左に更に御土居を通り抜けて石段を下りる。こんもりと茂れる篠竹の藪や楓の木の間から小川のせせらぎが心地よく耳に入る。石垣を背に細長い清流が、すなわち紙屋川であった。なるほど、「漉くや紙屋のうす氷」のイメージがぴったりの佳景だ。徳元が詣でたときの冬の紙屋河畔は恐らく寒空に篠竹そよめく落葉林であったろう。彼が詠む風景句には確かに実景をもとに、それをパロディ化してしまう点に特徴が見られよう。

ところで、紙屋川と「紙漉き」については、角川文庫版の秋里籬島著『都名所図会』（昭44・4、再版本による）によれば、紙屋川といふは、むかしこの川のほとりにて紙をすき、商

図13　御土居の傍を流れる紙屋川

ふなり。

とある。更に、校註者の竹村俊則氏は、

……昔この川のほとりで禁裏御用の紙を漉く紙師の住んでいた所を宿紙村といい、その製品を紙屋紙または宿紙とも呼んだ。故紙の墨色のなお宿るごく粗末な紙である。この紙は主に綸旨紙に用いられ、水雲紙とも薄墨紙とも呼ばれた。今でいう「おとし紙」とか「ちり紙」に近い類の紙であったと思われる。紙師達は北野天満宮の付近と西之京円町の東、丸太町通紙屋川沿い付近に紙座を組織し、これを取締る紙屋院は右京区花園妙心寺の東南、木辻の辺にあったと伝える。（補註九三）

と、詳述される。従って通りがかった徳元が冬のつめたい紙屋川のせせらぎに張ったうす氷のように、折柄の紙師達が「上手にも漉くや」と、和紙を漉いている鄙びた佳景に重ね合わせて見た、詠んだとしても、あながち状況としては不自然ではなかろう、と思う。

◇**『塵塚誹諧集』**上巻に、

寛永五年林鐘（※六月）末、有馬在湯日発句

十二月大

十九　上手にもすくやかみやのうすごほり

とある。なれども、右「上手にも」の句は、本来、寛永三年冬、北野天満宮に詣でし折の作句ではなかったか。永井一彰教授ご入手の前掲徳元自筆短冊の詞書が、その成立事情を示していよう。「於北野　上手にもすくやかミやのうす氷　徳元」とある由、北野との縁で「神」ならぬ「紙や」そして「うす氷」であろう。

◇**『狗猧集』**松江重頼撰（寛永十刊）

巻第六冬／氷

北野にて
薄氷上手にすくや紙屋川　　徳元

◇『**職人盡誹諧集**』後編（寛延二刊）
紙すき
薄氷上手にすくや紙屋川　　徳元

（平成十三・八・八稿）

## 3．徳元や掘り出て「くわゐ」の句

阪急吹田駅近く、泉殿宮の節分祭福豆福餅まきに私は六十年ぶりで詣でた。昭和十九年の春、吹田第二国民学校五年生に進級以来である。因みに安藤家ファミリーは、かつて日本の租借地であった大連市へ渡る直前だった――。さて、社務所で、宮脇さんから図柄としては珍しい「御所献上／吹田慈姑」なる、絵馬二枚を買う。絵馬の裏には、「吹田慈姑」の由来が記されてあった。

吹田慈姑は古くより泉殿宮氏子地の水田で栽培され／浪華の美味として朝廷にも、献上された名産品でした。／近年吹田慈姑保存会の尽力で、幸い絶滅を免れ／洵に喜ばしいことであります（以下、略）

そう言えば私の幼年期は、確か当五歳だった頃か知らん、紫陽花が咲く市内泉町の生家の前栽で、よく〝土いじり―穴掘り〟をして遊んだ記憶がある。三〇糎も掘り続けると地下水が涌き出てきて不思議がったものだ。生家の裏手には、うすむらさきの薄荷の小花が咲き乱れ、田圃が拡がる湿地帯で、いわゆる「くわゐ」の栽培には最適の土地柄であったろう。昭和十二年（一九三七）六月頃の太平洋戦争まえにおける、吹田市泉町の原風景ではあった。境内霊泉のかたわらには、時代的には稀少なる石燈籠が二基有之。㈠は、節目のある円柱の竿燈籠であった。

□〔竿銘〕

正保三年　　　願主　吹田西庄

奉寄進

御神前石燈籠　　　諸願成就〔　〕御所

□□七月吉日　（　）□□□

(二)は、胴太で角柱の竿燈籠だった。

□〔竿銘〕

　奉寄進牛頭天王石燈籠

　摂州太田郡吹田邑西ノ庄

　明暦三年丁酉九月日

　願主　白江小太輔　敬白

右は、『吹田の石造物―神社編』（吹田市立博物館編集、平15・3刊、43頁）によったが、蓋し、実見の結果少しく訂正した。殊に前者の、「正保三年七月」銘のそれには、徳元最晩年に建立せられたもので、私にはなぜか奇妙なる親近感を懐いてしまうのだった。

元和元年五月、大坂夏の陣による豊臣氏の滅亡によって、摂州島下（しましも）郡吹田村は天領（天皇家ノ御料トモ）に編入され、幕府直轄領となった。そして、元和五年七月十三日から、京都所司代板倉周防守重宗が支配する。それは寛文九年（一六六九）二月まで続く（『吹田市史』第二巻、吹田市、昭50・9刊、52頁）。因みに、武将誹諧師斎藤徳元は、寛永五年前後に京極若狭守忠高の文事応接担当の小姓衆として在洛中で、かれ自身も亦、板倉重宗を〝名所司代〟也と評価していたようだ（拙稿参照）。吹田村の名産は、湿地帯にふさわしく〝吹田くわいと芹〟。殊に吹田くわいは天和三年（一六八三）以来、御所に献上している。そのことにつき、同じく『吹田市史』第六巻（資料篇）に収録の「吹田村明細帳」（天保十四年十月）には、

一　禁裏御所／仙洞御所／女御御所／大宮御所
　右四御所江毎年春御除料百性より所産姫慈姑献上仕来候（331頁）

と記している。慈姑はお正月の御節料理にも供される。戦前、私の少年時代には母はかならず煮転ばしにしてくれた。謾考ではあるが、吹田名産の姫慈姑は天和三年以前にも、あるいは重宗の時代にまで遡って洛中に送られ、下京・四条室町下ル西、京極邸に滞洛していた、徳元の食膳にも供せられたのかも知れない。有馬在湯中における、彼の「くわゐ」の句は、だから、その折のイメージが発句に詠まれたものであろう。『吹田市史』第二巻には、

　吹田くわいは、元禄・享保期には名産として記されている。元禄十四年（一七〇一）刊の『摂陽群談』には「吹田田烏子　吹田村の水田に作り、市店に出す。味大なるに勝たり。これを知る人これを求む」とあり、享保二十年（一七三五）の『五畿内志』に「菰（クワヘ）芹（セリ）但吹田村出」とある。この名産が何時頃からおこなわれたか不明であるが、天正十四年（一五八六）、豊臣秀吉がくわいを洛中洛外に栽培し、のち鳥飼種の吹田くわいを栽培して、東寺くわいの名が現われたという言い伝えがある（林春隆『野菜百珍』）。（115頁）

と推考される。

　さて、徳元作「有馬在湯日発句」中に「くわゐ」を詠める、発句が有之。

二月大
十七　ほり出て誰もくわゐの茶の子哉

季語は「くわゐ」で、二月中春。徳元著『誹諧初学抄』四季之詞には、「末春／くはゐ」。松江重頼編『毛吹草』巻二、誹諧四季之詞は、「二月／くはゐ」。同書、連歌四季之詞は「初春／蕁菜摘」と、それぞれ見えている。なれども、「蕁菜摘ム」と詠まないで、あえて「くわゐ」とした点に、徳元の誹諧に対する姿勢が看取せられるし、更に当代、諸家が「くわゐ」を詠める句は皆無。従って、これらの点からも徳元誹諧のオリジナリティーが認められよう。

表記については慶長二年洛陽七条寺内、平井勝左衛門休与刊行の影印本、『易林本節用集』（正宗敦夫氏校訂『日本古典全集』第一回解題）によれば、草木の条に「烏芋」とある。徳元在世時は「慈姑」にあらず、「烏芋」と表記していたであろうか。句意。上五「ほり出て」は「掘り出し物」。珍しい品物を安価で手に入れることで、と『久政茶会記』永禄元年九月十八日の条には見える（『岩波古語辞典補訂版』1204頁）。そして中七、「誰も食わいの」と読み、それは「少しくえぐい味で、くわいの」の意か、暗に鍬で「くわい」を掘る、に懸ける。

吹田くわいはおもだか科の植物で、葉は矢鏃形で先が尖り、下が二つに分岐している。茎は角ばっており中空で水を吸い上げる太いパイプ状である。吹田くわいは初夏の頃に伸びてくる花茎が枝わかれし可憐な白花を咲かせる。芯は黄色で三弁である。上部は雄花、下部は雌花で自家受粉する。地下茎は根部より十数本地中に延びて、その先端部分がふくれて塊茎を作る。さらに塊茎の先に芽が延びる。次いで、「くわい」の語源についてであるが、それは葉の形から嚙割（破）藺、鍬に似ているので鍬藺・「鍬柄」（図14参照）という方言が語源で、これがなまって「くわい」になったとの説がある（道家博隆著『吹田慈姑』昭63・6、私家版）。すれば、ここは「鍬柄」で掘り出し物の、誰も食わぬ烏芋を茶の子（茶請け）としてそえて出したことだヨ、と解するか。

さて、今春私は泉殿宮参詣がきっかけとなって、「吹田慈姑」の絵馬ならぬ、「くわゐ」の句を掘り出してみて、改めて「有馬在湯日発句」全体像のユニークなる誹諧性を、認めるに至ったのである。それは正に**徳元や掘り出し**してみることで、四季発句集としての「有馬在湯日発句」の見直しを、と提唱してみたい。

（平成十六・七・二稿）

図14　吹田くわいの葉

## 4．徳元句と「海鼠腸」

古誹諧句の鑑賞には、博物的雑学が求められよう。松江重頼編『毛吹草』巻四、讃岐国の名産に、「引田（ヒケタ）　海鼠腸（コノワタ）」を挙げている。国主生駒雅楽頭親正も徳川家康宛に、正月の祝儀として「引田海鼠腸」を贈っており、家康は礼状で「引田海鼠腸幷に雉子送り給い喜悦の至に候。なお面談の節を期し候」とよろこんでいたようだ（『引田町史』近世）。下って正宗白鳥の郷里、備前市穂浪でもとれたらしい（『入江のほとり』）。

上戸の武将誹諧師、斎藤徳元と引田沖の「海鼠腸」の二句は、恐らく彼も好物だったに違いあるまい。その「海鼠腸」が、実は江戸期以来——父祖のふるさと東海の三河湾一帯に——知多湾に面した幡豆（はず）郡一色町、次いで吉良、渥美湾に面する三河三谷が、名産だったらしい。去る六月下旬に三谷温泉で、妻が小学校時代のクラブ同窓会に出席をした帰途、幼友達の水野禮子さんから、海鼠腸の塩辛を「おみやげに」とて貰ってきた。試みに、前掲書『毛吹草』を繙いてみた。確かに在った。巻四に、「三河／海鼠腸」と見えている。なお大槻文彦編『大言海』にも、「海鼠腸——なまこの腸を取りてしほからとしたるもの、腸は三条ありて、色黄なり、三河の佐久の島の産、名あり。」との由。やはり、念願の珍味であった。その姿や色、味については、永井荷風の『妾宅』（明45・4作）に於ける描写が正確、左に掲出しておく。

小な汚しい桶のままに海鼠腸が載っている。（中略）（珍々）先生は汚らしい桶の蓋を静に取って、下痢した人糞のような色を呈した海鼠の腸をば、杉箸の先ですくい上げると長く糸のようにつながって、なかなか切れないのを、気長に幾度となくすくっては落し、落してはまたすくい上げて、丁度好加減の長さになるのを待って、傍の小皿に移し、再び丁寧に蓋をした後、やや暫くの間は口をも付けずに唯恍惚として荒海の磯臭い薫りをのみかいでいた。

さて、肝腎なる徳元句の鑑賞に移ろう。寛永六年の十二月末以後、徳元は江戸に定住して、日本橋馬喰町二丁目の中二階構えの「徳元亭」に引き移った。某年冬の候には〝お手当〟を給されている、讃岐国生駒藩より名物の海鼠腸が送られてきた。

□『塵塚誹諧集』下巻、冬の章に、

賛(讃)州疋田(引田)のこのわたを出し侍りけるに

　このわたで風のひけたもなを(ほ)る哉

同集上巻、日発句中に、

十二月五日　このわたは寒さもなをるさかな哉

季語は「このわた」で、初冬十月。『誹諧初学抄』には、「初冬／このわた」。『毛吹草』は、「十月／生海鼠(なまこ)このわた」とある。更に、辞典類では「なまこのはらわたの塩辛。冬季。」。海鼠は媚薬であった。『東西媚薬考』(東京・文久社、昭3・4刊)によれば、「行厨記要に曰く、痿(い)(陰痿)を治し、下元を温める上、腎を滋くし、陰を補ふ、回春剤」であるという。従って、「十二月五日」の日発句は、おのずと理解せられよう。

次いで、『滑稽雑談』巻之二十、「海鼠腸」の章を繙いてみたい。冒頭、「崔禹錫食経云、海鼠、其腸尤療ㇾ痔」としるす。あるいは徳元、大坪本流馬術の指南家でもありし、ときに痔を患いしや、とも推察するか。「〇五雑俎ニ云、海参、其性温補、足ㇾ敵二人参一、故曰二海参一、遼東海浜(大連湾カ)有ㇾ之」。海参(いりこ)は一名海男子。その形、男子の勢(へのこ、陰茎)の如し、と。句意は、讃岐国引田から贈ってきた、あたたかな此の綿ならぬ海鼠腸を賞味することで、折柄の風邪のひけたも回復することよ。正に矍鑠たりや老徳元ならむ。因みに、寛永誹壇に於て、「このわた」を詠める発句は、斎藤徳元以外には見当たらぬ。徳元歿後わずかに、「尾頭のこゝろもとなき海鼠哉　去来」なる一句が存在する。

（平成十六・十稿）

## 5．徳元の「桐の葉も」句鑑賞

永井荷風訳の『珊瑚集』（岩波文庫版）には、スチュアル・メリル作の「夏の夜の井戸」（明治廿年代の作）と題する詩が収録されている。その第一連では、生暖かい夏の夜の微風のさまを、

　お前の髪を解きほごす素早い私の指先から、
　長いお前の髪毛（かみのけ）は
　旅籠屋（はたごや）の井戸の中へと流れ込んだ。

と表現する。想うに、過ぎ去った昔の恋を追憶した詩であろう。人事的な詩である。さて、斎藤徳元の場合は、初秋の井戸を詠める句はどうであったろう。

寛永十年代、台東浅草の新宅に移り住んだ頃の徳元句には、例えば誹交が密なりし松江重頼編集の『毛吹草』（正保二刊）巻第六・秋―桐の句に、

　桐のはも汲分がたし井戸の水　徳元

なる繊細な生活吟が収録されている。因みに、鶏冠井令徳撰『崑山集』（明暦二刊）にも、

　巻第七　秋部
　　桐
　桐の葉も汲分がたし井戸の水　（徳元）

と入集。この句は、重頼撰『懐子』（万治三刊）によれば、

桐

桐の葉も汲分かたし井戸の水　　徳元

新古今式子内親王

桐のはも踏分かたくなりにけり

かならす人を待となけれと　　（巻第五　秋上）

とあって、式子内親王の歌をパロディ化せし句。野々口立圃撰『小町踊』（寛文五刊）等にもそれぞれ入集される。季語は桐、前掲の『毛吹草』連歌四季之詞・初秋に「桐」と見え、徳元自撰自筆句集たる、『塵塚誹諧集』上に収録される「寛永五年林鐘の末つかた、法橋昌琢公にいざなはれて、津国有馬へまかり、在湯中のつれ〴〵」に「その年の日発句」にも、

七月小

三日　切麦や桐のはもりの神のぐご

とある。従って「桐の葉も」句の制作年代は寛永末から正保初年の秋七月初め、浅草の徳元亭における吟か、としておこう。なお当該句以外に、徳元が「桐の葉—井戸」を詠める発句は、まずは見当たらない。例句としては、

井の水にふたする桐の一葉哉　（勢州山田之住）守種

ぐらいであろう。

あるいは、イメージから周知の語句たる、「桐一葉落ちて天下の秋を知る」〈淮南子（えなんじ）〉をふまえているか。なれども当該句における初秋の季節感は、「汲み分け難し」と詠んだ中七にあるだろう。手の平大（ひら）をひとまわり大きくした形状の未だ緑がかった桐の落ち葉が一枚、井戸底深くに浮かんでいる景。それを釣瓶（つるべ）で汲み分けようとするのだけれど、なかなかどうして——。とまあ、じっさいに眼にした日常の一齣に季節感を見出している。（平成十四・八・廿九稿）

# 6．徳元の連句を読む

## 一

遊びごころで、武将誹諧師斎藤徳元の文学をていねいに読んでいると、案外、彼の八十九年にわたる激動の人生の一齣々々がサインとなって見えてこよう。徳元学四十年の成果である。

その一齣。聚楽第に勤仕していた頃の、豊臣賜姓武将徳元の三十代は、やはり深いベールにつつまれてしまっていわゆる謎である。わずかに、自筆本『長嘯独吟』所収、玄札・徳元両吟「月見せん」の巻の二ノ折表に述懐される。ときに興行は寛永十九年（一六四二）八月十五日、台東浅草の徳元宅の中二階座敷に於てだった。

（オ2）　後世のこゝろもうとき老らく（※茶々姫との愛欲か）　玄札
（〃3）　殺生をするなと伯父（※豊臣秀吉の詰問をさす）にしかられて　〃
（〃4）　一門きらふ関白（※徳元の旧主豊臣秀次なり）の官　徳元
（〃5）　さもしくも内裏に銭（※秀次、急遽朝廷へ金銀献上をいう）やよりぬ覧　〃

如上の一連の付合で、徳元老は往時茫々関白秀次の一件を回想している。井上安代著『豊臣秀頼』（平4・4、私家版）を繙くと、「豊臣秀頼年譜」文禄四年七月三日の条（秀頼、三歳）に、

秀次かねて乱行あり。秀吉、石田三成・増田長盛・前田玄以らを聚楽第に派遣して詰問する。この日、秀次、秀吉へ対して異心のないことを述べ誓紙を納める。
秀次、朝廷へ金銀五千枚を献上する。（4頁）

とある。因みに秀次が、高野山青巌寺に於て切腹して果てるに至った、心的動きについて、鈴木勝忠先生の小説『蛙の腹―関白秀次の最期』（平13・11、私家版）は、するどくヴィヴィッドな描写でおもしろい。（平成十五・一・三夜稿）

二

寛永元年（一六二四）、オランダ東インド会社（※以下、V・O・C（フェーオーセー）と略称）は中国、日本との通商基地として台湾を占領して、台南市の外港安平（タイオワン）に商館（※ゼーランディア城）を建てたのだった。それは、日本への輸入品目のうちで、もっとも利益の高い中国産の生糸、絹織物を独占・確保することにあった。いっぽう、日本の商人たちも早くから台南（タイオワン）地方に船を送り、同地で取引をしていた。だが、V・O・Cの占領で、両国間には生糸通商紛争がおきる。

翌二年、長崎代官末次平蔵政直（※寛永七・五・廿五歿）は生糸の買付がタイオワンのV・O・C長官による妨害で不調に終ったことが幕府の知れるところとなって、バタビヤの東インド総督はピーテル・ノイツを大使に、ピーテル・ムイゼルを副使に任命して、台湾での一件を弁明させるために幕府宛派遣をしたのである（永積洋子訳『平戸オランダ商館の日記』第一輯、3頁参照。岩波書店、昭44・2刊）。

因みに寛永三年（一六二六）秋七月七夕の候は徳元老、六十八歳。若狭小浜から京極忠高に扈従して京都に滞在していた。

長崎でやすくねがひの糸も哉

右の発句は、如上の緊迫した背景のなかで詠まれたる作であろう。

斯くして、ノイツ大使らの江戸参府を任務とする、オランダの黒船ウールデン号は翌四年七月廿四日に安平（タイオワン）港を出港、平戸経由で九月一日に大坂港に到着した。前掲書『平戸オランダ商館の日記』から抄記する。

**九月一日**（七月二十二日）水曜　今朝夜明けに、風があったので錨をあげ、湾の中に向って漕ぎ進み、朝早く日の昇る前に、多くの美しい村を通って、姫路から十マイルの明石の町を通過した。そして朝には、明石から五マイルの兵庫に到着した。そこから凪のため直ちに我々のボンジョイの船で、一同大坂に向った。午後、神の恩寵により、無事大坂に到着した。兵庫から十二マイル。

**二日**　大坂で静かに過した。大坂に於ける皇帝（※将軍家光）の名代である奉行に、四門の大砲と、その附属品を渡した。（※将軍家光に献上）夕方江戸に居る平戸侯（※松浦肥前守隆信）からの手紙が届いた。（18頁）

その後、ノイツたちは京都から江戸まで陸路で向かうことになる。

**四日**　今朝淀から出発し、美しい行列とよい秩序を保って、昼頃淀から五マイルの京に着いた。（前掲書、20頁）

ここで彼らは、幕府からの指示待ちで九月十八日まで滞在した。その間、京都の町は、連日のむし暑さ・陰鬱なる天候・強い雨などが打ち続き、『日記』に記すが如く「忍耐」の日々であったらしい。そして九月十九日に、いよいよ江戸へ向けて出発した。

**十九日**　日曜　今朝我々の一行は、七十八頭の馬――その中七十頭は皇帝、八頭は我々のものである――と二百九十人以上の行列を整え、京から江戸に出発した。大津は近江の海と呼ばれる大きな湖の辺りにあり、美しい城で飾られ、長さ百間以上もある大きな、長い、美しい橋があった。京から三マイルである。大津から草津までは四マイルで、ここで昼食をした。夕方市場町、水口に着いた。草津から六マイル。ここで泊った。合計十三マイル進んだ。夜強い雨が降り、烈しい地震があった。（前掲書、22頁）

右の如き、まことに大仰な行列の光景が後日、徳元には「畏くも色を変へたる」と、表現を変えて『千句』（寛永五・十一成）第三の名残ノ折裏五句めで詠み込み、更に「――黒船に／何と見付ていきるいぎりす」というような付合になったか。しかし、徳元連句は、あくまでも寛永期の世相を反映しての創作・あるいはシグナルと読みとるべきであろう。折も折、「徳元年譜稿」寛永四年の条には、

○夏、徳元、江戸に下向したるか（谷澤尚一氏の説による）。

□『犬子集』巻第三・夏

納涼の条

江戸へまかるとて佐夜にて

刀さへ汗かくさやの山路かな　徳元

（拙著『斎藤徳元研究』上―231頁）

とある。時期的に見ればノイツらの江戸参府と重なり合う。いったい、徳元の江戸下向の目的は何だったのか。依然として謎が残る。

同五年（一六二八）七月十七日、幕府は末次平蔵のジャンク船の船長浜田弥兵衛が連行してきたオランダ人質を投獄する。オランダとは一時断交となった。

さて、『千句』第三・餅何（※餅花）の巻名残の折裏第五句め以下を抄出、鑑賞してみたい。

（名ウ5）かしこくも色をかへたるくろ船に
（〃6）何と見付ていきるいきりす
（〃7）長さきや咲も残らぬ花の春
（挙句8）てうすや霞酌かはすらん

□『塵塚誹諧集』下

いとやごとなき御かた上りめされて前句を一出し給ふてけり。則席に五十句付て奉り畢。

そろはぬ物ぞよりあひにける
黒舟に日本の人も乗うつり

因みに、「いとやごとなき御かた」とは、大御所徳川秀忠を指すか。別稿で考証。やはり徳元は「黒舟」をオランダなどの南蛮船也、と認識していたようである。一連の付合は、徳元の創作であろう。（六句め）江戸湾でオランダの黒船を見つけて激しく言い立てている小船よ。「いぎりす」とは近世前期に、江戸で用いた小形の川船のことを言い（『岩波古語辞典補訂版』）、それは、（七句め）で「エゲレス――イギリス」に転化するか。参考までに座右の、『出光美術館蔵品図録・風俗画』（出光美術館、昭62・11刊）を繙いてみる。

［41］　南蛮屏風

六曲一双／紙本金地着色／江戸時代・寛永期

が収録されている。屏風は、ポルトガル人が日本の港に渡来した情景を描く。左隻いっぱいに黒船が描かれ、帆船なれど、大砲を十六門装備、従って軍艦と見ていい。七句めと挙句の付合を鑑賞する。

「長崎や咲も残らぬ花の春」に対して、挙句「デウスや霞酌みかはすらん」に、たとえば前述の、『南蛮屏風』の右隻に描かれたるイエズス会の宣教師たちの南蛮寺などを想定してみたい。「霞」は酒の異名で、デウスの神が花見酒を酌み交わしていることであろう、と不謹慎にも戯画化してみせたところに、かえって寛永初頭の武将誹諧師らしい徳元のおおらかさがみられよう。

（平成十四・三・二稿）

# 第二部　連誹史逍遥

# 豊国連歌宗匠昌琢をめぐって

権力交替期における、当該連誹師たちと旧体制とのかかわりは、いかに相互に距離感を保ち続けるか、ということにあるだろう。関ケ原戦役後、豊臣家に対しては貞徳も昌琢も一定の距離を保とうとした。従って貞徳は「機を見るに敏な人」と世評され、私も拙著『斎藤徳元研究』（和泉書院刊）（下）所収、第五部「翻刻・宗因筆『昌琢発句帳』」の解題中に、「動乱の時勢を見るに敏、常に巧みに日の当たる流れのなかで泳ぎぬく連歌師里村昌琢――。」（685頁）と評したことである。

さて、大阪古典会創立百周年記念、古典籍善本展観図録『難波津』（大阪古典会、平14・5刊）には、数少ない豊国（とよくに）会所（えしょ）における、法橋里村昌琢張行の「漢和聯句」表八句一順の部分（巻子本仕立）のみが、写真版にて収録されている。同目録には、

541　漢和聯句　慶長十四年／豊国会所に於いて／里村昌琢　他

とある。左に翻字する。

慶長十四年四月三日

豊国会所

漢和聯句

(1)松騰神徳茂　廣忠／みとしろとをく(2)／なひく若苗(3)　法橋昌琢／せき分るなかれの／□（読メズ）　□□／帰-程過ニ

幾橋ヲ一　秀賢／平霜留跡履(4)　以心／飛雪砕声瑤(5)　集雲／袖にしも月の／した風吹送り　入前多大納言／やゝさむく成／かり臥の嶠(6)　法橋玄仲

〔語釈〕（1）「松ハノボル」。因みに「松」は豊臣秀吉の雅号である。（2）「御戸代（みとしろ）」。神の御料の稲をつくる田。神田。（3）子の日の松か。「引く小松の苗」。（4）草履の跡。（5）読みは「ウツクシキ」。（6）読みは「ヤド」。

次いで、連衆について略述する。発句を詠んだ廣忠は不詳。あるいは加藤清正の嫡子忠廣か。脇句は南家の昌琢。第三は判読出来ず。第四句目以下は舟橋秀賢、黒衣の宰相と称された金地院（こんちいん）以心崇伝（すうでん）、このころは南禅寺住か。東福寺不二庵集雲、前掲書『昌琢発句帳』夏の部には、「於東福寺不二庵当座／夏なきはしけ木を四の隣哉」とある。入道前田利長で利家の長子。慶長三年四月、従三位中納言に叙任。十年六月二十八日に致仕し、越中国富山城に隠栖した。十九年五月、高岡城において卒す。年五十三歳。正二位大納言（『寛政重修諸家譜』巻第千百三十一）。第八句目は北家の里村玄仲で、のちに昌琢一周忌追善連歌会に徳元と同座する。

慶長十四年四月三日前後の豊国会所をめぐる連歌壇はいったい、いかがであったろう。『連歌総目録』（明治書院、平9・4刊）をもとに年表風にあらあら記してみたい。

○慶長十四年三月十日、和漢百韻。文殊院勢与張行。場所は豊国会所。発句、杉（近衛三藐院）。脇句、文殊院。連衆、以心・玄仲・応昌ら。○〃三月十五日、漢和百韻。発句、加藤清正。脇句、法橋昌琢。連衆、以心ら。○〃三月十八日、漢和百韻。発句、浅野幸長。脇句、前田利長。昌琢、一座す。○〃四月十八日、和漢百韻。発句、福島正則。脇句、以心。昌琢、一座す。○〃四月十八日（※豊臣秀頼、当十七歳）、豊国祭（井上安代編著『豊臣秀頼』平4・4、私家版。43頁）。

確かに、昌琢宗匠による「漢和連句」が張行せられた三月から四月にかけて、豊国会所は豊国祭なるイベントを目前にして、過ぎにし徳元作魚鳥誹諧に批点せし近衛三藐院を始め前田利長・加藤清正・福島正則たち、あるいは以心崇伝（寛永十年歿）・文殊院応昌など貴顕・諸侯・僧侶たちで輻輳していたらしい。発句「松ハノボリ神ノ徳茂ル」に対する、昌琢の脇句は「靡ク―引く若苗」と付けて、あるいは若き前右大臣たる〝秀頼作代〟を意識したかと見たい。ときに三十六歳、東山阿弥陀ケ峰麓における初夏の候ではあった。

（平成十四・八・十四稿）

# 慶長十八年の昌琢発句「賦何路連歌」

架蔵の慶長十八年昌琢発句、連歌懐紙断巻一軸を紹介し、翻字する。

慶長十八年六月十八日

賦何路連謌

夏は月夕露に／見るあしたかな　法橋昌琢／ほたるきえ行／軒の呉竹　長政／※妹ちかき風に／おとろく窓をあけて　忠明／なひくと山の／雲の一むら　忠廣／またれつる桜や／ひらけそめぬらん　義久／日影にむかふ／鳥のさへつり　利賢／池水のこほり／とけそふ岩伝ひ　寿伯／小田のなかれの／すゑもはる吹く　寛佐

〔語釈〕※第三句「妹ちかき風に／おとろく窓をあけて　忠明」の本歌は、『古今和歌集』巻第四、秋哥上に、「秋立日よめる　藤原敏行朝臣／秋きぬとめにはさやかにみえねども風のをとにぞおどろかれぬる」による。

書誌。軸装、原懐紙断巻なれど、表八句一順の部分である。金描下絵、山水草花模様。料紙は鳥の子である。昌琢自筆による清書で、場所は豊国会所（とよくにえしょ）か。寸法は本紙部分のみ天地一六・九糎、横五三・〇糎。ただし天地は少しく切断、表装は改装される。

**昌琢**の発句について、因みに『昌琢発句帳』夏の部・夏月の条には、「夏は月夕景にみるあした哉」と見え、従って初案は「夕露に」であって、発句帳に収録するに当たって、「夕景に」と改めたのであろう。以下、連衆について、順次略述する。脇句は**黒田筑前守長政**（元和九年八月四日、五十六歳歿）である。因みに父親の官兵衛如水と昌琢とはかつて風交深く、前掲書『昌琢発句帳』でも、追善句二句が収録されている。すなわち、春月の条、「如水軒三月廿日逝去之夜／当座／おしミこし春やはつかの夜ハの月」。冬の部・時雨の条、「如水軒三月遠行之冬追善／春雨も時雨にかハる名残哉」と。更に、斎藤徳元との雅縁からみると、斎藤新五郎利長筆『斎藤系譜』（元禄十四・正成）所収、徳元の条に、「（前略）斎宮助剃髪徳元ト号　後若州大守宰相公之家ニ到　公之待スルニ客礼ヲ以現米弐百石ヲ賜　宰相公薨家門減少ス　徳元亦去ル　黒田筑前守為メニ招ク所ニテ而行ク数年ニシテ退去ス（後略）」とある（拙著『斎藤徳元研究』上―28頁）。譜中、「黒田筑前守」とは、長政の嗣子「筑前守忠之」（承応二年二月、五十二歳歿）をさす。第三句は、豊臣氏滅亡後に新たに「大坂藩主」となった、**松平下総守忠明**（ただあき）（正保元年三月廿五日、六十二歳歿）である。ときに三十一歳。彼は、『寛政重修諸家譜』第五十一によれば、奥平信昌の四男で、徳川家康の外孫ゆえに「御養子」となり松平氏を称した。母は家康の息女亀姫。慶長四年三月十一日、秀忠から「忠明」の諱（いみな）を与えらる。五年四月七日、従五位下下総守に叙任。十五年七月、伊勢国亀山城主。五万石。十九年冬、大坂陣に参陣する。連歌会への出座は、〇慶長十四年三月十五日、加藤清正興行に一座。〇同三月十八日、浅野幸長興行にもいずれも場所は豊国会所（とよくにえしょ）であって、昌琢と共に出座している（『連歌の史的研究』501頁）。第四句は、清正の嗣子**加藤肥後守忠広**で、未だ十八歳。新婚ほやほやの日々であったらしい。架蔵の大著『加藤清正伝』（清正公三百年会編、隆文館、明42・4刊）を繙いてみる。すなわち、「〔肥後国志〕慶長十八年癸丑春二月廿五日甲寅藤松叙二従四位下一任二侍従一、賜二名之一字一名二忠広一、改二藤松一称二肥後守一、……（713頁）〔野史〕慶長十八年二月、台徳公養二蒲生秀行女一、配二忠広一、実崇法源夫人也。（716頁）」とある。忠広は寛永九年六月に、改易される。第五句目以下、義久は豊臣秀吉と親しかった**佐竹義久**か。六万石。島津義久にあらず。**利賢**は不詳。**寿伯**は、前掲書『加藤清正伝』に収録の、〔加藤家御侍帳〕肥後時習館本（元和八年）に、「医師／一　拾五人扶持　寿伯」（798頁）と見える。あるいはお抱え連歌師か。なお同家御侍帳には、どのように検しても宗因の父「西山次郎左衛門」の名は見当たらない。野間光辰先生もご指摘ずみではあるが――。第八句目は、豊後法印、**宇佐社僧寛佐**である。参考までに、豊一時代の宗因は、寛永三年九月晦日、寛佐興行の「何人百韻」に出座している（『談林叢談』76頁）。

さて、井上安代氏の『豊臣秀頼』によれば、慶長十八年八月十八日には豊国祭が催されている（56頁）。翌年一月廿日には、連歌師昌琢が大坂に来た（58頁）。連衆の顔ぶれも、豊臣系の武将の名が認められて、思うに、本「賦何路連謌」一軸の成立は慶長十八年、月は変われど豊国忌の折の張行で設営係は寿伯・寛佐あたりか、としておこう。運わるくバブル経済高騰の頃に、平成二年十月十五日の午後、京都・文藻堂に於て入手した。（平成十五・八・十一稿）

# 過眼昌琢ほか、資料

## 一、古田織部・里村昌琢両筆、連歌

軸装。表装は一風・白茶地印金。『某旧家所蔵品売立もくろく』（昭15・7・23売立、名古屋美術倶楽部刊）に写真版にて所載。

枝たれて松やつき(1)橋夕涼ミ
紹(2)由ニて之発句如此哉
ハしニ(マヽ)書付可給候
已上
古(3)織
重然（花押）
五月廿二日
琢老
まいる
コヽヨリ昌琢筆也
右之脇句

岩ねの月はたゝ夏の霜　紹由
蟬の声山遏くもらぬ時雨して
此第三愚句　昌琢(4)𝄞

註釈を加える。(1)つぎはし(継橋)――川の中に柱を立て、橋板を継いだ橋。「真野の浦の淀の継橋 情(こゝろ)ゆも思へや妹が夢にし見ゆる」〈万葉四九〇〉。謡曲『放生川』に、「曇(くもり)なき。都の山の朝ぼらけ。気色もさぞな木幡山。伏見の里も遠からぬ。鳥羽の細道うち過ぎて。淀の継橋かけまくも。忝(かたじけな)しや神祭る。八幡の里に着きにけり。」「仕へて年も千早ぶる神のまに〱詣で来て。此御代に。照る槻弓(つきゆみ)の八幡山。宮路のあとは久方の。雨つちくれを濕(うるほ)して枝を鳴さぬ松の風。千代の声のみいや増しに。戴きまつる社(やしろ)かな。」と見ゆ(2)紹由――紹由は、慶長七年四月廿六日、大徳寺における紹巴追善に出座している(奥田勲著『連歌師―その行動と文学―』254頁)。(3)自署については、『特別展覧会四百年忌　千利休展図録』に収録の古田織部自筆書状160 161(190頁191頁)にて検してみるに、やはり自筆也と断定してよろしい。古田織部が従五位下織部正を受領したのは天正十三年(一五八五)のこと。従って天正十三年以後であろう。『千利休展図録』巻末の年表によれば、

一六一五　元和元
　六月十一日　古田織部、大坂夏の陣において豊臣方との内通を疑われ、子息と共に自害させられる(72)。

(4)慶長四年(一五九九)、昌琢ト号ス(二十六歳)。

該書は、平成六年十月末に、横須賀市の古書肆ふたば文庫より入手した。

(平成六・十・卅稿)

## 二、過眼、『伯爵　有馬家御蔵品入札』目録より

大正十四年五月四日入札、東京美術倶楽部刊。

### イ．徳川秀忠の付合之句懐紙

「九　台徳院　懐紙」とある。軸装。葵紋入りの三段表装で、竪一尺、巾一尺四寸五分。写真版による。

> さゝれ石の岩尾に
> 　　たねや松の春
> あらおもしろのゆふかゝや

秀忠は謡曲好みらしく、付句にも「あらおもしろの」と詠んでいる。自筆類の写真では、該懐紙がもっとも鮮明である。

### ロ．小堀遠州の正月三日付書状

「一六　遠州　元旦文　了意極」とある。軸装。三段表装で、竪六寸、巾一尺九寸九分。写真版による。

改年之御慶
目出度存候昌琢
玄仲発句書付

遣し候
めい〳〵ニ可申入候へとも
取紛候間急便遣申
かた〳〵一紙ニ申候
有馬貴ニ命達候
恐々謹言
小遠江守
政一（花押）
正月三日
瀧本坊様(1)
佐喜六様(2)
ケ菴老(3)
元旦　昌琢
たのしミや人民までの今朝の春(4)
同　玄仲
八隅しる君かいくとせけふの春
宗甫
さきつかむけふやこゝろの花の春

〔語釈〕（1）松花堂昭乗。（2）佐川田喜六昌俊。（3）淀屋言当三良右衛門、号玄个庵。寛永二十年、六十七歳歿。（4）

宗因筆『昌琢発句帳』（拙著『斎藤徳元研究』下に収録）春ノ部に、「たのしミや人民（クサ）までの今朝の春」と見ゆ。

寛永期における、連誹文芸を考えるうえでも、里村昌琢を指導者とする堂上・地下の交流文化圏のことは甚だもって重要であろう。それの誹諧版が、斎藤徳元だからである。なお昌琢の交友録に新たに小堀遠州が加わった。

（平成十七・六・一稿）

# 脇坂安元の付句「獨みる月」

昌琢連歌原懐紙断簡である。各句は自筆也。

夢もミしかきよはのあけほの　　昌琢
むつことをかたりもあへぬ別にて　　重保
かたはらさひし獨みる月　　安元

〔極札〕「連哥師昌琢　夢も　印」とある。

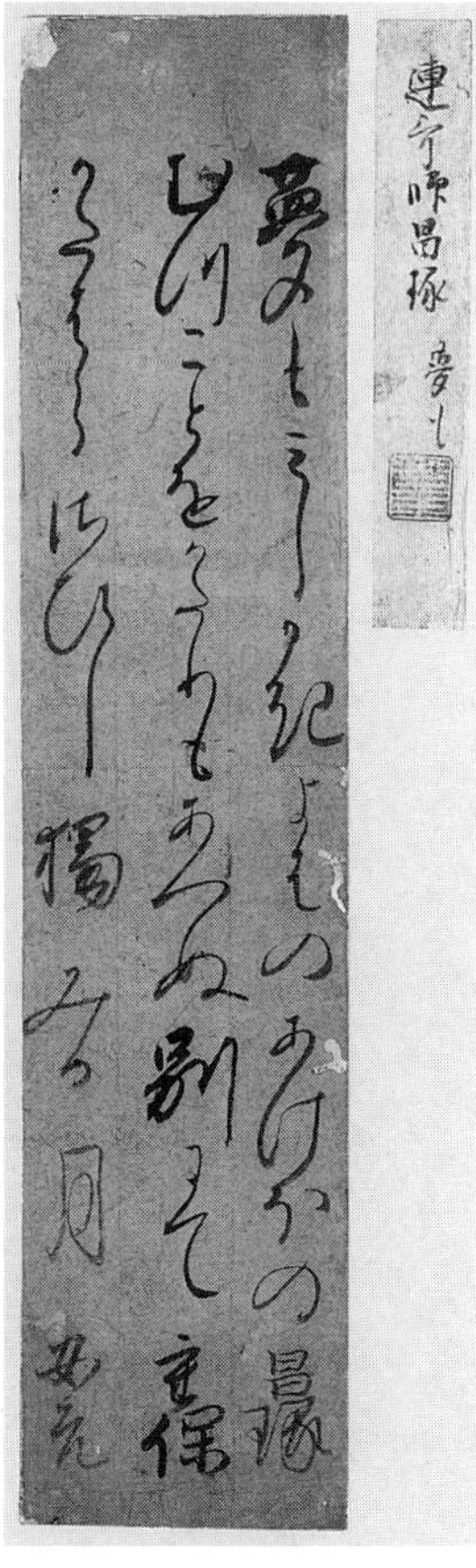

図15

マクリなれど、裏打ち補修がしてある。もとは百韻連歌懐紙であったろう。恋の付合である。恐らく初ウから二オまでの断簡か。その都度、連衆が詠んでいき順次書き連ねていったものか。各付合は、それぞれ自筆と判定する。あるいは又――。試みに昭和四十三年六月刊『展観入札目録』（東京古典会）を繙いてみるに、写真版にて、「着到連歌二十一句」なる見出しで、

虫さへもこゑのあやをる花野哉

を発句とする、後陽成院・近衛信尹・八条宮智仁親王ら、各句自筆の連歌原懐紙断簡（軸装）が収録される（70頁）。現在は、所在不明。すれば、スタイルから本断簡は、「着到連歌原懐紙断簡」かも知れぬ。思うに昌琢発句で、大橋重保邸での張行か。成立年代は、昌琢が寛永十三年二月五日に歿しているので（拙著『斎藤徳元研究』下―679頁以降）、それ以前に江戸に於て成るか。第三は脇坂安元であろう。

大橋龍慶　長左衛門重保、号を云何。始め豊臣秀頼の右筆、寛永三年三月、幕臣となり御右筆に、次いで式部卿法印となった。正保二年二月四日歿。享年六十四歳。徳元とは、遊和発句「神農の木の葉衣やからにしき」の巻九吟百韻及び寛永十八年八、九月または冬頃成『沢庵等詩歌巻』に共に同席した（同拙著、上―398・399頁）。

脇坂淡路守安元は徳元のパトロンである。五万五千石。本断簡成立時は、信濃国の、園原や伏屋に近き飯田の城主であった。承応二年十二月三日、飯田城において七十歳歿。江戸の屋敷は鍋丁。安元は『古今和歌六帖』を所蔵している。徳川四天王のひとり、榊原忠次とも雅交有之（同拙著、上―258頁以降）。

語釈に移る。『毛吹草』巻二、連歌恋之詞に、「暁の別／むつごと、むつ語／ひとりゐ」と見える。「睦言」は、男女の間の二人きりの語らい。『古今和歌集』巻十九に、

題しらず　　　　　　　　凡河内みつね

むつごともまだ尽きなくにあけぬめりいづらは秋のながくてふよは

とある。昌琢の前句は「夢も短かき夜半の曙」で、次句に恋之詞「暁の別」をにおわせている。で、大橋龍慶重保はそのままストレートに恋の句、「睦言を語りもあへぬ別れにて」と。次いで、脇坂安元の七七句のイメージではある

が、「傍ら淋し」とは、ひとり寝の淋しさをいう。私には前句を、愛する女との束の間の別れと見て、そこに『源氏物語』葵の巻の「俤付」がうかがわれるか、と鑑賞したい。すなわち、源氏の妻葵の上は夕霧を出産したあとに急死してしまう。源氏は、今まで葵上と寝た御帳台の中で、「ひとり、ふし給ふに、宿直の人〳〵は、ちかうめぐりて侍へど、かたはらさびしくて、『時しもあれ』と、ねざめがちなるに、声すぐれたるかぎり、選りさぶらはせ給ふ、念仏のあか月がたなど、しのびがたし。『深き秋の、あはれまさりゆく風の音、身にしみけるかな』と、ならはぬ御独り寝にあかしかね給へる、」という情景が、古典愛好家安元の脳裏に、まずは浮かんだことか。さすがに安元は、恋之詞「獨り居」を浮かべ、「かたはら淋し独り見る月」と付けた。秋、月の句ではある。（平成十七・十二・十六稿）

# 堀内雲皷伝　覚え書

## 一、新出雲皷の陶像

享保十三年も暮れようとしているとき、遙々と堀内雲皷(うんこ)門流の一人、尾張名古屋住の晦子(かいし)が、京都市下京区富小路五条下ルにある世継地蔵こと上徳寺に先師の墓碑を詣でた。そして、

雲といふ名ばかり墓へ雪仏

なる追善句を手向けているのである（『雲の臺』）。さてその菩提寺塩竈山(えんそうざん)上徳寺で、私は去る十月中旬に、末裔の堀内昭二氏ご持参の「雲皷像」に対面したのだった（図16参照）。それは陶製の座像で、座高二八・五糎、横幅二三・〇糎。「丸に三葉柏」(註一)紋付きの黒羽織姿、ただし下部にところどころ剝落、白地が見えている。やや前屈みの姿勢に、一見句案しているような表情である。髷を結った蓄髪俗体の陶像は宝永元年迎光庵入庵以前の雲皷の面影を模したものか。正に「寺くさい坊主ではなし袖の春」（享保十一年歳旦一枚刷、宮田博士蔵）と詠んだ、清爽洒脱な風貌がよくうかがわれる実に写実的な雲皷像だった。むろん堀内家伝来のものとの由。

## 二、出自や前半生など

上徳寺の山門を入ってすぐ右側に高さ一三二糎位の烏帽子形の自然石になる、見事な「日のめぐみうれしからずや夏木立」の雲皷句碑(註二)（昭和十二年五月二日、文芸塔社建立、久佐太郎氏筆）が現存することは、例えば、『京(註三)の文学碑めぐ

り』（京都新聞社編）等で遍く知られているところ。そしてその裏面には潁原退蔵博士の碑誌、「冠句ハ俳諧ノ大衆性ヲ最モ要約セル文芸タリ之ヲ世ニ汎クセルハ雲鼓翁ノ力ニ依ル　其ノ編セル夏木立ハ実ニ冠句集ノ嚆矢トス云々」と。

雲鼓の俳歴に関しては、古くは久佐太郎氏「始祖堀内雲鼓（素描）」（『正風冠句新講』所収、東京交蘭社、昭11・4刊）を始め、潁原退蔵博士の「雲鼓と『夏木立』」（『潁原退蔵著作集』15に収録）、宮田正信博士の「雲鼓」（『日本古典文学大辞典』第一巻に収録、岩波書店刊）等の諸論考をまず挙げなければならぬ。

図16　雲鼓の陶像（堀内家蔵）

私はそれらをふまえながら、その後新たに調べ得た事項を補ないつつ、出自・家族ならびに撰集『花圃（はなばたけ）』（第四部、影印参照。架蔵）板行前後に至るまでを主に述べることとする。

雲鼓は堀内氏。寛文五年、大和吉野に生まれた。享保十三年歿六十四歳として逆算（六十三歳歿とも）。大和吉野の生まれに関しては、彼の百ケ日追福句集『二日月』（吹簫軒雲鈴編、享保十三・八・序・刊）に四時堂其諺が序文中に、

夫花を雲と詠し人を雲鼓とよふ　むへ皆芳野の産なれはにや　此法師又滑稽を以て鳴る者也………

と記し、雲鼓自身も明白な表現ではないけれど自筆短冊に郷国吉野山の花景を、

満山の花といへる事を

さゝ浪や七十五日よし野山　　雲鼓

と詠んでいるのである。通称は大和屋嘉兵衛と称したか（堀内家古位牌）。別号、千百翁。軒号、吹簫軒、のちに迎光庵と改む。法名は仏誉助給法子と言う（註四）（『やとりの松』『志加聞』ほか古位牌）。

因みに雲皷以降の堀内氏の系譜はよくはわからない。なれど末裔宅に伝わる代々の古位牌を始め、上徳寺蔵過去帳・墓碑銘などをもとに略系図を仮に作成してみる。（次頁参照）

**家族**　元禄七年（三十歳）の春、祖母死す。『夏木立』（元禄八刊）には悼句一句。

古郷の祖母が世をさりしと告こしぬおさなかりし時いつくしみふかゝりし事ども
ひとつひとつおもひ出しわけて愁傷の袖をしほる
なけとてぞよべも皃見し春の夢　　雲皷

降って宝永二年閏四月の半ばには、大和に帰郷して亡父の二七日の仏事を修してもいる（宮田博士前掲論考）。

妻は覚誉栄正と言う。夫雲皷に従って誹諧を応々翁こと瀧方山（芳山とも）に師事したらしく、元禄七年の夏、師方山の奈良移住を夫と共に慕い、

芥子の花日にいくたびかゆひかのこ　　雲皷妻

と一句詠んでいる（『夏木立』）。『やどりの松』（宝永二成・刊）には「迎光菴栄正」として二句入集される。歿年不詳。

娘の円誓は夭折したか。

雲皷は始め京都五条橋東に住んでいたらしい。自筆短冊にも、

年寒し浮世の梢五条坂

と詠んでいる。そうして家業は竹製の念仏尺（ねんぶつさし）を営んで（寺田貞次著『京都名家墳墓録』）、代々屋号を大和屋と称した。

この点に関しては、ぐっと降るけれども文久四年刊（註五）『都商職街風聞（みやこあきないしょくちまたのふうぶん）』（横本一冊、練要堂主人著）に、

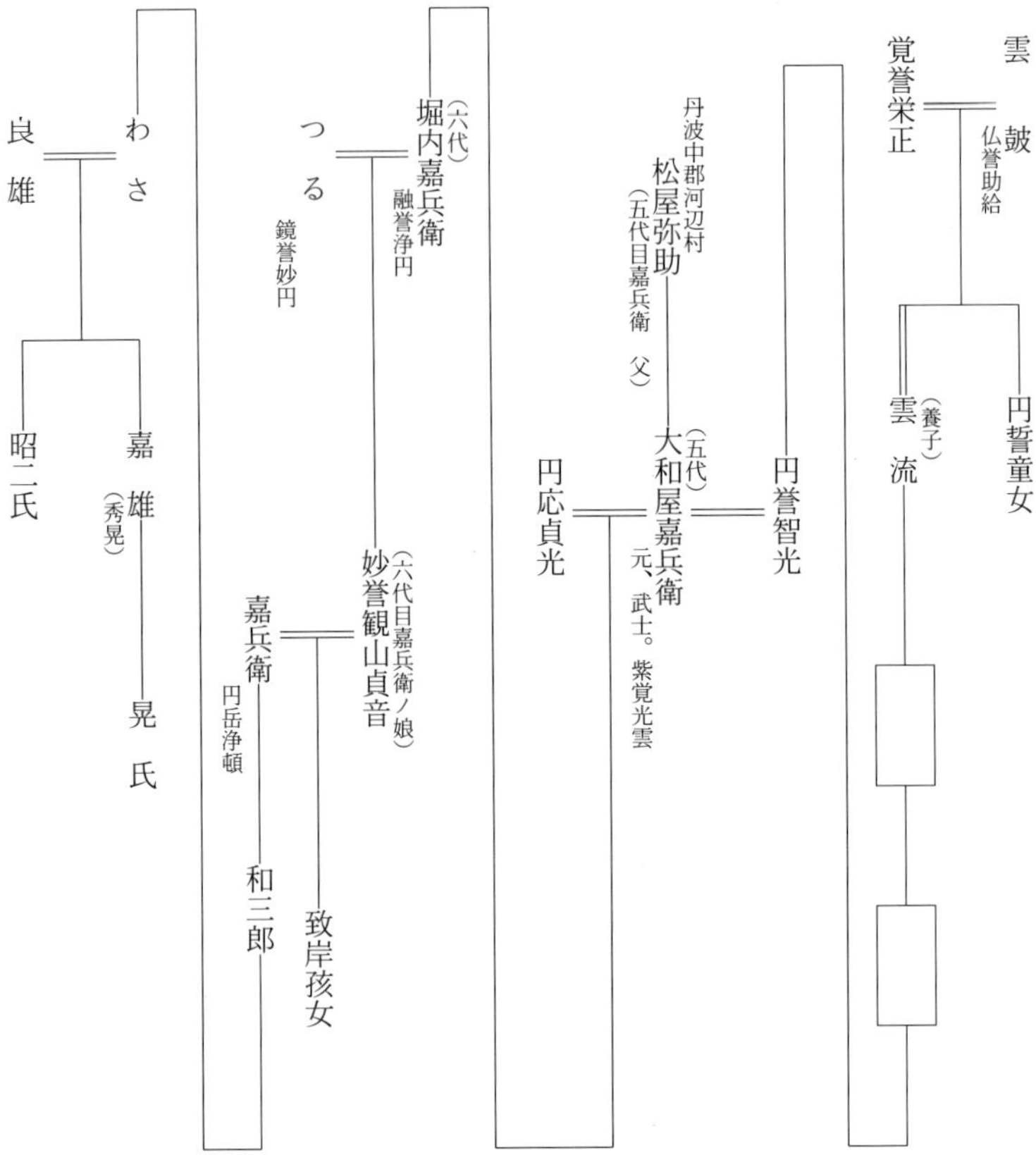
雲　誠
仏誉助給
覚誉栄正
円誓童女
（養子）
雲　流
円誉智光
丹波中郡河辺村
松屋弥助
（五代目嘉兵衛　父）
（五代）
大和屋嘉兵衛
元、武士。紫覚光雲
円応貞光
（六代）
堀内嘉兵衛
融誉浄円
つ　る
鏡誉妙円
（六代目嘉兵衛ノ娘）
妙誉観山貞音
嘉兵衛
円岳浄頓
致岸孩女
和三郎
わ　さ
良　雄
嘉　雄
（秀晃）
晃　氏
昭二氏

念仏ざし師
五条坂西大谷まへ　大和屋嘉助

と見え、更に小幡茂氏(註六)が稿本『権度考草稿』（大2成）でも「念仏尺ハ……堀内某ナルモノアリ今ヲ去ル七代前ノ祖大和ヨリ出デ京都五条阪(ママ)東大谷門前ニ住シ竹製念仏尺ヲ作リ精巧ヲ以テ聞ユ俗伝ニヨレバ其子孫某ニ堅ク念仏ニ帰依スルモノアリ其度目ヲ刻スルニ當リ口ニ念仏ヲ断ズ一念二念三念四念十念ヲ集メテ寸トシ百念ヲ積ミテ尺トナセリトゾ」と記す。されば「今ヲ去ル七代前ノ祖」とはこの雲皷その人でなければならぬだろう。又、雲皷がのちに「西方阿弥陀弟子一向専修」の熱心なる念仏者となったゆえんも、加えて一人娘の夭折が契機となったであろうことも考慮に入れておおよそ理解出来よう。

西鶴が歿する元禄六年は雲皷廿九歳、すでにして方山門下の中堅であった。十月末には丁子屋重兵衛方より処女撰集たる『花圃』(註七)（半紙本一冊、架蔵本は刷りよろし）を上梓。師匠の作品は「和馗屎(わきし)方山」の号で表六句ならびに発句六句が入集、とりわけ諸家発句篇では方山句を巻軸に据えた程だった。因みに方山編『枕屛風』の元禄九年秋八月、中根彦圭が跋文に、「応｣応｣翁方｣山ハ者京｣城ノ人也近｣歳移ニ于南京ニ一而居レリ矣」とある。方山・大和イコール雲皷。なお同書には雲皷の作品は五句採られ、巻末の両吟表八句の末に、

年々に竹賣銀ハつくね置　芳山（方山の初号）
俗-姓聞て養子定る　雲皷

の如き、それとなく竹に関連する家業の〝念仏尺〟や義子雲流のことをにおわせているか。次いで同十二年十月中旬に、方山編『誹諧北之筥』刊。雲皷は四句入集、ただし『西国船』にすべて収録される。時に卅五歳である。

又、彼は言われている如く和歌の道にも嗜み深く、以敬斎有賀長伯(あるがちょうはく)の門葉にも列なった（『孤雲上』松友軒幸化の序文）。作歌は宝永ごろからであろうか。作品九十九首は『二日月』に堂々収録せられている。その証左に長伯も亦、

悼歌を一首手向けているのである。

　迎光庵雲皷身まかられけるをとふらひて

世にひゝく雲の皷の声たへて　　以敬斉長伯

むなしき空をはらふ夕かせ

（『孤雲上』十三オ）

註一　上徳寺に現存する雲皷墓の碑面右横の上部にも「丸に三葉柏」紋が刻されている。

註二　句碑建立の模様は『文芸塔』誌昭和十二年六月号（早川桜月氏稿）に詳しい。

註三　同書144頁参照。昭和五十六年十二月、京都新聞社刊。

註四　法名を仏誉助給と称したいわれについては、『やどりの松』（天理図書館綿屋文庫蔵の板本による）の自序中にそれをうかがわせる部分があるので、左に抄出しておく。

予さいつごろ世をのがれ仮（カリ）のやどりを松かげにわづかのくさ引むすびしつらひて明暮に頼ミをかくる弥陀ほとけ只一尊を安置し奉りひとへに来迎引接のあかつきをまつ心にてわたくしに迎光庵と號（ナツケ）侍る　もとよりの愚鈍念仏何をつとむるわざもなく淋しき折からはちかきわたりの地蔵堂藤の寺にあゆみ花紅葉のちるに世のことハりをながめ長閑なる日こゝろざしとをくいたれば清水より峯続キに哥の中山にわけ入爪木を拾ひわらびを折おりにつけつゝこのミをもとめてかへさにハ苦集滅道（クスメチ）のふりたるあとむかし覚へておもしろし　建仁の暮の鐘にものぞ悲しき式部が心をおもひ鳥鴻やまのけふり無常を見するに油断のならずをのづから**助給（タスケ）へ**と称をのミぞなく………

註五　『花洛商職ちまたの風聞』とも。京都府立総合資料館蔵。篠原俊次氏の御教示による。

註六　小幡さんは京都府権度課長であられた。稿本は現在、京都市歴史資料館に保管。篠原俊次氏の御教示。

註七　『花圃』の板本は現在、九大国文研究室ならびに架蔵本の二本が所在する。本書第四部影印を参照。

（昭和五十八・十二・卅一稿）

# 浦川冨天研究

## 1．伝記新考

宝暦の大坂誹壇は百花繚乱の観があった。松木淡々一門の浅見田鶴樹（たずき）（江霜庵・句星庵）・浦川冨天（ふてん）など、殊に一門のスポークスマン冨天は書肆梁瀬分外（応諧坊）こと丹波屋伝兵衛と組んで風格のある誹書を次々と刊行していく。すでに淡々師からは元文五年四十歳の秋に「されば中興誹道の祖花咲社の貞徳・季吟・芭蕉翁・其角、引下て陋老・冨天、道統たり。」（『押花宴』、のちに『淡々文集』に収録）と期待せられて松跡庵湖照（におてる）の点印を受けており、やがては江戸堀の木槿庵を譲られるほど信篤かった。なれど冨天についての本格的な伝記研究は何故か立ち遅れている感が深い。それは彼が〝地下水の誹人〟たるゆえんか。そういえば一門の先輩、浪華の秀鏡（しゅうきょう）や発八斎嗅洞（かぐほら）のことも同様であろう。因みに現時点における、主要な冨天伝記資料を左に抄記してみる。

冨天　浦川氏号二清得舎一家書有二　押花宴　棗亀　民哥行等一（『誹諧家譜』、架蔵の板本によった）

冨天　俳人。浦川氏。別号、清得舎。明和四年（一七六七）五月十日歿、年六十七。大阪の人。淡々門。半時庵二世を称した。著書、『押花宴』『棗亀』『民歌行』等。七回忌集（書名不詳）及び十七回忌集『景天集』がある。（『俳諧大辞典』、荻野清氏担当執筆）

冨天　浦川氏。清得舎とも。大阪の人で淡々門。明和四年五月十日歿。六十七歳。半時庵二世をつぎ、淡々系の大阪中心。編著、『押花宴』『民歌行』など。（『俳句大観』）以上ではあるが、ここでまず訂さねばならぬことは、富天が「大阪の人」という点にあろう。よって本稿ではこの問題から進めていきたいと思う。

## 一、出　自

富天のルーツならびに生涯について比較的詳細にまとめられている文章に高弟の大爺庵石鯨（呑空斎とも）の文に成る「求驢斎終焉記」を挙げるべきであろうか。なお右、資料についてはすでに旧稿（註一）で少しく触れておいたのだが、この機会に抄記紹介しておこうと思う。

**〔書誌〕** 書名は『富天追善集』あるいは『富天追善集　後農月見』とすべきか。装幀、半紙本上中下三冊。石鯨編。明和五年五月成・刊。富天一周忌追善句集。「求驢斎終焉記」は上巻に収録。

**（上巻）** 東京都立中央図書館加賀文庫蔵。図書番号、七七九五。装幀、半紙本零一冊。寸法、縦二二・七糎、横一五・九糎。表紙、改装後補。うす媚茶色表紙。袋綴。題簽なし。内題「求驢斎終焉記」。板心「㊀一（一八十四）」。丁数、遊び紙一丁、終焉記十丁、追善句集七十四丁、計八十五丁。蔵書印、遊び紙の裏中央下方に「東京都立日比谷図書館／昭二八、一、一〇和／〇八七二〇八」とあり。本文冒頭右上方に「東京都／立図書／館蔵書」（正方形朱印）、同じく右下方に「加賀文庫」の朱印。表紙見返しの裏に墨書、「笠歩子（ママ）／月藉／明治二拾四年九月購求」と記す。備考、「求驢斎終焉記」の末に、「明和五戊子天五月十日石鯨㊞鯨石（円形朱印）」と記す。思うに石鯨みずから押印せし配り本か。蔵書印ではなかろう。刷りはよろし。なお『加賀文庫目録』（昭55・4、補訂版）には、編者名を記載せず。書名も亦訂すべし。

**（中巻）** 原本未見。森武之助氏によれば、巻二の零本は慶応義塾図書館奈良文庫に所蔵せられている由。因みに氏

の「奈良文庫俳諧書解題」(註二)（其の四）には、

「冨天追善集」（欠）半一。八十八丁。

明和四年五月十日清得舎冨天歿す。この一週忌追善集にて、本蔵本巻二の零一冊のみにて全貌未詳。編者は石鯨か。

と見える。

**（下巻）**　原本未見。ただし以下は複写に基づいて記す。

東大図書館洒竹文庫蔵。図書番号、洒三三二三。装幀、半紙本零一冊。題簽、表紙左肩に無辺の原題簽「冨天追善集後農月見」。板心、「㊂一（—八十七止）」とあることから本巻が最終冊と思われる。丁数、八十七丁。梁甫跋。刊記書肆名は共になし。蔵書印、「東京帝／国大学／図書印」（三行、正方形）、「洒竹文庫」（短冊形）、「東京帝国大学附属図書館／二〇九〇三〇／大正四年三月卅一日」（丸印）の三顆あり。

備考、東京大学総合図書館編『連歌俳諧書目録』では、「年代不明」の部に記載せられ、梁甫編とす。これ亦訂すべし。

以上が『冨天追善集』三冊に関する、おおよその輪郭である。

さて肝腎の「求驢斎終焉記」の部分を左に翻刻する。

粛殺[1](シュクサツ)をもて心にする秋あたなりと名にたつさくらの春も老衰のおもひはいかはかりかハとうちはかられて悲し

よく植よ枯ても幾世冬さくら　半時老師の埋葬の夜を歎かれしむかしも妄想無常と勘破して

善く画きよく失ふや雲の峰」一オ

の趣きこそ世にはかなきを招く栞なりけり　其しおりなりける師叟[2]や武家に産れて文を左にし慷慨意気満ちミつる壮士のいにしへ吾妻[3]下りの澱をなして鳰の水鳥　冨士の烟　浜名のはし〱に心とゝまるハ斯あるへき象歟

天歟　日あらすしも其罪にあらすして武門を離れ」**一ウ**　天地一沙鷗とつふやかれし日そ多かりけめ　押照や浪跡のあまり勃窣翁[4]に附従ひて豈照らむ[5]てらさんの一句をもて大願のはしめになし鍔磨の歩路　筑紫の船出たゆたふこゝろ人知り名顕ハれ都鄙の門葉風靡して来りつとふ老浪の寄そふに任せて雅遊につかハるゝハといく度の」**二オ**　自愧もさることそかし　爰に明和三年の秋おもハぬいたつきに臥して俄に行脚の事を予にすゝめて頻なり一かたならぬ俤をいたハりまいらせんもいかさまにしていかさまにせむと

漕出すやかもなから唯花茗荷　石鯨

とためらひけれハ科葮は風雲流水」**二ウ**　無差別を的にして飛出されハ何とて一道の正法眼を開かむや名所古蹟をたつねて実境を捜るのミにあらす時雨にぬれ月に絞りておのれを凝（コラ）せとの示教に薪水の労を見捨て先伊予の国へ立出ぬ　新居浜　別子山　を尋西条牧雨　荻上に杖をとゝめしに師叟より牧雨へ文のはしに」**三オ**

中秋

うきたつ夜蒲団にしつミ月見哉

[6]丹原李大に移る日の便りは

なましゐに言の葉月の寒さかな

骨力衰情驚き増りて魂浪速に飛ゆく斗裏枯る塵の葉も欝々しくなかめて松山　道後　今治にたとる

秋尽　」**三ウ**

寝あく夜の明ぬや秋の置土産

快復吟

病なし句なし毛毬（キウ）なしくぬき（櫪）の実

此句に蕪（蘇）生りて[7]いよの高根いよ〳〵清く[8]三嶋に祈り象頭山に岡して臘月九日といふに浪速に帰りぬ　師叟

の悦ひ大かたならす夜とともにしミ〳〵語る」四オ　も一道の外他事なかりき　それか中にも俤の物さひしけなるのミ　冬の夜暑き斗其歳の暮に

　藻ハ枯て春へ流るゝ藻魚かな

病後の思ひは述たるハと睦かりしもむ月のすへより枕にかゝりて

　やとり木の寒き衾にしるや春　」四ウ

至亨　杜鶴の二医を招て外なし　麗和なる日暫し起上りなから

　青柳やたま〳〵自力本願寺

ひとつ〳〵惜まるへき言の葉草安禅心画而巳なりけり　もとより叟所早き癖そありける　弥生のはしめ跡の事ともつと〳〵に書遺して梁甫　南畝に」五オ　たのめつし予に承法せさせけるも後の世を待はからひ斗高角山の木の間の月も恐れミなから思ひ合せぬ　されとも所〳〵の花盛いかにやと訪らひ来たる人にたつね慕ハれける也

　寝て走ろ三里[9]徳庵山さくら

[10]鷲尾こそ程ちかけれそれもほい叶」五ウ　ハすなと猶伏沈まるゝ三月尽廿九日なれハ

　又会ぬ弥生に吝し小晦日

造化の神を訶(シカ)り嗤ハれしハ生前のハらひ納めなむ山ほとゝきすはつ鰹も心とゝめす五月十日の暁胸いたミてと有るに驚きあハやと寄来る雅友　門人さま〳〵とたすけものすれとも甲斐なく」六オ　午の初刻一喝してもとの泉にかへりぬ　[11]作麼生(ソモサン)是行年六十七歳三十余年の几上の花鳥も共に匂ひを失ふはかり人々有し世の教へむつましきむかし語りをくりかへし〳〵て胸ふさかり唇重しさてしもあらぬ事なから[12]炎暑不時に行ハれぬれハ遺翁に任せ故郷なる和州郡山久松禅寺に埋葬のいとなミ」六ウ　を促しぬ　何心なき調度にこしらへ[13]舎梓　梁甫　南畝　[14]魚亮　乾車　百鈴　挌川　魚ト　予と共に九人竹雅の家の子も案内となくうちつれて十一日寅の一天さミたれの乱

れ心を取直していそき出ぬ　秋馬　呉汀　嵐式　杜鶴ハ影消るまて見送り村径[15]　遅蟻　分外ハ虚室を守る　京師」七オ　樽辰　豊後林々折よく来り会せて名残を俱にし冨田林分蘆ハ夜を昼にしてかけ付ぬ　国分文波　琴泉ハ大和路まてと迫ひ急く　其外の誹士の悼ミも限りしられぬ　いつれもの深切淡ふしてとうち咽ひつゝも生駒の山踏故なく冨の小川の河上を渡れハ平城巣鶴　梅牙　武條　振鷺　鵠来　緩駕」七ウ　瀧雄　梅驢　梅貫[16]迎へ求めて其日の酉刻に久松寺に着ぬ　投鋤の偈恵僧の法翁ねもころに柩を納めたり

おめ〳〵と故郷かへり花樗　石鯨

参師寺の鐘声　手向山の若楓　早苗とる女までもかりそめならぬ化し野の気色なり　其夜ハ郡山に山宿忌日々々」八オ　の作善祭掃の事とも浪速よりほと遠けれハいにしへの因ミによりて上田何某にたのめ置ぬ

十二日

捻香

夏草に思ひよらるゝ袂かな　石鯨
五月雨や冨の緒川にもとる水　梁甫」八ウ
山あとや飛知（ち）て桜の早苗月　南畝
物すゝし松かね語り水檣　魚亮
蟬も鳴く郡山かけ有かたき　乾車
忘れぬやきのふを昔五月雨　百鈴
夏菊や師の影ゆかし里はつれ　挌川
くちなしの花に故あるなミたかな　魚卜」九オ

歟前の句となりし[17]又会ぬの詠によりて

遠くともかさねてあふきの文ならハ　舎栫

各自に哭して再ひ生駒の山にかゝり雲なかくしそ雨ハふるともとふりさけ〱空庵に帰り奠(マツ)りを儲けぬ　されハ居士や半時庵仙遊してこゝに七年其道を継て屢世に鳴り生前ハ」九ウ　誹士歟後ハ武門ともとの清水忘れぬこゝろむけを拙き筆に穢すも誹灯を覆ふ端なから其機にあたりぬれハ止ミかたくて涙をそゝき〱初年の忌日に謹香する事しかり

明和五戊子天五月十日　石鯨（鯨石）」十オ

〔註〕1、秋の気が草木をそこない枯らす意。2、すでに2．「『諧歌景天集』覚え書」冒頭に引用した。3、富天は延享三年二月四十六歳の折に、東都に滞在している。富天編『民歌行』（半紙本四冊、寛延三初秋序・刊、中尾松泉堂蔵）巻四には、

（両吟歌仙）

延享三はしめの冬東都旅館にあるの日はからす富叟の訪を得たり　依て一章を賀す

あつま路の冬へ如月浪華人　南紀 蘆洲

木々ハ皆脱き言の葉さくら　富天

腹たてぬ腹ハ富貴の袋にて　々

（以下略）

清得舎の詞宗昔人の趣を追ふて関東行脚の日名士聞達の玉調を拾ひ集録既に成ぬるを賀す

鹿笛やまた以なる筑波山　旭序

と見える。因みに該書は、檜皮色原表紙に卍崩し模様の空押し（『諧歌景天集』の表紙も同じ）。七十丁（巻四）。巻末には「七十七歳／半時庵／富天丈」と記す。4、淡々の別号。5、元文五年九月序・刊、富天編『押花宴』（半紙本一冊、

香稲庵竿秋序、自序、蛭牙斎羅人跋、大坂丹波屋伝兵衛板、天理図書館綿屋文庫蔵）自序の末に、

　　豈照らむてらさん道の梅紅葉

とある句。該書は松跡庵の点印を授けられた折の記念句集であった。6、野口喜惣、通称を六郎右衛門、二江亭李大と号し、伊予国周桑郡丹原の人である。天明四年六月十五日歿、享年六十歳（星加宗一氏『伊予の俳諧』101頁）。編著に『李大無名冊子』（半紙本一冊、自序、冨天序、淡々跋、宝暦四夏刊、松山市立子規記念博物館蔵）がある。7、石鈇山（石鎚山トモ）をいう。『伊予二名集』新居郡伊予高根の条には、

　おもかげを富士に移してむかひ見るいよの高根の雪の明ぼの（よみ人しらず）

　忘れては不二かとぞおもふ是や此いよの高根のゆきの曙（西行法師）

と見えているが、ただし右西行歌については、久保田淳編『西行全集』（日本古典文学会、昭57・5刊）にて検すれども確認出来なかった。8、同じく『伊予二名集』に、「三島大明神」（宇摩郡三島の条）とある。9、『河内名所図会』巻之六に、「徳庵川（寝屋川の枝流。徳庵村に至りて徳庵川といひ、堤を徳庵堤と名づく。…）」（茨田郡）とある。10、同じく『河内名所図会』巻之五に、「鷲尾山（神並村の上方なり。山脈伊駒山に続きて、山峰峭絶にして、桜樹多し）」（河内郡）とある。11、如何に（禅語）。12、2.「『諧歌景天集』覚え書」に引用。13、八千房一世。初号は舎勃、のち延享五年（寛延改元）春に舎桲と改号した（『昆陽池集』）。14、伊勢村氏。通称を藤屋伊左ェ門という高名の富家ではあったが、逼塞後は浪華福島の名木逆櫓の松の辺舎弟和泉屋何某の別荘に住む。人日坊魚亮と号し、冨天の直弟で静幽盧一世を称した。ただし魚亮の読みは「うおすけ」が正しい（『景天集』跋文）。『景天集』の梁田象水漢文序は誹人魚亮のプロフィールを知るうえでも一資料となる。なお大谷篤蔵先生の論考「奇説つれ〳〵草紙について」（『国語国文』昭13・4月号所収）を参照すべし。15、十寿山村径。松跡菴湖照の門人ではあるが、冨天にも師事。著作に『おくのほそ道鈔』（自筆、大写本二冊、宝暦十成、天理綿屋文庫蔵）などがある。16、乾梅貫。冨天門で南都平城社中を主宰。安永八年五月

には冨天十三回忌句牒『冨天師追福之唫』（折一枚、天理綿屋文庫蔵）を上梓する。17、「又会ぬ弥生に吝し小晦日」。
※以上の註記は必要最小限にとどめておいた。

一読。思わず私は『枯尾花』に収録の、其角が草する名文「芭蕉翁終焉記」冒頭の一節「はなやかなる春は、かしら重く、まなこ濁りて心うし。…秋はたゞ、かなしびを添る腸をつかむばかり也。云々」を髣髴せしむるほどの感を受けた。例えば「粛殺をもて心にする秋」「老衰」「勘破」「造化の神を訶り嗤ハれしハ生前のハらひ納めなむ」等々の語句、更には「求驢斎終焉記」の構成自体が、確かに誹祖其角を意識して書いているようである。そもそも冨天と編者石鯨との師弟愛の深さは、石鯨の立机披露の賀集『ちかひがさ』(註三)に寄せた師の序文からもうかがい知ることが出来よう。すなわち石鯨は南都平城の人、宝暦十三年八月頃には明日香の寺下に住んでいる。この点、冨天とは同郷である。むろん立机は「ゆるさるゝの時来りて葉月末の二日清得主人より机を立よと有るハ呑空斎也けり」（同門の万景舎佳境の詞書）とあって、その経緯がわかる。そして石鯨の学識のほどは桐陰亭楽只跋に「深く問ひふかく学ひてし故なめり」と見えて、それは「求驢斎終焉記」中の禅語・漢語・同一語句のくり返しなどによる文体にうかがうことが出来ると思う。

さて、前記「終焉記」の文章によって、こんご冨天の伝記は、左の如くに訂さねばならぬであろう。

一、元禄十四年、大和郡山に生まれ、武門の出であったこと。

二、淡々の門人になるのは享保・元文の交——三十歳代に入ってからか。この時期、武士を捨て天涯独り身となったか。

三、明和三年の秋、「思ハぬいたつきに臥して」以来、病い勝ちの身となり、翌四年三月初めには清得舎を石鯨に譲り、第三世にしている。

四、そうして遂に浪華の草庵に於て、明和四年五月十日午の初刻に一喝、享年六十七歳卅余年の誹歴を閉づ。法名百桂冨天居士。因みに冨天の臨終の模様はなかなかドラマチックであったらしく門人の五湖菴竹雅は次のように書き留めている。

（前略）五月十日の朝病床を起き直り夜着ふとんに助けられ合掌してたゝ死を待給ふよし秋馬のしらせに驚きあへぬ誠に道人の覚悟のいさましく又かなしくもその日の午時を限りとしてはかなくなりたまふよし……

（『追善集』上巻）

五、門弟たちによる葬送は十一日早暁寅の刻に、折柄五月雨の降るなかを出棺、故郷なる郡山久松禅寺に埋葬すべく向ったこと。

以下略。

## 二、住所・横顔・家族

〔住所〕志田垣与助編『改正増補難波丸綱目』（横本七冊、延享五年三月板本による、架蔵）下之二を繙いてみる。

誹諧師

江戸ホリ半時菴淡々——呉服町冨天

で、このころ淡々は江戸堀の木槿庵に、冨天は呉服町に住んでいたようである。時に四十七・八歳。（註四）

次いで九花軒作『折句小筌』（折小本一冊、宝暦六・閏十一刊、『上方俳書集』上所収）には、

評者名寄次第不同

船場之部

冨天　ふしみ町（※伏見町と呉服町とは同じ。伏見町は、大阪市中央区。船場の中央で呉服屋の町であった。）

西方角之部

半時菴　江戸堀三丁目

と見えている。『追善集』にも「唐船や」の巻歌仙のなかに、

一念発気西へ舞ふ蝶　（洛）榑辰

思ひ出す殆と伏見町の月　仝

噺しそこ〳〵四手打衣　弄朝　（上巻五十四ウ・五十五オ）

の付合がある。冨天は五十六歳。因みに淡々も伏見町に居住したことがあったらしい。

ところで晩年は、難波江のほとり難波寺の草庵に居住していたか。前記『追善集』より、らしき句を数句抜き出してみたい。

空蟬や脉取って見る難波寺　因州鳥取 千蝶

啣む香なから剪〳〵の蓮　石鯨　（下巻二十オ）

花なくも有明月ヲ難波寺　長州萩 青梨　（下巻二十六ウ）

脱捨し蟬のかたミや難波泻　美濃大垣 鷺舟　（下巻五ウ）

等々――。そうしてその草庵こそは、あるいはかの木槿庵のことではなかったか。

**〔横顔(プロフイール)〕**　前掲、因州鳥取住千蝶の追悼発句「空蟬や」の前書は、

首に頭陀をかけて再会を期したるは五年以前主の坊物こしは松に竹に根来(ネゴロ)の覚鑁(カクバン)（註五）ともいつつへき筋骨なりしか計らすも甫畝二子の告を得て小子に今不審

とたくましき誹僧の冨天像をデッサンしている。それをまとめて表現すれば「詩歌に太刀うちして一歩も退かさる豪傑」（前掲、五湖菴竹雅の前書）とか、「半時庵ハ誹道の聖にて冨叟一派の豪傑なり」（『追善集』上、胡條句の前書）というような風貌になるであろうか。長老嗅洞は冨天の人柄について述懐する。すなわち「求驢斎ハ天性正直の人にして誠をもって道を楽しミ去て古郷に帰る」（『追善集』上）と。

〔家族〕　冨天には〝一子〟が存在していたようだが、他家に譲ってしまったらしい。長州萩の青梨の「花なくも」句詞書中に、

…曾てきく天性一子あり他に譲りてその跡を残さす道統ハ石鯨のぬしに伝へて風ハ天下の一助にとゝむかれを見これをきくにつけ世に床しきハ百年の後もかれす

とある。確かに「天地一沙鷗」の境涯だったのだ。

註一　2．「『諧歌景天集』覚え書」

註二　『鶴見大学紀要』第18号所収、昭56・3刊。

註三　『ちかひがさ』の書誌を略記しておく。半紙本一冊。石鯨編とすべきか。冨天序、平城住の山陽散人序（漢文）。同じく平城住の楽只跋。宝暦十三年冬・丹波屋伝兵衛刊。呑空斎石鯨の立机披露の賀集にて、立机による「代吉」は宝暦十三年八月廿二日、春日の御霊社拝殿に於て興行された。天下一本の岡田柿衞文庫本は保存良、上本である。なお閲覧に関して今は亡き柿衞先生に鳴謝する。

註四　享保十九年六月三十日、淡々下坂。江戸堀木槿窟に住み百川朝水居士と号す（木村三四吾・櫻井武次郎両氏ご論考）。

註五　覚鑁は平安後期の僧。真言宗新義派の開祖。根来伝法院座主。康治二年寂。

〔附記〕　本稿は浦川冨天研究の一端であり、かつ礎稿である。

（昭和五十七・十二・廿九稿）

## 2.『誹歌景天集』覚え書

一

明石藩の文学梁田象水は冨天との誹交の深さを「余與冨天叟以誹交十数年」と回顧している程である。因みに父の亀毛梁田蛻巌も亦、誹交深かった。宝暦上方誹壇の雄、浦川冨天は元禄十四年、大和郡山に生まれ、武門の出である（大坂ノ人トスルノハ誤リデアル）。別号は清得舎・求驢斎とも号し、松木淡々門。のちに半時庵二世を称する。冨天の出自については茫洋としていま一つはっきりとはしないが、高弟の大爺庵石鯨編「求驢斎終焉記」（冨天一周忌追善、中本一冊、明和五・五成・刊、東京都立中央図書館加賀文庫蔵）によれば、「師叟や武家に産れて文を左にし慷慨意気満ちミつる壮士のいにしへ……」と記し、そうして「武門を離れ天地一沙鷗とつふやかれし日そ多かりけめ……」と書きとめている。

さて冨天は、難波江のほとり難波寺の草庵に於て、明和四年五月十日午の初刻に一喝、享年六十七歳卅余年の誹歴を閉じたのである。法名百桂冨天居士。前記「終焉記」には「炎暑不時に行ハれぬれハ遺翁に任せ故郷なる和州郡山久松禅寺（著者云、久松寺ハ現在スデニ幻ノ寺ニナッテシマッテイル）に埋葬のいとなミを促しぬ……」とある。このとき門下の伊勢村魚亮も石鯨・舎桲・梁甫ら葬送の列に加わり、「十二日捻香」の前書、その四句めに、

物すゝし松かね語り水檻　　魚亮

なる追悼句を手向けている。

冨天――魚亮の誹諧文化圏は、主として「紀の和歌山・豫の西条・同丹原・同石田・河の富岡・河の富田林」（『誹

歌景天集』）、ほかに南紀・和州高取・伊豫宇和島・豊後日田地方など、魚亮系以外では、石鯨系に美濃大垣の東里・青巴・春舞洞左江・鷺舟・亀宝（後ニ八千房系）ら、下総古河・因州鳥取・肥前唐津などの地方に、一交舎艸秀（二世求驢斎、一陽坊トモ）系に、あるいは乾梅貫たちの南都平城社中にあった。（追記、一交舎艸秀、姓ハ生駒氏デアル。）

天理図書館綿屋文庫には、天明三年五月成刊、冨天十七回忌追善句集『諧歌景天集』半紙本零一冊が収蔵されている。該書の存在はすでに故荻野清氏が『俳諧大辞典』収録「冨天」（685頁）の項のなかで書名のみ出しておられる程度である。誹諧資料としての価値は、

一、伊勢村魚亮の篤実なる編集ぶりがうかがわれること。又、冨天追善誹諧資料は現存六点が認められるが、なかでも本書は前記梁田象水の漢文序を有するなど、格調をもっている。

二、冨天の誹諧文化圏（勢力圏）――宝暦期における近畿俳人名録――について。

三、晩年の冨天の動静や、かつては大和郡山城外に存在したらしい冨天墓所の有様。

四、該書が上巻だけの零本ではあるが、こんにち〝天下一本〟であること。参考までに冨天関係の誹書はそのいずれもが何故か類本少なく、いわゆる〝孤本〟であることが多い。

以上である。

## 二

**〔書誌〕**　天理大学附属天理図書館蔵。図書番号、わ一七二―一六。装幀、半紙本上一冊（下巻欠）。清幽盧伊勢村魚亮編。寸法、縦二二・五糎、横一五・七糎。表紙、原装。檜皮（ひはだ）色原表紙に卍崩し模様の空押し。袋綴。題簽、剥落。ただし表紙中央に、剥落の形跡かすかにあり。その跡に、新たに貼紙を貼附。「諧歌景天集」と墨書。更に、表紙右上方に「冨天十七回忌」と朱の打付書。内題「諧歌景天集叙」。板心「○一（―三）」「㊤四（―五十二）」。丁数、五十二丁。

序文（象水梁田邦鼒序）

諧歌景天集叙　［夅（コウ）夫樸］（白印）

余與冨天叟以諧交十数年、而叟没、而十七年尓茲、未聞有識興焉者、秀鏡嗅洞之曹、諧林諸才子亦既」一オ　就木、浪華之諧、於躰乎掃地矣、以故、慕叟於冥漠之中蓋無幾云、清幽盧主人伊勢村魚亮氏、嘗入叟之門學諧、叟没猶當不懈、遂升其堂、又少」一ウ　仝癖陸竟陵、日構一亭于別荘、右諧左舜、時會同志以爲楽、今也値叟忌辰、佐恋之情益不能巳、輯同社曁四方之諧客千軸爲一部、命日景天」二オ　集、蓋景仰其師也、以薦焉以報焉、終梓焉以行于世、顧善事以客魚亮氏、能有終若魚亮氏、則於古君子之道不爲不庶也、孰謂滑稽累徳」二ウ　耶、此不手以不序、乃援筆于華銕齋、悵然而臺、喟然而題

赤石　梁象水

［梁鼒章］（白印）［夔夫］

三オ

序者梁田象水に関しては、江村北海編『日本詩選作者姓名』（安永三刊）に、

梁田邦鼒　字夔夫、号㆓象水㆒、蜺岩ノ子、
襲㆓職赤石教官㆒、俗「称藤九郎〇㆓見㆒首

と見えている。別号に瀾哉とも。象水は、大坂藤右衛門町住の粋人たる佐々木泉明撰『一人一首短冊篇』（大本二冊、明和八成・刊、泉明は冨天系、大谷篤蔵先生編『上方俳書集』下所収）にも序文を送っている。寛政七年正月、七十六歳歿。なお誹人魚亮のプロフィールを知るうえでも一資料である。

（巓四明序）

百桂冨天老居士
悼十七回諱辰

成風
百桂老翁皈実際
数千誹巻付涼風
忽値慈明輝荐拔
錦上鋪花又一重
巓四明稿　」三ウ

（自序）
淡翁世を謝して後吾富叟一派の巨璧として都鄙の風流几上に盈るゝはかり　葉山し□ゆ山しけ〳〵なるは石鯨（註一）か初年忌に記せるものからこゝに不レ贅　ことし天明三年慈明忌乃碑前に膝をかゝめつく〳〵おもふ道に不レ堪なることを
十年餘何を七瀬の夏氷　魚亮
「飛鳥川（註二）七瀬の淀にすむ鳥も
こゝろあれはこそ波たゝさらめ　」四オ
こゝろある同門ひたすら清得求驢の声華寥々たるをなけき追善集の事ともせちにきこゆ　もとより思ふふしなれハ諸好士に告てあらかしめに
梁田先生の序を乞ふに景天集とさへ顔セしてまて贈り給ふハ此集成就の緒（イトクチ）にして師かあまれる光りなるへし
清幽盧魚亮拝識」四ウ
蔵書印、巻頭に、「清」（方形）、「わたやのほん」（短冊形）、「穂高蔵書」（短冊形、タダシ巻末ニモアリ）の三顆あり。
裏表紙中央には「寺澤督時／物也」と墨書。

刷りはよろしく上本である。

〔内容〕『景天集』とは、冨天師を景仰する追善句集のことである。まず始めに、

通題

＼ほとゝきす　＼五月雨　＼はちす

此三ツを一｜集三｜巻にわかつ　外題（ウハーブミ）となしぬ　」五オ

と記す。本書は元来、上中下三冊本であったか。本書上巻は、そのなかの「ほとゝきす」の巻に相当しよう。次いで、

景天集其一　郭公巻

維天明三年癸夘五月八日於清幽庐先師十七回諱辰追善誹諧興行

冨天のぬし清得のやとりもとし積たれハ　着わすれつ五日かたひら六十四　此句の後三とせを経てさつき十日といへるに身まかりぬ　はやとゝせ七めくりとなんかそふれは旧友皆亡

（表六句）おとつれの是ハ十七瀬よほとゝきす　入道云六哉　（云六哉莪陵）

雨の皐月の晴てはれぬ日　魚亮

二三枚名札ちらはふ松の戸に　梁甫

以下、南畝・潤礎・執筆ら連衆の句が続く。

末略

連衆二十人餘申刻満吟

同十日には、「於聖祐寺供養捻香」を営んでいる。東高津の聖祐寺である。かつて明和四年六月三日にも同寺に於て「追善之会百韻」が興行せられ、魚亮・梁甫・南畝らが参加している（「終焉記」）。『稿本大阪訪碑録』（篤處木村敬二郎編、『浪速叢書』第十に所収）を検すると、

聖祐寺（八丁目寺町）　浦川冨天

と見え、追善碑が存在したか。ただし木村篤處が捜訪の際には、すでに「見当らざりし」とか。同様なる記事は、宮武外骨編『浪華名家墓所記（草稿）』（10頁参照、雅俗文庫、明治44・3刊）にも見えている。

百桂冨天居士古人となられし折から門葉の落涙諸好士の悼も流〳〵て十七年にめくり来たり　よて野章を手向侍る

梅乃雨十七瀬すつふり降にけり　佳及

以下、諸家の追善句、亜覧・梁甫、

追遠

撫子や唯もろこしの久松寺(註三)　潤礎

らの作品を収録。

註一　前掲書「求驢斎終焉記」ならびにその姉妹編たる、冨天一周忌追善『冨天追善集　後農月見』（中欠一冊、石鯨編、自序、梁甫跋、明和五成・刊、東大洒竹文庫蔵、洒三三二三）を指す。共に天下一本である。

註二　『大和名所図会』（大本七冊、寛政三・五刊）巻之五、高市郡飛鳥里の条の次に、

七瀬淀（ななせのよと）　飛鳥川のほとりならん
所さたかならず

万葉　明日香川七瀬の淀に住鳥も心あれバこそ波たゝさらめ

内裏名所又後撰　飛鳥川七瀬の淀に吹風のいたづらにのミ行月日かな　順徳院

風雅　あすか川ひとつ淵とや成ぬらん七瀬の淀の五月雨の頃　権中納言公雄

壬二　春の日も今幾日とハ飛鳥川七瀬の淀にしがらみもかな　家隆

とある。七瀬淀は、現在の奈良県高市郡明日香村を流れる飛鳥川のほとり、を言うか。

註三　大和郡山の菩提寺久松寺に関しては、因みに冨天の出自と墓所について、名著『大和郡山市史』（昭41・7、同市役所刊）所収、文芸編（植谷元氏担当執筆）を検してみたが、記述は皆無である。

（昭和五十七・正・三稿）

**〔附記〕**　浦川冨天研究については、鈴木勝忠先生の学恩に深謝いたします。

**〔参考文献〕**

松井　忍氏「『去来抄解』「故実篇」と伊予俳壇」（『連歌俳諧研究』111号、平成18・9）

# 浅見田鶴樹の生年

浦川冨天の先輩格たる浪華の秀鏡（しゅうきよう）を始め嗅洞（かぐほら）など、主だった淡々門流の伝記は案外と明らかにせられていないようである。句星庵浅見田鶴樹（たずき）の場合もそうで、丈石の『誹諧家譜』の域を出てはいない。わずかに岩波書店刊『日本古典文学大辞典』第四巻に収録の宮田正信氏執筆の「田鶴樹伝」が眼を引くが、それでも生年はクェスチョンマークにされている。

さて、『枚方駅名蹤記』（安永五成）の冒頭に、「………そのむかし天津少女の下り来し流れ絶せぬあまの川の、和光残る中島の星の井は今酒を醸せる泉井なり。」と書きとめた中島九右衛門文孝は枚方宿の本陣職、元禄以来、代々酒造業を営む村役人であったが、彼は又迎月園松臺とも号した、大坂貞門七世、牧岡（岡氏トモ）天来門下の遊誹でもあった。ここに天保五年十一月、天来自筆、「誹諧之伝系」と記せし松臺号授与の懐紙を左に抄記紹介する。天地共に打曇り模様。包紙には、「[印]宗派　反古庵　[朗大]（白印）／迎月園雅英」とある。末裔の中島三佳（かずよし）氏蔵。

鼻祖　明心居士

△貞徳　松永氏／長頭丸……（※以下、三代略）

承応二年癸巳十一月十五日没／寿八十三

─田鶴樹　浅見氏　別号貞阿／叙法橋　句星庵／安永七年戊戌十月五日没／寿六十八

─左逸　田鶴樹長男　別号貞志／天年居士　反古庵／文化九年壬申九月廿三日没／寿六十五

右の系譜によれば、田鶴樹の生年は逆算して正徳元年（一七一一）ということになろう。別号の「貞阿」も新見。法橋に叙され時宗の信徒であったか。又、左逸は田鶴樹の長男であったらしい。すれば浅見御風（『誹諧家譜』）との関係は如何。左逸の生年も同じく逆算して寛延元年（一七四八）、このとき父親の田鶴樹は卅八歳。なお田鶴樹歿時、長男の左逸は卅一歳であった。因みに「誹諧之伝系」の裏面左端には貼紙にて天来筆、「中嶋松臺号 臺松（朱印）／天来授与之 天 来（白印）」と記す。天保六年、反古庵絵入り歳旦一枚刷（中島三佳氏蔵）に、「松植てたのしや春の雨二日　河州枚方　松臺」なる歳旦句が見えている。

（昭和六十二・九・十八記）

# 古書礼賛

## ――宋屋の短冊など――

阪急古書の町の臨川書店は昨年までは格調の高い和書の、なかんずく国史・国文学専門の店で、夕方ともなると時折私たち『みをつくし』誌の仲間が集まってきては久保田さん（現、五車堂書店主）矢野さんたちを相手に、中尾松泉堂氏も加わることがあったが、和気藹々と本の話をし合ったものである。言うなればちょっとしたビブリオ―サロンの観だった。そんな頃に、私は思いがけなくも奥の書棚に野間般庵先生旧蔵の書物を見つけて一見、これらは先師から数々のご教示を受けた著者が持つべきものであると断じて、すぐに買った。すなわち、○『新編御伽草子』上下二冊（因みに徳元作『尤草紙（わつとものそうし）』が収録、明34刊）○『高野山千百年史』（昭17刊）○『（美方郡）温泉町の近世俳諧』（西谷豊編、昭47刊）○『いたみ』誌、創刊号（同誌に岡田柿衞（かきもり）先生の「森本百丸の研究」が収録、昭49・3刊）以上の四点である。

先年、何号だったか記憶が定かでないけれども、確か天理図書館報『ビブリア』誌上の座談会で先生が学者の蒐書した和本にはいわゆる稀覯本の類は少ないが使える物は多い、という意味のことを述べられた。なる程そうで、前掲の「森本百丸の研究」にしてもところどころ朱が施され、百丸書簡の翻刻も訂正がなされている始末。その上ありがたいことには句集の部にエンピツで数句増補の書き入れが見られるからである。私自身はこの野間書き入れ論考をひそかに定本としている。同様な例は萩野由之編に成る『新編御伽草子』下巻にも、ある。収録の『浄瑠璃十二段草子』に頭註の如く見える書き入れがそれ。以下に挙ぐ。「草の中にはこがねあり、（赤木文庫本―草の中にはほたるあり）（四）、「弓手（ゆんで）の蹴廻はしには、日本一の画師の上手が云々（日本一の画師　巨勢金岡　紀州藤代峠に金岡筆捨松とてあり　加茂郷—海南市ト加茂郷村トノ間ニ藤白坂アリ　ソノ誤カ)」(五)、そして「蹴廻し（けまはし）」についても丁寧に図示をされるなど、これだけでも貴重なる註釈研究であろうと思う。

それから、本書には徳元作『尤草紙』が編者の頭註を付して収録。因みに『尤草紙』の作品研究は近年、田中宏氏のそれがあるが、註釈研究は潁原博士の研究ぐらいで、遅れてはいる。さて読書の秋、卒論の秋、大いに古書礼賛をしたい。

○

図17　望月宋屋短冊（架蔵）

「毛越詞宗の／ひろめに／申送る／植附や心にかなふ雨催ひ　冨鈴房」

昭和六十二年四月廿一日、授業を済ませて京都はもう夕闇が迫る頃、河原町二条の通りを私は急ぎ足で竹屋町の方へと向かっていた。雨がパラつき始めていた。文藻堂を訪ねたのは六時過ぎ。預けてあった化政期の柳営連歌師里村玄碩の短冊を買い、それから何気なしにいつもはあまり見ないのであるがこの日に限って三百円均一の短冊箱へも眼を移したのだった。思わず私はアッと声を呑んだ。宝暦期京都俳壇、巴人門の長老にして三宅嘯山・望月武然（明和五年板の歳旦帖『春慶引（しゅんけいのいん）』半一冊、ただし原題簽つきの上本を愛蔵）の師、冨鈴房こと望月宋屋（そうおく）（明和三年三月、七十九歳歿）のやや黒ずんだ打曇り短冊がハダカのままで雑然と投げ出されていたのだ。興奮を覚えたが努めて冷静さを装うた。宋屋の短冊はほとんど見かけない。柿衞文庫館に一枚所蔵される位か。因みに柿衞蔵の短冊は、「何かし松翁／八十五齢の　小春世を／安うと観相　薙髪の／丸頭巾遊ひ上手とことふく／掟よし後世もいとなむかミな月　宋屋」とあって無地、昭和七年頃に神戸市の宇野朝一氏が所蔵し大阪三越（上方俳星展）で展観されたものらしい。裏書は自筆「七十三叟　机墨庵（花押）」と記すから宝暦十年十月作。「遺墨少シ」とメモ、古研堂の旧蔵印。架蔵の短冊は「冨鈴房」の自署であるからそれよりも古く、延享四年以前の作か。詞書には燕村とも交流ありし「毛越（もうおつ）詞宗」の名が認められ、従って「植附や」の上五からも毛越の立机披露に送った賀句と考えることが出来よう。むろん珍品であろうことは間違いない。わずか三百円也で買った。店の外は折柄、心にかなう雨催い……。かくして風雅の中秋に新出宋屋短冊は今、私の短冊帳におさまっている。

（昭和六十二・十・一稿）

# 初秋の候

新暦の九月一日は二百十日で、平成六年の旧暦では七月大二十六日、なれどもまだ残暑見舞の候ではある。西鶴の『好色一代男』巻五の三「欲の世中に是は又」という章においても、世之介が遊び仲間と共に播州室津の遊廓へ出かけて、女郎とのベッドシーンのくだりがなかなか粋である。

> 亭主床とつて、蚊屋釣懸て、「是へ」と申程に、「夢見よか」とはひりて、汗を悲しむ所へ、秋までのこる蛍を数包て、禿に遣し、蚊屋の内に飛して、水草の花桶入て、心の涼しきやうなして、「都の人の野とやみるらん」と、いひさまに、寝懸姿のうつくしく、「是はうごきがとられぬ」と、首尾の時の手だれ、わざとならぬすき也。

世之介が、「夢を見ようか」と蚊屋の中へ入って、汗に閉口しているとき、女は秋まで残る蛍を数々包んで、禿に持たせて蚊帳のうちに飛ばす、という趣向。因みに「夢見よか」とは情交することを言い、『西鶴織留』巻一の一にも「宵より夢見し客」と見えて、しゃれた台詞だ。似たような趣向は『源氏物語』の昔にも存在したようである。「ほたる」の巻に於て、ときに源氏の君卅六歳の五月雨が降る夜のこと。源氏は、養父でありながらも懸想する玉鬘の許へひそかに蛍を、几帳のうすきかたびらに「いと多く包みおき」て、光を「包みかくし給へ」る行為。そしてその蛍の青白い光によって照らし出された玉鬘が、思わず「扇をさし隠」す彼女の横顔を楽しむシーンなどは、なかなか凄艶と言うべきであろう。ずっと降って、元禄前後における信州諏訪誹諧点巻七十四冊（銭屋河西家文書）のうちに、

元文元年五月成、山口羅人点『保多留五十韻』　（銭屋文書38）

一いきれ盥の底のほたる哉　周哉
蚊帳を扨して来る　烟草盆　周徳
（以下略）

なる付合が、さらには近代短歌からもたとえば斎藤茂吉は、

蚊屋のなかに放ちし蛍夕さればおのれ光りて飛びそめにけり　（『斎藤茂吉歌集』）

と詠んでいる。また、秋まで残る蛍についても、

人玉か魂祭野にとぶ蛍　徳元　（『犬子集』）

飛ぶ蛍を人玉かと見立てた句、作者はこの句を気に入っていたらしく、自筆短冊も現存する。

○

『古今和歌集』巻第四・秋歌上の冒頭に、藤原敏行朝臣が詞書に「秋立日よめる」として、

秋来ぬと目にはさやかに見えねども風の音にぞ驚かれぬる

と詠んでいることは、もう周知であろう。この歌は残暑のなかにも秋の気配を鋭敏に言い得てまことに妙、従って本歌取りの句を数句挙げてみたい。

初秋
秋きぬと吹風音や名対面　徳元　（『懐子』）
目に見ねど風聞するや今朝の秋　安知　（『毛吹草』）
秋来ぬと世にふれ状の文月哉　弘永　（『毛吹草』）

などなど。くだって蕪村句にも、

秋来ぬと合点させたる嚔かな　（『蕪村句集』）

敏行朝臣の「風の音」、対するに誹諧師蕪村は思わず嚔をしたことで、かえってそこに秋の訪れを実感したという。

さすがに蕪村の庶民派的季節感はおもしろい。加藤郁乎氏の著作『江戸俳諧歳時記』（平凡社、昭和58）によれば、江戸の町の秋景色とは、『武江遊観志略』秋の部に、「一葉秋を告て四野に吟ずる虫声を聞き、涼風簾を穿て、雲漢に横たはる銀河を観る。盂蘭盆の法会あり、廿六夜の月待あり、夕に燈籠を詠め、朝に七草を探る、幽人閑適の尤宜きなり」とあり、以下、月見に、漁猟、虫に、という風に分類して、それぞれに江戸の名勝地を列記している。

さて、著者の好みから言えば、

独寐の秋を知べし古本屋　沾葉　（『富士石』）

の一句であろうか。『富士石』は中本四冊、延宝七年（一六七九）四月刊。岸本調和編集の四季発句集である。延宝期にはすでに江戸の町に「古本屋」が存在し、発句に詠みこんだ門田沾葉の句は貴重。

ちなみに徳元の『誹諧初学抄』は寛永十八年（一六四一）正月廿五日に成立、江戸における誹書出版の嚆矢とされる。古誹書蒐書の秋、確かに寛永期には、たとえば出光美術館蔵「江戸名所図屏風」の左隻にも、日本橋の手前に、書肆（当時は古本屋も兼ねていた）が一軒認められるのである。

# 書評　大礒義雄先生著『蕪村・一茶その周辺』

「表を見、裏返して見、ああも考え、こうも考え、又考え直す、というのが、志田先生の御研究態度であった。綿密細心の典型」と回想せられ、文末に、「その寸陰を割いて先生は私たちの東大俳文学会のために懇切な指導を賜った。（略）私たちというのは、阿部喜三男・中島武雄・**大礒義雄**・宮本三郎その他の諸氏を含めてであるが云々」（井本農一博士、『国文学』昭42・10臨時増刊号）と、平明なる筆致で述べられている。さて、志田義秀先生のご門下たる、私たちの大礒義雄先生の学風も亦師匠譲りで、さらに加えるとすれば歴史・社会的な背景にも目配りと、そこに生きる誹人像に血の通った人間性描出をもお忘れになられない、ことであろうか。

平成十年九月、先生の第二著作集『蕪村・一茶その周辺』が、さきの第一集『芭蕉と蕉門俳人』にひき続いて八木書店から出刊せられた。大礒誹諧史の集大成である。以下、著者の好みにしたがって紹介していきたい。第Ⅰ部は「蕪村とその周辺」。巻頭論考は「蕪村俳諧における『雨月物語』の影響について」で、『夜半叟句集』から四句を掲出。先生は「この四句には『雨月』の「浅茅が宿」のにおいがすると思うが」と問題提起される。たとえば蕪村句「鮎落て宮木とゞまる梺（ふもと）かな」についても、穎原退蔵博士以来の解釈を否定、「宮木が夫の帰りを待ってあくまでも家に踏みとどまっていたことをさすのであろう」と。蕪村と秋成との交友関係の深化と共に、蕪村誹諧は同時代の小説にも俤付として材を求めたと結論。「蕪村『女色の賛』」は、新出。蕪村が、扇面前段に『徒然草』久米仙のくだりを戯書、後段は「橘のかごとがましきあはせ哉」と詠み、それが老艶・女色の賛句と解釈、『蕪村全集』の句解とは異なった見解で新鮮だ。

「評伝・与謝蕪村」では、父母の章で田宮橘庵の『嗚呼矣草（おこたりぐさ）』の記事などから勘当説を空想。文末、〈後記〉で「新見には筆を費やした」と記される。「蕪村と狸との交情」の後半で、著者が若いときの思い出を披露、それを手がかりに蕪村は、「生きとし生けるものに対して、心眼を開かせた」と、蕪村の誹諧精神にまで迫ろうとされる。「蕪村―酒仙―」は、美術品の売立目録から未紹介「杉酒屋画賛」末尾の署記「斗禄斎」を、蕪村の酔中漫書による創作人物か。おもろい。「上田秋成は二人いた」宝暦八年時、医書『医断』の板下筆者上田甲斐守秋成なる同姓同名の人物を追跡することで、『雨月』の秋成が当時秋成名を名乗っていたかどうか。一見、推理小説を読むがごときユニークな論考。「蓼太の鹿島詣―『笘の宿』―」「『百池自筆俳諧秘書』―解説と翻刻―」は、几圭の「おぼこ草」と「宋阿の示教」を翻刻。「尾三の天明俳壇を歩く」殊に第一部を締めくくった、「楽翁公と大江丸」は、大江丸の作句「民いかに雪には雪の耕す」の解釈で、寛政の改革に対する彼の心底までも見抜いた佳品と言うべきか。

第Ⅱ部は「一茶と化政天保俳人」篇、第Ⅲ部は「付章　西鶴・鬼貫」篇ではあるけれど、行数は残りわずかとなってしまった。終わりに巻末に収録の索引について記しておく。先生門流の寺島徹氏によって前著の『芭蕉と蕉門俳人』共々60頁余にわたる完璧なる書名・人名索引が完成した。ていねいな作業で、これぞ人間像が彷彿と浮かぶ大礒誹諧学の重厚さであろう。先生の近作は「百舌高音　清爽の気　天に満ち」。益々のご加餐をねがって、ご長寿あれかしと祈念いたします。

（A５判・四七二頁・本体一二〇〇〇円・八木書店）

（平成十一・一）

# 豊太閤の「鯨一折云々」の書状

『都名所図会』巻之五には淀城の周辺が臨場感をもって描かれている。淀川はいつもゆったりと静かに流れて、難波津へ往来する舟は夜とともに絶え間なく、城の構えの汀（なぎさ）には水車があって波にしたがい翻々（へんぺん）と廻る。殿様の茶亭（さてい）や橋上の往き来など、この美景は奥がふかくて足らずということがない、と。京阪電車の「淀」駅は、この淀城址に在る。京阪三条へ向かう車窓から苔むす石垣を見つめていると、私はいつも桃山時代における、豊臣家のどろどろとした腥（なまぐさ）い人間ドラマを夢想したりするのであった。

太閤秀吉が、「おちゃ〱」姫を側室にするのは、渡辺世祐（よすけ）博士の名著『豊太閤の私的生活』（創元社、昭14・8刊）によれば、天正十六年ごろ、彼女廿歳ぐらいだったとの由。更に、も少し具体的に小和田哲男氏の著作『戦国三姉妹物語』（角川選書、平9・8刊）では、「私は、天正十五年八月以後、翌十六年はじめころまでとみている。天正十五年とすれば、茶々十九歳、十六年とすれば二十歳である。……遅くとも、天正十六年の夏までには、茶々が秀吉の側室とされていた。」（80頁）と、詰められる。

淀城普請工事（じっさいは修築であろう）の開始は天正十七年正月である。淀城は鶴松を出産する為の、「おちゃ〱」姫の御産所であったらしい（前掲二書）。さて、その頃に成ったか、秀吉の礼状一通を紹介する。むろん架蔵の、『旧大村藩主大村伯爵家某子爵家所蔵品入札』目録（東京美術倶楽部刊、昭9・3・5入札）に所収（図18参照）。

四〇　豊太閤　文　鯨一折云々　竪（タテ）七寸一分　巾一尺四寸八分

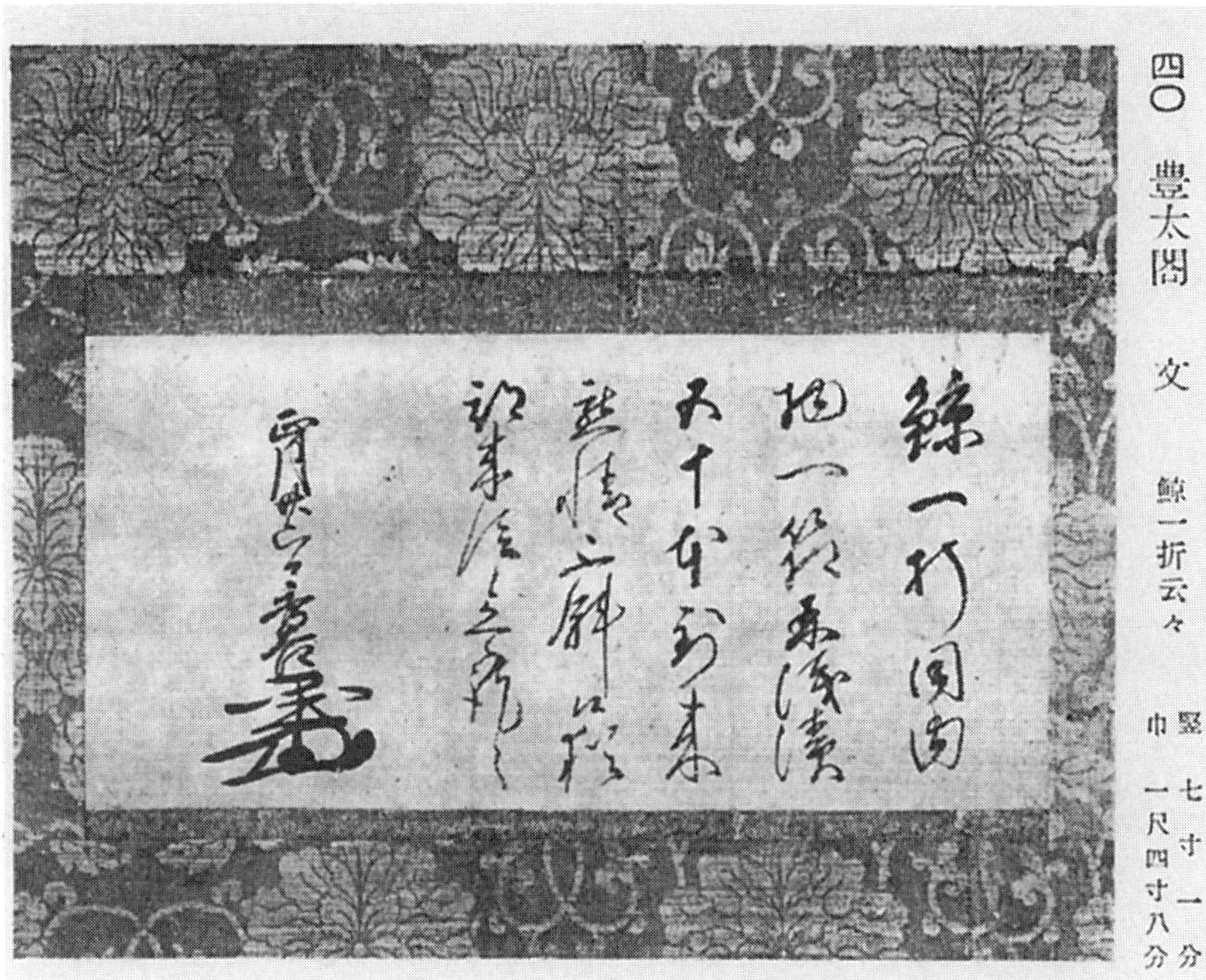


図18　豊太閤の「鯨一折云々」の書状

鯨一折同肉
物一箱幷浅漬
五十本到来
懇情不斜候猶
期来淀候恐々謹言
　正月廿六日　秀吉（花押）

なお、「某子爵家」とは、渡辺昇を指すのであろう。彼は伊藤博文らと雅交有之。右は、写真版にて収録。表装は軸装で、中廻しは牡丹に唐草模様の緞子か。内容は、鯨一折、同じく肉物一箱、ならびに浅漬五十本が秀吉宛に到来したこと。対するに「懇情斜めならず候」と大よろこびで礼を述べ、「なお来淀を期し候。恐々謹言。」と右筆を介して結び、自署した礼状である。「鯨」については、『岩波古語辞典・補訂版』によれば、「肉は食用」とある（417頁）。室町期の『四条流庖丁書』に、鯨肉だけは別格で、鯉よりも上位においてもよろし、とか。「鯨一折」とあるから、多分、荒巻一折にして肥前・大村湾から遠く京洛——豊太閤宛に贈ったものであろう。「浅漬」は、『嬉遊笑覧』に、「江戸芝の金地院にて毎歳正月元日より三日までの膳部は香物生大根の輪切二を用ひしとぞ（今はあさ漬大根をかへ用ふとなり）」（巻十上—香の物）と。『守貞謾稿』（『近世風俗志』トモ）では、塩とぬかに生大根、生茄子、瓜などを漬けたものを京坂では浅漬といい、江戸ではぬかみそ漬という由。それから、末尾の自署「秀吉」と花押の形について一考してみる。基本的には同形の使用例は「木下藤吉郎」時代から見られ、すなわち永禄十年時より天正十六年四月まで使用している。なかでも殊に本簡に酷似する署名類は天正十一年正月・同年四月以降の文書類に認められよう。因みに、自署「こんか」は、天正十三年十一月、同十八年五月である。従って本簡の成立は、天正十一年正月以降という風に絞られなければならぬであろう。

さて、礼状の宛先はいったい誰であろうか。むろん、私は当該書が旧大村藩主大村伯爵家所蔵品の入札目録であるゆえんから、それは肥前大村藩祖大村丹後守嘉前（よしさき）であろうと想定するのが、ごくしぜんか。嘉前は、天正十五年襲封時、当十九歳の青年大名であった。左に豊臣系の武将としてのプロフィールを『寛政重修諸家譜』巻第七百四十六、大村氏の条から抄記する。

●嘉前（よしさき）

新八郎　丹後守　従五位下　今の呈譜、初嘉純（よしずみ）のち嘉前（よしさき）に作る。母は上におなじ（※西郷二郎三郎純久が女（むすめ）。）

永禄十二年大村に生る。天正十五年豊臣太閤嶋津義久征伐のとき、書翰をあたへられ、海路の先鋒となり、薩摩国大平寺にをいて太閤に謁し、本領安堵の朱印をさづけられ、二万七千九百石余を領す。このとしの夏長崎の内町をもっておほやけの地とす。（以下、略）

元和二年八月八日大村にをいて卒す。年四十八。普潤日照顕性院と号す。彼地の本経寺に葬る。室は有馬修理大夫義純が女。

次いで、成立年代について考証する。文末に「猶期来淀候」とあるので、前述の淀城普請工事に着手する天正十七年正月前後に見当をつけてみたい。この時点では、未だ「おちゃ〱」姫は大坂城に在城していたらしい（小和田氏の前掲書）。因みに秀吉は、翌十八年三月一日には、京都を発って後北条氏の小田原城攻略に出陣してしまい、不在（「徳元年譜稿」拙著『斎藤徳元研究』参照）。加えて、自署と花押の形を見ても十七年末までが下限であろう。やがて「城も三月頃に出来上がって、五月廿七日に鶴松が誕生」（渡辺博士の前掲書）する。対するに、大村嘉前の秀吉観（心情カ）はいかが。著者の謾考は斯くの如し、である。すなわち秀吉から、過ぎにし本領安堵の朱印状を授けられたことへの謝意。淀殿安産を願っての見舞い、などが挙げられようか。そのような折に、たまたま大村湾の東岸で捕獲された一頭のクヂラを、嘉前は改めて淀城修築祝いあるいは修築見舞い、ということで送ったことであろう。だから本簡は、天正十七年正月廿六日附、豊太閤の礼状である。

『旧大村藩主大村伯爵家某子爵家所蔵品入札』目録には、その第二番めに、豊太閤の「おちゃ〱」姫宛、自筆書状一通が、鮮明なる写真版で収録されている。

二　豊太閤　文　そのいこは／おちゃ〱　古筆極

竪一尺四分　巾三尺二寸五分

（図版）

右は現在、東京・五島美術館に所蔵の、天正十八年九月成「その以後わ文にても申まいらせ候はで」から始まる著名な軸装仕立の書簡である。殊に、文末は情感にあふれ「廿日頃には必ず参って鶴松を抱きたいと思います。その夜には（※原文「そのよさに」ヲ、諸書ハ「その際」ト訳シテイルガ誤リ。）、そなたとも懇ろに情交をしたい云々」という、艶事にも触れた意味深の内容。自署は「てんか」である。

ところで、このようなきわめてプライベートな秀吉自筆の書簡がいったい、いかなる事情のもとに九州肥前・大村藩の、大村侯に伝来されたのであろうか。わからない。その後、書簡は昭和九年三月に大村伯爵家（※落札価四千六百円也）から京都・水野英一氏（※昭和十四年頃）へ、そして五島美術館に収まったようである。あるいは又、前掲の礼状から想像するに天正十七年正月の上旬には、太閤秀吉も淀の「おちゃ〳〵」姫も大いに鯨肉を賞味、艶なる日常を展開なされたことであろう。否、この想像は謾考ではある。

**〔追記〕**　渡辺昇は、巌の次男で大村藩士であった。幕末期、国事に尽力し、大阪府知事・元老院・参事院各議官・会計検査院長等を歴任した（『旧華族家史料所在調査報告書』附編）。

（平成十三・二・四稿）

# 仮名草子作品の解題三種

**1．小倉物語**（おぐらものがたり）　三巻三冊。仮名草子。作者未詳。内題「をぐら物語」。別称「四人比丘尼」。寛文元年（一六六一）十一月刊。【梗概】朝日長者の一子猪名野篠之丞（いなのささのじょう）は千本の念仏堂で、粟津左京の娘初花を見染めて恋の病に悩むが、乳母有馬は、知己である初花の侍女若菜と計って二人に契りを結ばせる。しかし父左京の知るところとなって初花は若菜と共に追出されて小倉の里に忍び、篠之丞と夫婦になる。一子竹若丸十歳の時、瀬田の蛍狩に過って溺死したことから篠之丞夫婦は出家、諸国修行に出る。数年後、草津の宿で尼姿の有馬・若菜にめぐり遇い、四人は小倉の二尊院の傍らに庵を結び往生の素懐をとげた。【作風】発想や構成は『平家物語』『七人比丘尼』に得た点が多く、侍女の仲立ち、神仏の示現で物語が展開するなど中世風小説の趣があり、文体も七五調で綴られている。【諸本】寛文版の赤木文庫蔵本は唯一の完本。改題本に『花の情』三冊（宝永五版）がある。【複製】近世文学資料類従・仮名草子編10（田中伸解説）。【翻刻】近世文芸叢書3。

**2．花の縁物語**（はなのえんものがたり）　一巻一冊。仮名草子。器之子作。寛文六年（一六六六）三月成立。同六、七年頃刊行か。作者器之子については未詳。【梗概】京都警固の役として上洛する主君本多氏に供して京に来た左京は、東山の花見で、年の頃二八に足らぬ美女を見染める。これが姉が小路の大和屋のなにがしの一人娘と知り、恋の病いに伏すが、従者のすすめで大和屋の東隣の老人の家に寄寓する。そしてその家の妻の仲立ちで大和屋の娘と契りを結ぶ。やがて主君に扈従して東国に帰ることとなり、悲しい別れを告げて左京は武蔵国に下った。娘は左京恋しさのあまり病いに倒れ、乳母は事情を両親に告げる。父は早速東国へ下り、左京を伴って上京の途につき、伊勢の土山に至って娘の死が伝えられる。急ぎ京に入り、その初七日に、左京は遂に恋人の墓前において自害して果てたという。【作風】中世小説の一系統に立つ恋物語で、構想は『鳥部山物語』の民部卿と藤の弁との男色物語を、そのまま本多なにがしの守の家臣左京と京の大和屋の一人娘との恋物語に改変したものである。ただし左京と大和屋との旅を描いた七五調の道行文や結末の武士らしい自害などに、わずかながら近世的特徴が見られる。【翻刻】室町時代物語大成10。『二松学舎人文論叢』3（昭和46年6月。青木清彦・田中伸解題）。

〔参考文献〕

冨田成美氏「『花の縁物語』と「東山」の恋―「見そめの場」改変の効果と意味―」（『日本文芸学』37号、平13・2）
同「『花の縁物語』の改変―その方法と傾向（二）―」（『近世初期文芸』19号、平14・12）

**3. 花の名残**（はなのなごり）　五巻五冊。浮世草子。妙匂（みょういん）作。挿絵は吉田半兵衛風。天和四年（一六八四）正月、江戸西村半兵衛・京都永田調兵衛刊。【梗概】武蔵国浅草の里の藤浪某という浪人は息子の内蔵介を京都紫野の伯父の僧のもとに託する。時に内蔵介十四歳の美少年であった。翌春、鷹ケ峰の吟竹庵に桂山老尼を訪ねたとき、折節来合わせた仁和寺辺りの藤原某の娘おてるの前を見染めた。桂山の若弟子桂寿尼を仲立ちとして互いに艶書をかわすうち、遂に夏のある夜、おてるの侍女もしづの仲立ちで深い契りを結んだ。その頃、内蔵介は北越福井の叔父の許へ養子に行くことになり、泣く泣くおてるの前と別れて、正月早々越路に赴いたが、途中病いにかかり叔父の家に着くや間もなく息絶えた。これを伝え聞いたおてるの前は悲しみに堪えず、ある夜、もしづを伴い、桂山を訪ねて尼になろうと家を出たが、道に迷い清滝川の辺りに出た。夜も明ければ追手に見つけられるかと、二人は川に身を投げるが、観音が老翁となって現われ、二人を救い、吟竹庵に導いた。そして桂山に頼み尼となり、おてるの前は、内蔵介の法名雪嶺梅吟居士に因んで梅心院妙吟と称し、もしづは妙匂尼といい、共に仏道を修行、鎌倉に草庵を結んで往生を遂げた。【趣向】本書の由来は、序文に、もしづの妙匂尼が、あるやんごとなき御方の母公の勧めで書き綴り、慰み草に送ったものであり、また、書名は冒頭に「花の名残の青葉」とあるのをとって母公が名づけたという。体裁は浮世草子風ではあるが、趣向は『二人比丘尼』系の恋物語で、類作に同じ西村版『山路の露』があり、仮名草子風である。【諸本】初版本のほかに、改題本『珍説花農那こ李』（京都太田又右衛門版）がある。妙匂序と刊記を削り、「宝暦十年（一七六〇）辰睦月」の玉江山人序と刊記を入れる。【翻刻】浮世草紙1。近代日本文学大系『浮世草子集』。

〔**参考文献**〕

野田寿雄氏「西村本の浮世草子」（『年刊西鶴研究』10、昭32・12）。
水谷不倒氏「新撰列伝体小説史」（水谷不倒著作集1、昭49）。

# 第三部　美濃貞門ほか

# 美濃貞門概略

## 一、岡田将監と貞門誹壇

美濃における貞門誹壇形成の基盤を作った人物として、まず岡田将監(しょうげん)を挙げなければならぬであろう。美濃国揖斐(いび)郡三輪(みわ)の里（当時は大野郡三輪村と言った）に屋敷を構えていた旗本(はたもと)の岡田将監（ここでは二代目将監、豊前守善政をさす。禄高は七千二百石）は、誹号を満足(まんぞく)と号する貞門の誹人であった。この点については、『氏冨記(うじとみき)』（三重県伊勢市倉田山、神宮文庫蔵）万治二年七月九日の条に、

一（七月九日将監殿江参候）……誹諧はけつらぬやの発句、初秋風　けふならす袂涼しくなりにけり扇子にきおふ（※来合ふ）秋の初風　善政とあり。誹諧には満足なり。無天下上手といふ心と也。守武千句のはなしあり。絵合の発句其外御かんし也。朝ほらの面影也。能句被致候。あみを捨たる翁か手本、花をつみてたふつ〳〵と殊(珠カ)数くりて、皆々かんするのよし也。御尤、さて〳〵驚入奉存候よし申上候。貞徳方へ独吟之奥に狂哥を遣し、点取は都ならねはせひもなし天下唯象独尊と致候。一段殊勝のよし申候。……

と見え、そこに誹人満足の得意げな姿を看取することが出来る。

岡田将監は慶長十年（一六〇五）京都に生まれた。名を善政(よしまさ)、通称を左京・将監と称した。父は伊勢守善同(よしあつ)、母は朝鮮人女隆生院(りゅうしょういん)である（『岡田略系譜』岡田重一氏蔵）。幼少のころから、父の所領地たる東美濃可児(かに)郡姫(ひめ)の郷に住み、

やがて寛永八年（一六三一）正月、采地替えによって前記揖斐郡三輪に移り住んだのだった。時に二十七歳。このことは美濃の貞門誹壇が始め東濃可児郡に開花し、のちに西濃竹ケ鼻地方に移っていくことと間接的に関係がありそうに思われる。万治元年（一六五八）十二月、伊勢内宮造営の奉行を勤め、翌二年十一月、遷宮による功にて従五位下豊前守に叙任された。このときの喜びの気持ちが、『歳旦帖 知足書留』（下里知足編、寛文六年）万治三年の条に、

　はいかい元日や酒をくらゐのほうあかし

　右は岡田将監殿也旧冬諸大夫被仰付あけの袖もほうあかきも皆五位装束の事と也

と見えている。延宝五年（一六七七）六月二日歿、享年七十三歳。なお彼の妻は、かの徳元とも親交があった連歌大名佐久間大膳亮勝之の娘であったことをつけ加えておく。

寛永十五年（一六三八）以前、松永貞徳は『鷹筑波』編纂に関連して美濃地方へ誹行脚をしたらしい。コースは恐らく名古屋を経て木曾川沿いに美濃へ向かったものと考えられる（小高敏郎著『松永貞徳の研究』）。果たせるかな、貞徳の、この美濃来遊が一つの契機となって、誹諧の花はまず東濃に、なかでもとくに可児郡久々利（泳・八十一隣・久々里とも）の里にいっせいに咲き始めたのであった。前記『鷹筑波』に、付合二十七句も入集されている千村彦左衛門重樹は、この久々利村周辺を支配した旗本千村氏の一族である。その子千村一歩は高瀬梅盛門下として、明暦・万治・寛文ごろの貞門諸誹書に作品がかなり多く入集され（『鸚鵡集』『捨子集』『新続犬筑波集』『阿波手集』『詞林金玉集』ほか）、久々利誹壇における代表格だった。以下、主要な誹人をざっと列挙してみよう。

原十郎兵衛（延宝二年十一月五日歿、忠岩良節居士、禄高は八百石）『独吟九百韻』（寛永末年成カ、天理図書館蔵）に、「松風を引てや藤のはなたらし」を発句とする独吟百韻一巻が収む。

山端塵哉（明智光秀の遺児）『玉海集』『口真似草』『鸚鵡集』『捨子集』『詞林金玉集』等々の誹書に多く入集。

山村毋固、片桐一雅など。

これら誹人グループのほとんどは、〝久々利九人衆〟と呼ばれる旗本衆であったことだ。その点では、かつて中村幸彦先生が「近世初期から元禄頃までにかけての俳壇を考へる時に、そして、俳諧が連歌にとってかはって、短年次で、全国に流行した原因を考へる時に、為政者であつた、そして新しい時代の文化人とならうとした武士階層の参加を、も少し考へねばならないであらう」（「初期名古屋俳壇の一資料」）と述べられたことは、まことに示唆に富んだ見解であると思われる。

明暦・万治のころ、美濃貞門誹壇の中心的な舞台は、西濃地方―羽栗郡竹ケ鼻村（現、羽島市竹鼻町）に移っていく。今、主要な誹人を列挙せば、次の通り。

太田八右衛門吉久　明暦二年二月の『熱田万句のうち』（天理図書館蔵）第九十一に、「濃州竹ケ鼻／願主大田八右衛門吉久」として、「初雪をふめる足のうらみ哉」を発句とする百韻一巻を熱田神宮に奉納している。〝願主〟という点からも、吉久は竹ケ鼻誹壇における長老的存在か。

太田可政（後述）。

太田可繁『玉海集』『崑山土塵集』『鸚鵡集』『新続犬筑波集』等々に数句入集。

坂倉吉頼（号は不驕軒）　梅盛門下として、寛文から延宝にかけて活躍し、『続山井』『桜川』『続連珠』等に多く入集。

渡辺綱政、太田可貞など。

これらの誹人グループについて、すぐに気が付くことは村の庄屋太田一族が誹壇の主流をなしているという点であり、なかでもとりわけかの巴静の父太田可政が、その指導者であった。

可政は、通称を勘十郎と称し、貞静軒・貞松子と号し、北村季吟ならびに梅盛に師事して、そのころの諸誹書にかなり多く作品を入集している（『崑山土塵集』『玉海集』『鸚鵡集』『新続犬筑波集』『懐子』『続山井』『桜川』『続連珠』『詞林金玉集』ほか）。元禄二年（一六八九）八月十九日歿。法名は秋清。

## 二、金森重頼と飛驒の誹壇

最後に、付録という形で、飛驒国における初期誹壇について素描風に触れておきたい。

飛驒の貞門誹壇前史は、まず高山藩主金森出雲守重頼の誹事であろう。重頼は文禄三年（一五九四）飛驒国に生まれた。父は出雲守可重、兄は茶人宗和である。元和元年（一六一五）七月、相続して飛驒一国を所領し高山城主となった（『寛政重修諸家譜』）。さて、筑波の道を嗜む彼は、寛永年中に、かの昌琢を始め徳元・脇坂安元等と連歌の会に一座すること三度（寛永九・正・廿五、同十・正、寛永年間）、この外佐川田昌俊・佐久間勝之・文珠院応昌等の文人たちとも一座している。なお『飛州志』（長谷川忠崇著、享保年間成カ）に、次の一句が見える。

松下夜雨

松下ノ茂リニ蟬ヤ夜ノ雨　金森氏重頼、

慶安三年（一六五〇）閏十月七日江戸にて歿、享年五十七歳。法名は真龍院殿前雲州大守瑞雲宗祥大居士、高山の素玄寺に葬らる。

寛文元年（一六六一）、照蓮寺宣心（重頼の三男、龍興院従純とも）が、高山城外大野郡灘郷松本村（現、高山市灘松本町）に別荘を営み、家中はもちろん広く天下の連誹の士を招いてたびたび雅会を催した。名付けて松亭の山荘と言う。で、前記『飛州志』から、金森一族とその家臣の句を抄出しておく。

松亭八景十境之詩歌連俳并記

松下夜雨　松風ヵ琴ヵ聞事小夜時雨　金森氏可全
三枝(みえだ)晴嵐　朶(えだ)ヨリモ落葉クモラヌ嵐カナ　木村氏昌悦
宮川長流　見テノミヤ河瀬ヲイハヾ夕涼　金森氏頼業(よりなり)

（巻第九、旧記部）

**〔参考文献〕**

野田千平氏『太田巴静と美濃竹ヶ鼻の俳諧』（中日出版社、平17・11）

# 岡田将監善政誹諧資料

## ——美濃貞門岡田満足伝——

### はじめに

美濃国揖斐郡三輪の里（当時は大野郡三輪村と言った）に屋敷を構えていた旗本の岡田将監（ここでは二代目将監、豊前守善政をさす。禄高は七千二百石）は、誹号を「満足」と号する貞門の誹人であった。この点については貞門の著名な誹書や、また誹諧伝記書にも見えている。美濃国における貞門誹諧は、出身という面だけで言えば斎藤徳元が最初であるが、しかし徳元の場合はその誹諧活動の主要な舞台が江戸においてであった。従って名実共に美濃国において松永貞徳門下として活動した誹人は、この〝二代目〟岡田将監であろうと考える。

で、いま、生川春明編『誹家大系図』（天保九板）を繙いてみると、

貞徳——満足　岡田豊前守、名善政、美濃ノ人、或書ニ近衛殿　応山公ニ仕フト云。歴代滑稽伝ニ曰、「岡田将監はいかいに名ある人なり。美濃ノ国の産、一とせ近衛殿へ御見舞申されければ　五月雨によくこそきたれ美濃の者　とあそばしければ　あのえこのえを探す鵜づかひ　と云脇を付て申上られたり云々」トミエタリ。歿年詳ナラズ。

とある。

さて私は、このたび前記、不明とされている生歿享年ならびに墓所の調査をも含めて、従来学界においてほとんど明らかにされていなかった誹人岡田将監の伝記を、ここに紹介してみることとした。

### 一、経　歴

□『岡田畧系譜』（岡田重一氏蔵。巻子本。系譜の成立年代

図19　美濃貞門誹人・岡田将監善政肖像
（寿昌山大永寺蔵）

は享保初年と考えられる。）

岡田将監
二十四
善政
従五位下　豊前守
母家婢　朝鮮人女法名隆正院
慶長十年乙巳生京師柳図子宅童名左京
同十四年己酉於駿河府中城始拝謁前将軍家源家康公
時五歳

元和元年乙夘夏将軍家秀忠公再攻大坂城時善政奉従前
大樹在京師後供奉赴駿府時十一歳
寛永八年辛未正月廿四日将軍家家光公命於善政曰善同
居職有年焉純直無私故克治村里而民安然老襄堪憐○汝
赴濃州宜助父劬労学父治教乃新賜食禄千石於大野郡
嗣家督之後除之
八月嗣亡父善同家督而為濃州郡監領食邑五千八十石
万治元年戊戌閏十二月監伊勢内宮造営之事
同二年己亥十一月十四日叙従五位下任豊前守因内宮遷
宮之事也
同三年庚子五月晦日将軍家家綱公令善政為郡総務俗称勘
定奉行且加賜采地二千石於濃州大野郡後亟加新開之地
百二十石都采地七千二百石
寛文二年壬寅三月廿七日黎明為聴訟到于同僚伊丹播
磨守宅席上未有人時郡監一色内蔵者以有奸曲欲糺其
過内蔵予察之密退席按大刀来速斬伊丹也善政即以短
刀相遇勝敗殆危雖蒙疵数所遂誅内蔵執政老臣聞此告
各飛駕来伊丹之宅訪之
同十年庚戌二月十三日因疾辞職十二月三日致仕閑居

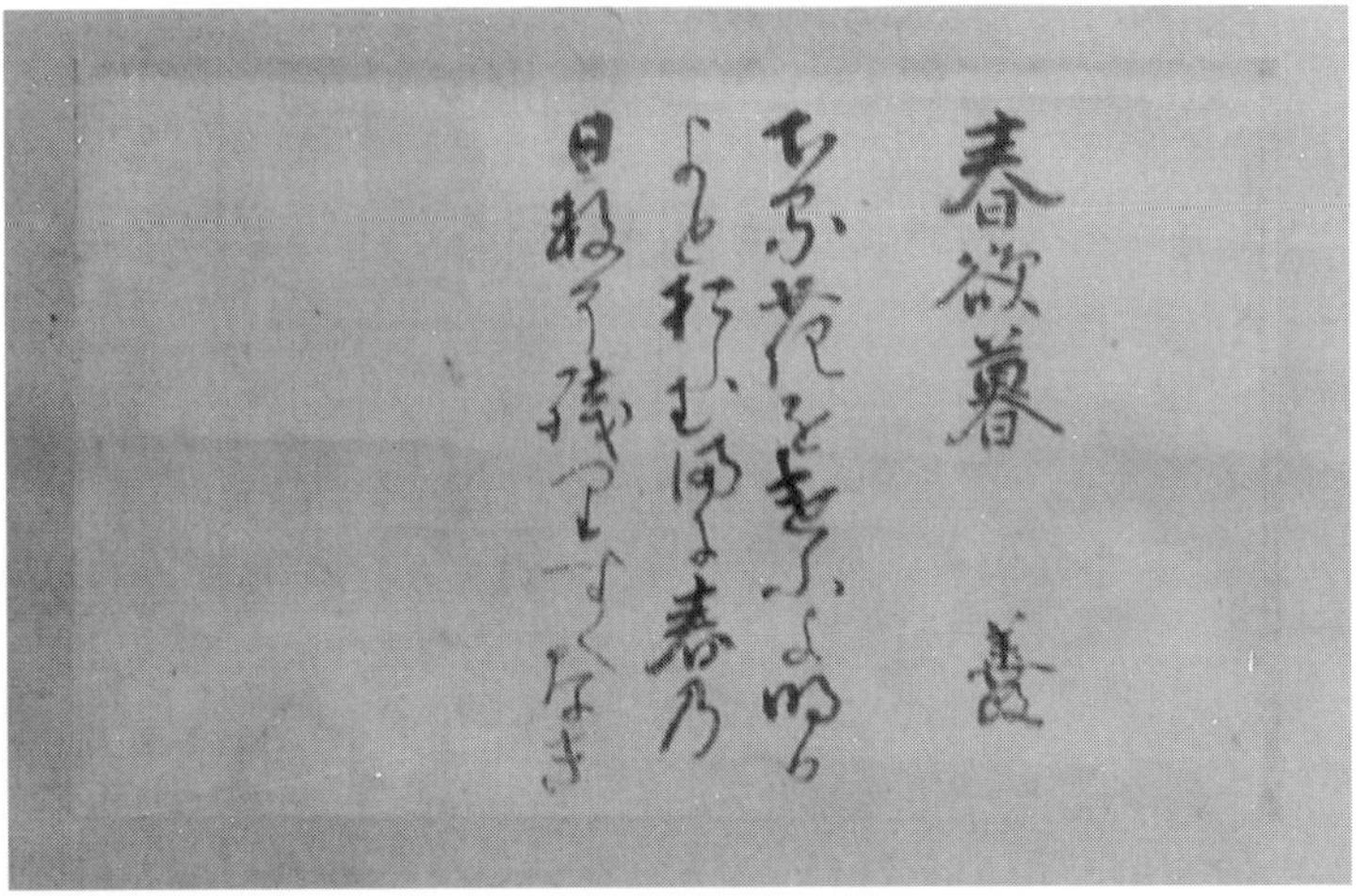

図20　春欲暮／善政／ちる花をけふよ明日／よとおしむまに春の／日数そ残りすくなき

図21　史跡・揖斐陣屋址

称遺物献刀一腰左国弘於将軍家
奉仕将軍家四代家康公秀忠公家光公家綱公延宝五年丁巳六月二日卒
於武蔵国三田館歳七十三葬于普明山西照寺禅宗在白金邑
号善政院一峯宗賢

## 二、作　品

□「貞徳判岡田将監独吟百韻一巻」寺田重徳編、『俳諧続独吟集』（底本。愛知県立大学蔵。図書番号、〇二七―一九―一。横本二冊）下所収、寛文末年刊カ

岡田将監

爪紅粉をさすや楓のはつ紅葉
　耳馴
＼尾花ハ風にふり袖の庭
＼月夜にハをどれと人を催して
＼笛の音とりをいくかへりふく
＼草刈も休む[も]野遏のはう〳〵に
＼夏ハまむしの気遣やする
＼五月雨に泥田の蛙声とめて
＼堤きるれハとこも大川
ウ＼流木ハおもひの外のひろい物
＼焼火の中にましる沉香
＼巾着や落ていろりへ入けらし
＼数寄屋をミるに盗人ハなし
」下三十七オ
＼腰かけハミなふし竹のすのこ縁
＼いくらのはかまやらしやすらん
＼奉公は寸の隙なくつかハれて
＼手に物さしのたらぬ御物師
＼ひくやたゝ秋のうちより切ぬらん
＼はたさくらせぬ月のそひふし
＼ひやゝかにぬるゝふたのを引まとひ
＼湯なハ湯舟の掃除はしむる
＼病者には花見虱も有馬山
二＼なかきひめもすぬる薬師堂
＼色うるし霞めハなをするりの壺
＼上手につきしやきものゝわれ
＼飛立と見えぬる鴫の羽ふしもり
」下三十七ウ
田西の露ハちりやたらりと

〵八朔も能はしめには汗出て
〵すさましきまてもやすかゝり火
〵月入ハ夜討気つかふ敵味方
〵碁をやめつゝも寝用意をする
〵垣間見の残多きも立のきて
衣装をよせ[に]歌書てやる
　もぬけの心ニてあしくニ候
〵なき跡に埋れぬ名をハ聞もうし
〵花ちる夏のさくら麻はた
酒置し跡床しく行めくり
〵こんかうやふる奈良の町並
二ウ〵今春の謡のふしやすくるらん
〵節分の夜もはやミたれ鳥
若水を汲とて起す下おとこ
〵目ハする〳〵もかすむ棚もと
〵むなしきか陰に涙も手向花
〵さてもからしの寺のあへもの
〵新発意の短期の程そ知れぬる
〵ならぬ太皷ハうちやふるなり

」下三十八オ

〵鼠戸をかふき操あひいとミ
みたらし川のかへるさの道
はらひても又とりつくや恋心
　此ミたらしニはらひあしく候
〵〵ひたい髪なき顔もうつくし
〵かふりぬるもつかう頭巾よし有て
〵何国の誰そ月の夜ありき
三〵今朝ミれハ露置門の古わらぢ
〵身に入つゝやはかぬ道すち
〵日限の不定に延る行幸にて
〵肴たび〳〵くさる膳たて
〵山中もあつさのかれぬ夏なれや
〵扇にかへてもとる柴うり
〵公家かたやおあしの更になかりけん
〵飛鳥井殿も手鞠をうつて
〵影もよし月の宿りの板縁に
〵ちりしもミちハもうせんの色
〵乗掛を秋の山風吹をくり
寒さ時〳〵すいつゝのさけ

」下三ー八ウ

〵いさゝかもをくれぬ供のざうり取
」下三十九オ
〵見いれてそたつ玄関の口
三ウ〵いかなれハ文の返事の遅からん
〵とはぬ子細やたくむいつハり
〵紀明をせさる籠者のくときこと
〵政道くらき世こそつらけれ
〵月清きかたハ紫衣のミ交りて
〵玉まつりする次第たうとし
〵蓬莱のうへに木の実をかさり山
〵亀やせなかの甲のおもかる
大海のそこハひかりの見へもせし
〵行灯とをく茶入あつかふ
〵物しりの客に亭主や恥ぬらん
請とりかぬる太刀の折帋
」下三十九ウ
〵群集猶花のミやこの城の内
〵去年もことしも責る高麗
名〵はやるにハ春も豆腐をでかしかね
〵誰も彼岸ハ精進やする
名とりともいたつらふしの三筋町

ゆかしかれとや前あらハなり
読歌の題ハすゝろに書捨て
〵冷泉との〵いかに酔らん
〵〵薄雲の宮の月見に高わらひ
〵天狗のわさかあきのゆふたち
鞍馬山野分辻風をひく〵に
〵炭になひくる袖さむけ也
さき織の蓑の袋のはゝせばみ
」下四十オ
打かさなりて旅のふたり寝
はたこやと身躰かけの双六に
不慮に大津の住人となる
名ウ〵京よりハ石山詣つとめかね
源氏供養ハする年もなし
〵〵首塚をとへハいつれも平家方
桓武のするやかれきハならし
〵叡山の常のともしひかすかにて
ねふたそうにもくる大槃若
〵慰し華は日待も宵のほと
ねかふに武運長久の春

愚点七十四之内長四
明心居士
貞徳
」下四十ウ

右、独吟百韻一巻は、『知足書留古誹諧』（知足下里勘兵衛編、横影写本一冊、承応三成）にも所収。

百韻一巻の成立年代は、寛永八年八月から同十年末までの間に成立したものと推定される。貞徳の加点作品としては古いほうであろう。

因みに、成立年代を考証するうえで、一つの有力なる参考資料がある。

□『氏冨記』（三重県伊勢市倉田山、神宮文庫蔵）万治二年七月九日の条、

一（七月九日将監殿江参候）……貞徳方へ独吟之奥ニ
狂哥を遣し点取ハ都ならねハせひもなし天下唯象
独尊ト致候一段殊勝のよし申候……

□『誹諧埋木』北村季吟著、誹諧論書、半紙本一冊、明暦二年自奥、延宝元年刊

第三　不明体
はれさうになき月の黒雲
心をば腎より色に迷ハせて　岡田将監

□『新続犬筑波集』北村季吟編、中本十冊、万治三年自序、同年正月刊

秋下　第十八
独吟百韵の誹諧　満足
つまへにをさすやかへ手のはつもミち

作者句数
国所不知
満足　三

□『五条之百句』安原貞室著、半紙本一冊、寛文三年自序

星雪月花集
雪
ふらい〳〵降つまいとし軒の雪　豊前守善政

右の句は『毛吹草』（松江重頼編、正保二刊）巻第

一・一小哥　の項、ならびに巻第六・冬部・雪　に、「美濃衆」として見え、又『山之井』（北村季吟著、慶安元刊）冬部・雪　の項にも見える。

□『懐子』松江重頼撰、全二十冊、万治三年五月上旬自跋、万治三年十月、自足子跋・刊

五月雨にようこそきたれ見のの者　作者不知

此句ハ近衛殿信尋公へ御礼を申上けるに見のゝ国のなにかしなりけれハかくあそはしけるとなん

（懐子伽　巻九上）

□『伊勢正直集』如之撰、全七冊、万治二年跋、寛文二年正月刊

いせに越年して

肴にハいせゐひふくめ国の春　美濃衆　（巻一）

美濃衆へ挨拶

五月雨にようこそきたれミののもの　作者不知（巻三）

内宮の神官等住なれし館の町なみは、宮もとちかきところにて火災のゐありとて、家数百がたちのきけるに

神風はたちまちきりのはらい哉　美濃衆

万治弐年　内宮臨時之遷宮の場（には）にて

かや厚し霜ハりんしの宮の軒　美濃衆　（巻六）

□『俳諧洗濯物』牛露軒椋梨一雪撰、全四冊、寛文六年孟春、盤斎序、寛文六年一月、自跋・西武跋・刊

家綱公御誕生のまたの年

若君の代をしき初のむつきかな　善政

後光明院御即位、御このかみの御代つがせ給ふ心を

そくゐしてかみこのかみのつぎめ哉　善政

玉くしげ明ぬ夜長しふたね入　善政

□『歳旦帖（知足書留）』下里知足編、大影写本一冊、寛文六年

万治二年ノ条

伊勢ニて　岡田将監

肴にやいせゐミふくむけふの春
年そゐそいの字のつゐた国の春

万治三年ノ条

同（伊勢山田）岡田豊前守源朝臣善政

発句　咲花をまねくや年もあけの袖

はいかい　元日や酒をくらゐのほうあかし

右ハ岡田将監殿也旧冬諸大夫被仰付あけノ袖モほうあかきモ皆五位装束ノ事ト也

□『古今誹諧師手鑑』井原西鶴編、大本一冊、延宝四年

自序

美濃　岡田鑑玄

こゝろはやをのか糸緒の莒柳　　満足

□『続阿波手集』吉田横船編、大本二冊、元禄二年

上巻、節序

秋夜　　満足　岡田将監

玉くしげ明ぬ夜長しふたねいり

□『はしらこよみ』鶴声編、半紙本二冊、元禄十年刊

巻頭に、

元日

文字ならは月とよむへき春日哉　　岡田氏 満足

右の句は『氏冨記』（伊勢市、神宮文庫蔵）万治二年七月九日の条に、

一　……勢州日永里といふ所ニてといふ題ニて　文字ならハ月とよむへき春日哉　満足とアリ………

と見える。

□『俳人百家撰』緑亭川柳著、中本一冊、嘉永八年（※安政二年）刊

としよれば月見の友や宿の妻　　（岡田将監の項）

□『策伝和尚送答控 策伝自筆本一冊』

○同（甲戌五月）廿一日茄子にそへて岡田将監殿へ　　策伝

日にてられなすの与一はいろくろくかさす扇の折になるかな

返し　　善政

おほしめしより扇の歌そ過分なるかなめ程なる茄子を
そへて

（註）甲戌――寛永十一年（一六三四）。岡田将監善政、ときに三十歳である。
「未刊文芸資料」第三期6（昭29・1・20発行）に収む。

□『満足和謌集』書誌

自撰歌集。名古屋市守山区、寿昌山大永寺蔵。岡田将監善政著。大本の写本一冊。寸法、縦二九糎、横二一・六糎。表裏表紙各一枚にして、白茶色原表紙。袋綴。題簽、表紙左肩に書題簽「満足和謌集」。その寸法は縦一七・四糎、横三・七糎。内題、「満足集」。丁数は、二十九丁（本文二十八丁、識語一丁）。識語により家臣柴山権兵衛尉元繁筆。識語「時享保四龍次紈高中秋之日／臣柴山氏権兵衛尉元繁／稽首百拝」とあり。

なお識語は次の通り。

従五位下朝散大夫前豊州刺史源善政君法諱者号善政院殿一峯宗賢大居士君嘗公務之暇嗜風雅於是花晨月夕吟詠最多焉就中此三百余首者君自書之名満足集蓋所其自撰歟故今謹而書写之奉納于菩提院尾張国春日井郡山田庄小幡邑寿昌山大永禅寺之宝蔵希冀伝之于不朽矣維時享保四龍次紈高中秋之日
臣柴山氏権兵衛尉元繁　　稽首百拝

## 三、墓所

○所在地　名古屋市守山区、寿昌山大永寺（菩提寺）
○墓碑銘
（正面）

延宝五丁巳年
善政院殿前豊州大守一峰宗賢大居士
六月初二日

（左横）
岡田豊州

○位牌

（表）

捐館　善政院殿前豊州太守一峰宗賢大居士覚位

（裏）

延宝五丁巳六月二日於江戸七十三而逝去也

（昭和四十九・三・九改稿）

**〔附記〕**　本資料は、過ぎにし昭和四十一年度俳文学会全国大会（於、京都府立大学）における研究発表資料に若干筆を加えたものである。

**〔参考文献〕**

高井秀吉氏「濃飛の貞門俳諧㈠」（『郷土研究岐阜』52号、平元・3）

# 明暦前後における東濃久々利の誹壇について

## ――千村氏一族の誹諧――

明暦前後、正確には寛永十九年の山本西武撰『鷹筑波』上梓の前後から寛文十年頃に至るまで、東濃可児郡久々利（泳・八十一隣・久々里トモ）の里は、美濃貞門誹壇のなかでもごく初期に誹諧の花が開き、盛んになっていった土地柄で、その主役をつとめるは旗本千村氏一族、なかんずく千村彦左衛門重樹と子の一歩が指導者格であった。従って地方誹壇の特徴でもある、いわゆる「遊誹」の里だったらしい。

この点を端的に示す資料として、寛文期における誹人名鑑的性格を持つ、朝江種寛の誹諧系譜書『誹諧作者之名寄』（横一冊、寛文末年頃刊、堀河通二条下ル町本屋七兵衛板、種寛は立圃門）には、

　　東山道　八ケ国ノ条

美濃　山端氏 塵哉（著者云、久々利住）　大田 可政（竹ケ鼻住）

　　千村氏 一歩（久々利住）　正重（多芸郡横曾根住カ）

とある。右、四人のうち久々利村の誹人が二名も占めていることからも、うかがわれよう。私は旧稿「徳元と美濃貞門」（『東海の俳諧史』所収、泰文堂、昭44・10、本書第三部に収録）以来、考えてきた。すなわち美濃貞門誹諧の史的流れは、大先達斎藤徳元は別格として、まず貞徳門下たる満足こと岡田将監善政、次いで千村重樹・一歩の父子、やがて寛永八年正月、善政の揖斐移封にともない、西濃竹ケ鼻村の庄屋貞静軒太田可政（季吟ならびに梅盛門）とその一族に舞台は移っていき、そして谷木因という流れを描いてきた。

思い浮かべていただきたい。現今、遙か久々利浅間山(せんげんやま)（奥磯山(おきそやま)トモ）を背に、山間に開けた鄙びた田園の一村落――久々利村に、今は明暦の昔、当代一流の都市文人松永貞徳とその門下たちとの間に、盛んに文学的交流がもたれて、その成果が爛漫と開いていた〝遊誹の村〟であったということを。

さて、東濃貞門誹人千村重樹と子の一歩伝に関しては、生川春明編『誹家大系図』（半二冊、天保九・七刊、好間亭蔵板）に見える記事が、こんにち唯一まとまっているようである。左に抄記する。

∴高瀬梅盛――一歩　千村氏、通名詳ナラズ。濃州ノ人ナリ。父を重樹（林喜右衛門）、貞徳翁ノ直弟ニシテ、秀吟寛永ノ［鷹筑波集］ニ多ク出タリ。

そこで本稿は前記、未詳の〝通名〟は勿論のこと、家系・歿年ならびに誹歴について明らかにしていきたいと思う。

## 一、重　樹

### イ、家系

□『源姓千村系図』（岐阜県可児市久々利一六四四―一、木曾古文書館（木曾義明氏）蔵。巻子本。）

政直（事蹟省略）
- 政勝（省略）
- 女子（省略）
- 良重（省略）
- 女子（省略）
- 政利　藤右衛門尉
- **良好**　本名　重樹　彦左衛門尉

□『系譜　附先祖書／家譜』（木曾古文書館蔵。大本の写本一冊。内題「千村系譜」。ただし可児町史編纂室中島勝国氏のご教示による。）

∴清和天皇――貞純親王――経基――満仲
人皇五十六代

頼信――頼義――義家――為義――義賢――

義仲―義基　朝日三郎　始号木曾　朝日一作旭

義茂―基家―家仲―家教―家村

家重　千村五郎　下総守―重実―重有―重知

重郡―親信―親直―綱俊―定知

俊知―豊知―政直
新十郎　十左衛門尉　刑部少輔

●政直
享禄三年於木曾誕生
母上松摂津守家時女
仕木曾源太郎義康及其子伊予守義昌或属源
晴信居木曾而武功惟夥
天正十八年従義昌徙総之下州海上郡足洗郷
文禄四年落髪呼宗松
慶長六年徙居濃州可児郡泳宮同十一年六月
廿日於泳宮卒行年七十六　法名　高厳宗松

居士

●
政勝
良重―●重長
政利
**良好**　彦左衛門尉本名重樹
政利同母　法名休省
貞智
貞右衛門尉
女子
女子

●重長
十三郎　平右衛門尉　故名和重
（玄功居士）慶長五年七月廿四日於佐倉誕生　母山村三
郎左ェ門尉大江良候女
同六年移於泳宮
同十九年大坂之役以厳命与山村良勝同向大
坂
元和元年大坂再陣因厳命与父同向摂州其後
居江府奉仕将軍家後来帰泳宮
寛永八年参府江東六月朔日拝謁

秀忠公及大樹家光公奉賀亡父遺跡相続于時
亡父遺物葉茶壺一器奉献
大樹自其至尾州同廿八日謁義直卿賀亡父之
遺跡相続同廿九日改字為平右衛門尉従是居
泳宮属義直及光友之両卿
寛文元年四月十八日退隠字改新平長男重定
世禄
同年十月十二日於泳宮没行年六十二法名雄
巌玄功居士

蓋し本系譜の成立は、幕末期―文久年間であろう、と思われる。

ついでながら次兄良重の嫡子たる、甥の玄功居士こと重長の発句が一句、吉田友次撰『阿波手集』（中本四冊、寛文四年刊、うち春・秋・冬部は藤園堂蔵）に入集されている。第二・夏部（本巻一冊のみ東大図書館洒竹文庫蔵）に、

冨永氏丹波亭にて牡丹／花見の会に薬菓子に／
鶉餅出けれハ
牡丹花々(くわく)会のとりゐや鶉餅　千村氏玄功居士（牡丹の条）

と見えて、巻末の作者句数・美濃国の条「千村氏／玄功居士　一」と一致する。

□「千村家系図　源氏」（桑山好之著『金鱗九十九之塵』巻第十に収録。『名古屋叢書』第六巻（市橋鐸先生解説）所収。）

政直　十左ヱ門　刑部少輔
　　慶長十一年六月廿日卒ス
　　行年七十六才　法号高巌宗松居士
├良重――重長
├重正　政利　藤右衛門
└**良好**　新十郎　彦左ヱ門
　　大坂陣中於天王寺被召出
　├**重徳**　市郎兵衛　平蔵
　│　家督早世
　├貞知　定右ヱ門　是水
　└重長　十三郎　新平　平右ヱ門
　　　寛文元年丑十月十二日卒ス
　　　号本立院雄岩玄功居士

右に抄出した系譜三本をもとにして、父重樹伝をまとめてみる。千村氏重樹。生年未詳。又の名を良好、通称を新十郎・彦左衛門・彦左衛門尉と称した。別号は無ト

老（名古屋市政秀寺蔵「過去帳」による）。父は千村氏嫡流の政直でその第六子、生母は濃州遠山某女で、三兄の藤右衛門尉政利ならびに次姉慈照とは同母である。元和元年三月、大坂夏の陣おこる。嫡兄平右衛門尉良重に従い出陣する。陣中、将軍家より「大坂陣中於天王寺被召出」。——やはり父重樹も亦ひとかどの武人ではあった。寛文七年二月十三日歿。法名は忠叟休省菴主。妻は蓬岳貞仙大姉と諡号され天和三年十月十九日に歿している（前記、政秀寺蔵「過去帳」）。なお『久々利村誌』（昭十・六・廿五発行）には、「良政　千村彦右衛門　千村惣吉祖」とある（18頁）。因みに千村惣吉は、『名古屋市平和公園墓地名家録』（山田・市橋両氏編集、昭卅一・八発行）によれば、「千村鵞湖（儒）—名は誠成、字は伯就、通称総吉。儒学者千村夢沢の子」と見えている（「ち」の条、116頁）。夢沢は重樹の曾孫に当たる。

**ロ、作品**

□『鷹筑波』山本西武撰、横本五冊、寛永十五年五月廿五日長頭丸跋、寛永十九初秋二条寺町野田弥兵衛開板（わ一〇—一）

千村彦左衛門　重樹

卯の花の垣も鎧か節縄目
あたらしうする世〻の物数寄
あを〳〵と芦やしのやをふきかへて
日〻にそくふは源氏成けり
なれぬればあかかり足も花の縁
やゝひえ渡り痛やり疵
秋風やおとがいよりも引ぬらん
大江山いく野の里の骨なます
蓼穂をはさむあまのはしだて
籠に添つゝをく料帋箱
狩人や霊昭女にも孤（馴）ぬらん
難波のうらみいはでほうこう
塩汲や述懐こゝろみだれかみ
つかさめしをやまいるはしはみ
さま〴〵に数のもゝ鳴料理して
星のひかりにかゝむ盗人
武蔵野やみちくるものゝ甲着て
三界よりも広きつき切れ

四つ五つひとつに入る笠ふくろ
鬼一口よひざさらのはた
大江山いく野の里の骨(ほね)なます
とにもかくにも依怙(えこ)をゆふ人
なら坂や通る筆屋の非公事(ひくじ)して
仕置与一とゆふあさり殿
国端(はし)もゆたかもかりの甲斐源氏(かいげんじ)
禅(ぜん)僧かそもけだ物かそも
本来(ほんらい)はいかにも古き狸皮(たぬきがは)

（第五、『日本俳書大系』による）

先年、故小高敏郎氏は、その名著『松永貞徳の研究』（至文堂、昭28・11刊）のなかで、貞徳が寛永十五年以前に、『鷹筑波』編纂に関連して木曾川沿いに美濃地方へ誹諧行脚をしたことを述べられ、資料に『軒伝ひ』（孤耕庵魯九等著、半一冊、宝永四年序）跋文中の貞徳書状を紹介せられたのであった。いわく、

川叟九法師西美濃より北美濃に遊びて、今此所に足を留む。昔此道の元祖貞徳老人も、しばらく此里に逍遊して、都に帰り給ひて後も、しば〳〵便止ず。其状多き中に

（中略）就夫たかつくばやがて出来可申候、小たんざく候ハヾいかほど成共屹と御上せ可ヒ成候、おそく候ハヾ成申まじく候

恐惶謹言

五月十日　延陀丸　長頭

（267頁）

と。

試みに、大部なる『鷹筑波』を繙いて右、重樹のほかにも美濃誹人の作品が入集せられているかどうか、ていねいに検索してみる。見当たらぬ。してみると、「小短冊候ハヾいかほど成共屹と御上せ可ヒ成候云々」の宛先は、あるいは本集に付合二十七句も入集の、「貞徳翁ノ直弟ニシテ、秀吟」（『誹家大系図』）の、千村彦左衛門重樹ではなかったろうか。

## 二、一　歩

『誹家大系図』によれば、高瀬(たかのせ)梅盛門下たる千村氏一歩は、前述の彦左衛門重樹の子である。なれど「通名詳

ナラズ」とあるように、伝記は依然として謎に包まれたままであったのだ。

さて、父良好こと重樹には、三男二女の子供がいたらしい。すなわち、『千村山村両家及九人衆系譜　全』（名古屋市立鶴舞中央図書館蔵。半紙本の写本一冊。内題「御家系図　全」。）の「千村氏系図」の部に、

　母恵心、法名無卜、
—千村彦左衛門良好
　├千村平蔵　尾州　母貞仙—女　尾州冨永内左(右)ェ門妻、母　山下市正妹、伯父　山下武左(右)ェ門養
　├女　尾州井出兵左(右)ェ門妻　母同前
　├女　尾州吉田五兵衛妻　法名休意　母同前
　├道悦　尾州　母同前
　└千村貞右衛門貞智　母同前、法名是水、

とある。因みに、巻末識語（朱筆）を以下に記しておこう。

美濃国可児郡久々利村浅井清氏之蔵書也
請借謄写成一校了
　明治壬子歳四月廿二日　大谷　宣

更に、政秀寺蔵「鬼簿」には、

貞享二乙丑十月十三日
（絶）安心是休信士　（巾下）千村八郎兵
宝永五戊子十月廿七日
（絶）湛然是水信士　（巾下）千村氏父

と見えている。

そこで右、資料類をもとにして、一歩とその弟妹たちの輪郭をあらあら描いてみる。

**イ、一歩**　名は重徳（既述『金鱗九十九之塵』巻十）と言い、やはり生年未詳。通称を八郎兵衛（市郎兵衛ニアラズ）・平蔵とも称した。父重樹の長子で、生母は貞仙、以下弟妹たちすべてとは同腹である。家督を相続したが早世。寛文七年春ごろまで久々利村に在住せしか。名古屋移住後は巾下（はばした）町に居住したらしい（巾下町には、のちに明倫堂の前身たる巾下学問所が設立せられた——市橋鐸先生『尾張文化人素描』）。妻は山下市正妹。娘は尾張藩——冨

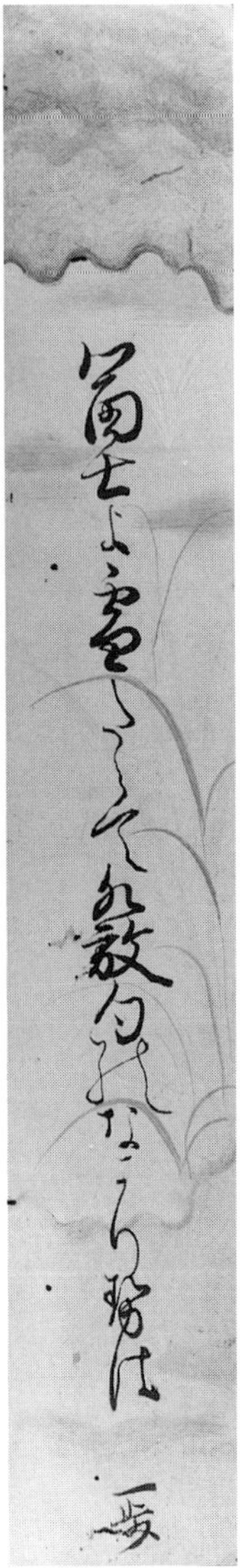

図22短冊。冨士よ雪たえて発句のなかり勢は　一歩（柿衞文庫蔵）

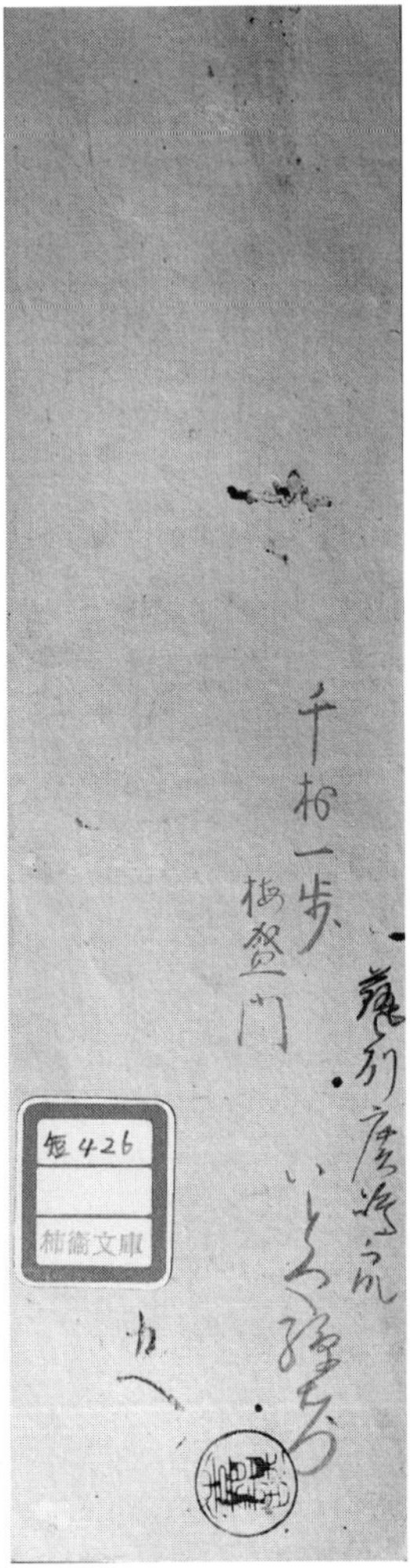


図23（図22の裏書）千村一歩／梅盛門　芸州広嶋衆／いとや孫右ェ門㊞

永内左ェ門の妻である。貞享二年十月十三日に、一歩は逝く。法名、安心是休信士と言う。

**ロ、女**　尾藩井出兵左ェ門妻。三男二女の母である。

**ハ、女**　尾藩吉田五兵衛妻。子供に吉田五兵衛（加重と号す）、千村利左衛門、吉田助右衛門、吉田庄太夫、内藤源左ェ門（内藤丈草の父とは別人か）妻等がいる。法名は休意。ロマンチック過ぎるかもしれぬが、かの『阿波手集』の編者、吉田氏無能子友次とは一族筋に当たると想定出来ないであろうか。

**ニ、道悦**　尾藩。

**ホ、貞智**　通称は貞右衛門と言い、是水と号した。漢詩文を好み、詩集『防丘詩選』（千村夢沢編）や『蓬左詩帰』（千村夢沢編）に数首入集している（千貞智とも称す）。二男二女の子供有り。この貞智の孫に夢沢が、曾孫に鶩湖が出現する。巾下町に居住した。宝永五年十月廿七日歿。法名は湛然是水信士と言う。

**作品抄**

□『捨子集』高瀬梅盛撰、中本四冊、万治二年初冬中旬
吟嘯軒序、万治二年十月刊

目の仏もめすハかすミの衣哉　濃州千村氏 一歩（巻一、春部）
老武者か風にちゝめる花軍　濃州 一歩（〃）
照月も爰輪の晴れハ今宵哉　濃州 一歩（巻三、秋部）

□『新続犬筑波集』北村季吟撰、中本十冊、万治三年正月十五日自序、六角通大黒町　三太夫開板

酒宴の所にて　美濃 千村一歩
柴はなくと御らん候へ月のふね（巻第十七、秋発句中）

□『阿波手集』吉田友次撰、中本四冊、寛文四年閏五月梢柑序、同年五月東海防丘散人呆翁跋、同年四月自跋

第一、春部

立春

大服の茶やふる年を初むかし　千村氏 一歩
去年今年亥子やこきませ民の春　一歩

若菜

若菜を人の送り
たるに云やり侍る
たまハりて腹に味ハふ若菜哉　千村氏 一歩
つミ扣く世ハしやかさまそ仏の座　千村氏 一歩
仏の座たゝくや無仏世かゆのミ　千村氏 一歩

春雪

かうへにもさすや二月の雪の笠　千村氏 一歩

柳

藪陰やたけとひとしき柳髪　一歩

花

つき分の花ハ二台の木咲かな　千村 一歩
元服ハ姿の花の落花哉　一歩
花の風払ふ薬の方もかな　同
うわなりをうつや姿の花軍　同

桜
散る花ハさらぬ別か姥桜　千村氏 一歩
虎の尾のうへ毛かもろく散桜　千村氏 一歩
桜鯛
こきませてもれ柳はへ桜鯛　千村氏 一歩
帰鴈
きたなしと云たし花に帰る鴈　千村氏 一歩

第二、夏部

新茶
床に壺をかさりたるを見て
またたらぬ新茶や姥かふところこ　千村氏 一歩
郭公
名のらぬハ勅勘の身かほとゝきす　千村氏 一歩
蚊
蚤ハ人ひとハのミ喰夜食かな　千村氏 一歩
夏ハ蚊のしく〳〵さすも八苦哉　千村氏 一歩
若竹
父子あいの遠きハ竹のわかけかな　一歩
扇
手に扇もっての外のあつさ哉　一歩
さくり題に扇に鷹の絵取て
犬ほねをおりて鷹のゑの扇哉　同
帷子
あさ衣ハ夏をしなのゝ木曾け哉　千村氏 一歩
祇園会
祇園会(註)見物に出て
山も爰にうこき出るや祇園の会　千村氏 一歩
（註）六月十五日ノ津嶋祭ヲサスカ。
夕顔
手をにきる夕顔つるやたなこゝろ　千村氏 一歩
鵜船付鮎
ともきらすのミもこまぬや鵜無の鮎　一歩

第三、秋部

一葉
歆なきに落る一葉や風けもの　千村氏 一歩
色鳥
渡る鳥もきつかふ栗の啼子哉　千村氏 一歩
鳴

　　田面に鴫の二番をり居るを見て
姥鴫のしハよりて鳴田つら哉　　千村氏 一歩

　鶉
　　行客を送る席ろに鷹狩して
立別れいなはにふすや鷹鶉　　千村氏 一歩
野とならハ鶉狩せんあれ畠け　　同

　秋田
はらミ田やミな百性の手かけもの　　一歩

　碪
といつまいつ思案してうつ碪哉　　千村氏 一歩

　月
柴ハなくと御覧候へ月の舟　　美濃住千村氏 一歩
水の面にでる月なミの兎哉　　千村氏 一歩
懐紙にも夜分にさすや月の舟　　千村氏 一歩

　木実
いか栗のゑミをふくむハ小猿かな　　千村氏 一歩

　茸
山守かありてそたつる木の子哉　　千村氏 一歩

第四、冬部

　水鳥
矢にあたる鴛の剱(マヽ)はハ羽きれ哉　　千村氏 一歩

　埋火付炉火
寒き夜に身やぬくめ鳥たかこたつ　　千村氏 一歩

　節分
入魔めを外へ打出す節分かな　　一歩

作者句数
　美濃国／千村氏一歩　四拾五句

□『小町踊』野々口立圃撰、大本六冊、寛文五乙巳暦八月中旬自奥
出入のゆんてめてたし門の松　　千村 一歩　（春上）
花よりも先根にかへる年始かな　　同　（〃）

□『続山井』北村湖春撰、横本五巻、寛文七年十月十八日奥、下御霊前谷岡七左衛門開板

　鈴菜
ふりすゝぐ水に音ある鈴菜哉　　一歩
（春之発句上）

雨中花
恋(こう)たほどあきたる物ぞ花の雨　　美濃 一歩
（春之発句中）

蝶
きりばたにてふ〳〵とまるなのは哉　　みの 一歩
（春之発句下）

桜鯛
こきまぜてもれ柳ばへ桜鯛　　一歩　（〃）

田螺
水口に破(われ)やみゆらん田にしから　　みの 一歩　（〃）

□『詞林金玉集』桑折宗臣撰、大本十九冊（自筆稿本）、延宝第七己未八月廿五日自序（タダシ、重複セシ句ハ省イタ。）

巻二、春二
続山井　ふりすゝく水に音ある鈴菜かな　　一歩 濃州八十一里千村氏

巻四、春四
夜錦　ふきちらす花の風くふ鳥もかな　　一歩 濃州八十一里千村氏

巻十二、秋三
鸚鵡　命こそ芋種そ見るけふの月　　一歩 濃州八十一里千村氏
落穂　小船か硯の海に三日の月　　一歩 濃州八十一里千村氏

巻十八、作者句引三
美濃国／八十一里之住
千村氏 一歩　春八句 夏二句 秋五句 冬一句　ト十六句

**誹歴**

○高瀬梅盛編『鸚鵡集』に発句卅三句入集。（明暦四・三）○梅盛編『捨子集』に三句入集。（万治二・十）○北村季吟編『新続犬筑波集』に一句入集。（万治三・正）○隼士常辰編『慕綮集』に七句入集。（万治三・九）○梅盛編『木玉集』に一句入集。（寛文三・十）○吉田無能子友次編『阿波手集』に四十五句入集。（寛文四・四自跋。美濃国では入集句数が第一位である。）○梅盛編『落穂集』に四句入集。（寛文四・十二）○野々口立圃編『小町踊』に二句入集。（寛文五・八自奥）○北村湖春編『続山井』に五句入集。（寛文七・十）○梅盛編『細少石(さゝれいし)』に一句入集。（寛文八・季夏奥）○朝江種寛編『誹諧詞友集』に二句入集。（寛文十・三）○桑折宗臣編『詞林金玉集』に、「美

濃国／八十一里之住／千村氏一歩」として十六句入集。(延宝七・八自序。美濃国では、入集句数が山端塵哉に次いで第二位である。)

ところで、一歩の句が初出する明暦四年刊の『鸚鵡集』を始めとして万治・寛文の交に至るまで、久々利河畔に開けた城下町に、長老山端塵哉と共に活躍する〝遊誹〟の士千村一歩は、いったい、だれを誹匠として仰いだのであろうか。最初にまず浮かんでくることは、少年期に、父重樹から手ほどきを受けて風雅の道に親しんできたこと。次いで、先輩たる塵哉老にさらに兄事したのではあるまいか。そのことは前述の誹歴からも容易に推察することが出来よう（高瀬梅盛編纂の誹書に、塵哉句が多数入集せられている。本書第三部「寛文期の東濃久々利誹壇」参照）。

寛文四年以前のある夏の頃、安原貞室が尾張犬山に来遊している。『阿波手集』第二に、

犬山にて
犬山になるすゞ風のひゝき哉　京 貞室

と見える。恐らく塵哉をたよってであろうか。因みに、貞室編『玉海集』（明暦二・八）には塵哉の発句八句付句十八句が入集せられている。又、梅盛編纂の誹書『口真似草』『鸚鵡集』『捨子集』『木玉集』『落穂集』など、いずれにも塵哉句は美濃国では比較的多くとられている。で、推測するのであるが、一歩は明暦四年以前に塵哉を介して梅盛の門に入門したのではなかったか。そして作品を、僻遠の久々利村から京洛二条通り西洞院西へ入ル町の宅へ再再送ったのであろう。

東濃久々利の誹壇は中京誹諧文化圏のうちにあった。当代中京名古屋の文芸は、専隆著『尾張大根』（写本。句入り名所記、寛文十年成、鶴舞・岩瀬・蓬左ほか蔵）によれば、「今の時貴賤となく上下となく誹諧もてあそばぬはすくなし」（名古屋桜天神の条）と見えて、殊に誹文芸が盛んであったらしい。もちろん貞徳門流のそれであって、例えば『阿波手集』第四・冬部に、

時雨
貞徳老絵像開に
おからかさや頼む時雨のあめか下　伊藤氏 一和

とあり、よって誹壇の雰囲気をうかがい知ることが出来る。参考までに寛文三年冬は貞徳歿後十一年め。伊藤一和は名古屋の住で、本書には十六句入集されている。

明暦から寛文年間にかけて、名古屋貞門の指導者は吉田友次であった（石田元季先生『俳文学考説』302頁以降参照）。『阿波手集』小出楫柚の序文中に、

……やつかれか和歌の友次はあたれる国の棟梁にしてこの匠に心を潜る事星霜久しかるゆへ爰の彼の人友次に合点せしめ傑作の名を長く伝へん事を庶幾す……

と。さらに東海防丘山人呆翁の跋文にも

……尾陽城市有友次者繋念禅門帰心歌道且従俗習之所尚時於俳諧歌取雌黄之筆故四方同志者寄来其作求添削友次因記其発句之秀語傑作存十一於千百集成此書鋟之梓……

とある。すれば、かねがね名古屋誹壇からの影響を受けていたにちがいない梅盛門下の一歩も多数出句したのであろう。結果は、巻末「作者句数／美濃国」の条に堂々トップに「千村氏／一歩　四拾五句」と書き留められたのだった。

私はもはや完稿へと急がなければならぬ。寛文十年前後を境に、千村一歩の名は久々利貞門誹壇から急速に消えていくことになる。否、久々利遊誹グループ（山端塵哉・原十郎兵衛・高木皆酔・山村毋固・片桐一雅・千村重興・千村十左ェ門時重・千村重行・山村良昭ら）自体が、美濃の誹壇から永遠に姿を消すのである。この誹壇史上のいわゆる〝謎〟について、われわれはどう解すべきか。

㈠　久々利九人衆の名古屋移住。宗家山村・千村両氏が九人衆をも組内同心のように格下げして完全支配を目論みつつあった。折柄、寛文五年に切支丹宗門改が厳重に実施されて、九人衆宛、宗門一札を宗家に提出するよう求めたところ、九人衆は寺社奉行へ直接提出を主張してこれを拒んだのだった。で、それが因で、ついに寛文七年春ごろに名古屋へ移住、巾下町辺に居住することになったわけである（千村義保著『木曾家伝集』、『岐阜県史』通史編近世上―631頁）。

㈡　加えて寛文九年かあるいは十年の頃に、指導者友次

が歿したこと（前記『俳文学考説』307頁）も、謎を解く鍵となりはしないだろうか。

〔附記〕　本稿を成すに当り、特に左記の方々からは深い学恩を蒙った。

千村氏系譜類の閲覧と重樹伝に関していろいろご教示下さった木曾古文書館主木曾義明氏、可児町史編纂室中島勝国氏、元県立多治見女子高校教頭奥田満男氏ご夫妻、また、久々利住田中一郎氏、同真弓嬢からは『久々利村誌』を長期にわたって恩借した。記して感謝の意を表します。

なお著者は、昭和五十二年十月九日午後、ふたたび久々利の里を訪ねた。仲秋のにぶい陽光のなかで、村里は今や見渡す限り稲刈が盛んだった。

〔追記〕

(一)　父重樹の発句が左の誹書にも見えている。

□『尾陽発句帳』（口養子編、横本二冊、慶安四年十二月吉日自跋、慶安五年三月良辰　野田弥兵衛開板）

卯花の垣も鎧かふしなわめ　　重樹（夏部・卯花）

□『詞林金玉集』

都草　春永はけふの礼者の名乗かな　　重樹（巻一、春一）

尾陽句帳　卯花の垣も鎧かふし縄目　　重樹（巻七、夏一）

(二)『郷土研究　岐阜』（岐阜県立図書館内）誌に掲載の第三部「寛文期の東濃久々利誹壇」と、あわせ読んでいただければ幸甚である。

（昭和五十三・四・二完稿）

(三)　千村一歩の誹歴追加

○梅盛編『早梅集』に発句「美濃住千村氏／一歩　一」。（寛文三・十）○山口氏自足子清勝編『蛙井集』に「一歩　一」。（寛文十一・正）○梅盛編『山下水』に「濃州住／一歩　二」。（寛文十二・十二）と、各発句入集。

〔参考文献〕

高井秀吉氏「濃飛の貞門俳諧(二)」（『郷土研究岐阜』53号、平元・6）

# 寛文期の東濃久々利誹壇

## はじめに

ふるさと美濃国における貞門誹壇史は、かの江戸で活躍した長老帆亭斎藤徳元を別格として、実質的には貞徳門下の岡田将監善政（豊前寺善政トモ、誹号を満足と号した）、次いで東濃久々利の千村彦左衛門重樹（良好トモ、無卜老と号した）・一歩の父子ならびに山端塵哉、あるいは西濃竹ケ鼻村の庄屋貞静軒太田可政（巴静の父）とその一族へ広がっていき、やがて谷木因の出現を見るに至るのである。

さて、寛文期における誹人名鑑—朝江種寛の誹諧系譜書『誹諧作者之名寄』（横一冊、寛文末年頃刊、堀河通二条下ル町本屋七兵衛板、種寛は立圃門）を繙けば、

東山道　八ケ国ノ条

美濃　山端氏塵哉（著者云、久々利住）　大田可政（竹ケ鼻住）

千村氏一歩（久々利住）　正重（多芸郡横曾根住カ）

と見えている。ここで注目すべきは右、四人のうち久々利村の誹人が二名も占めていることである。この点に関しては、私は先きに第三部「明暦前後における東濃久々利の誹壇について—千村氏一族の誹諧」の冒頭で、啓蒙風に述べた。

いわく、

明暦前後、正確には寛永十九年の山本西武撰『鷹筑波』上梓の前後から寛文十年頃に至るまで、東濃可児郡久々利（泳・八十一隣・久々里トモ）の里は、美濃貞門誹壇のなかでもごく初期に誹諧の花が開き、盛んになっていった土地柄で、その主役をつとめる

は旗本千村一族、なかんずく千村彦左衛門重樹と子の一歩が指導者格であった。従って地方誹壇の特徴でもある、いわゆる「遊誹」の里だったらしい。
と。
で本稿では、千村重樹ならびに一歩の父子周辺における寛文期の遊誹グループ——久々利誹壇を、一瞥していきたいと思う。

## 一、山端氏塵哉

明暦・万治の交、久々利誹壇の双璧としてまず挙げなければならぬ誹人に、一歩と、この塵哉がいる。当代における貞門諸誹書入集句数から推察すれば、誹壇の長老格か。山端氏。塵哉と号した。久々利村の住。ほかはすべて出自を始め本名や生歿年・身分など、全く未詳で、いわゆる范乎として謎につつまれた人物である。いま主な作品を示せば次の通りである。

薄霞のしめか山のこしかはり　濃州 塵哉
（『玉海集』巻一・春部）

今朝のむや酒の匂ひもまさり草　濃州山端氏 塵哉
（同　巻三・秋部）

おほんくるまを祭にそひく
尼になれと物や床しくおほすらん　濃州山端 塵哉

おほろ夜の月にも君の御出にて
うしみつまでのちきり在原　同

引まはす屏風に書る村もみち
御息所のすかた身にしむ　同

上人は露の間もなき物おもひ　同

汗か泪かのこふはなかみ
いとまにともらふ刀を抜もちて　同

萩をみてもをこりこそすれ恋心
通をうしなふ久米の仙人　濃州山端氏 塵哉
（同　付句・巻下・恋部）

十五日津嶌まつりを(註)
（註）六月十五日、津嶋祭である。
京ハおはり尾張ハ今日そ祇園の会　山端 塵哉
（『佐夜中山集』巻一・夏部）

皆人の恋やミなれや月の顔　山端塵哉
（同　秋部）

小春にやひらく炉の火もかへり花　山端塵哉
置炭に近つけハ黒しいろりふち　〃
(同　冬部・炉)
釣置し風鈴や風の神々楽　山端塵哉
(同　冬部)
いきてよもあす迄あらし火取虫　山端塵哉
(同　巻二・夏部・夏虫)
頭かくし尻ハかくさぬほたるかな　塵哉
(『小町踊』夏・蛍)
けふてるやきのふの月の御名代（十六日）　塵哉
(同　ちらし・名月)
年代不知
雪にけさなれも吉書か鳥の跡　濃州塵哉
(『歳旦発句集』)

**俳歴**

○安原貞室編『玉海集』に発句八句、付句十八句入集。(明暦二・八)○高瀬梅盛編『口真似草』に十二句入集。(明暦二・十)○梅盛編『鸚鵡集』に十九句入集。(明暦四・三)○梅盛編『捨子集』に十一句入集。(万治二・十)○隼士常辰編『慕縈集』に五十八句入集。(万治三・九)○松江重頼編『懐子』に一句、同書追加の部に一句入集。(万治三・五自跋)○重頼編『佐夜中山集』に廿六句入集。(寛文四・九自跋。美濃国では入集句数が第一位である。)○梅盛編『落穂集』に廿句入集。(寛文四・十二)○野々口立圃編『小町踊』に十九句入集。(寛文五・八自奥)○岡村正辰編『大和順礼』に、「美濃／久々利／塵哉」として二句入集。(寛文十・六)○表紙屋庄兵衛編刊『歳旦発句集』に一句入集。(延宝二)○桑折宗臣編『詞林金玉集』に、「美濃国／八十一里之住／山端氏塵哉」として十七句入集。(延宝七・八自序。美濃国では、入集句数が第一位)

(昭五十三・二・九稿)

〔追記〕

(一)　山端塵哉は、明智光秀の遺児であった。岐阜県可児市史編纂室所蔵の資料ならびに故笠井美保（みやす）先生のご教示等によれば、『明智光秀公家譜覚書』に、

▲光秀
　├○**光教**　童名小源太　作兵衛
　│　　**誹名山の端塵哉**
　└○光其　童名又太郎、作左衛門
　　　　後改半六郎、誹名車来

と記載有之、いずれも妾腹であろう。いま仮に、山の端塵哉こと作兵衛光教、天正五年（一五七七）生まれ、と設定して明暦二年（一六五六）時には八十歳となろう。信憑性があるか。弟の光其も亦、車来なる誹号をもっていた。

㈡　塵哉の誹歴追加

○梅盛編『早梅集』に発句「濃州住／塵哉　四」。（寛文三・十）

（平成十七・七・七記）

## 二、原十郎兵衛

原十郎兵衛は久々利九人衆のひとりで、代々禄高は八百石、可児郡二ノ村・前沢村を中心に所領する旗本であった。久昌山東禅寺（在久々利。千村氏の菩提寺）所蔵の『山村家千村家并九人衆系図之記』によれば、父は原図書（慶長十七・三・廿三歿、法名は松岳玄高居士）と言い、十郎兵衛はその第二子である。因みに彼の一族について少しくふれておきたい。姉一人有り、原藤兵衛妻。弟の藤七は「罕人ニ而二ノ村住居」。妹は山村清兵衛妻で、そして末の異母妹は始め金山の商人小池喜右衛門に嫁し、のち尾州森与左衛門妻となる。十郎兵衛の初妻は、後妻共に山村八郎左衛門娘で、長子の十郎兵衛を頭（かしら）に、次娘、以下原茂兵衛・秋山半助・娘・沼田喜兵衛（罕人）らの子たちを生んでいる。さて遊誹の士十郎兵衛は生年未詳、なれど前記東禅寺蔵過去帳『鬼名簿附祠堂物／寄附物記』によれば、

五日ノ条
忠岩良節居士
延宝二年　二ノ村原十郎兵衛也
寅十一月　　原喜兵衛父

と見える

**作品**

□『獨吟九百韻』所収、「原十郎兵衛独吟百韻一巻」横影写本一冊、天理大学附属天理図書館蔵（わ九―四）

濃州久々利之住人原十郎兵衛獨吟

松風を引てや藤のはなたらし
　此作意聞ふれ侍る
一〵霞みのころもかたぬけるやま
月弓の弥生はらりといつくして
ふつて出ぬる夕たちの雨
案内を知らてハいかにわたり川
　わたり川ハ三途川をと但し面八句
□□□所
うつへきものは礫(つぶて)なりけり
てんねんハくハてやあらん鳥の汁
あふりかほとてきらふとハなし
ウ
誰も皆無病なるこそ果報なれ
〵富貴をねかふ人は人かは
〵邯鄲の枕をしはしかりの世に
〵あハれ菩薩のゐんにつかはや
〵煩悩のしきりにをこるやもめすミ
手綱引しめなみたたら〱
〵つよ馬に乗て別れのいとまこひ
」オ

〵聞はからうの寂後冷し
〵月くらき田面にときの声はして
土壁になく莎(はますげ)(註)のにはとり
　（註）「莎のにはとり」は莎雞(さけい)（ハタオリムシ）。
土壁□□□□□□□
そろ〱と末野に霜やむすふらん
〵あかかりあしてかよふ鬼越
山里の咲花告る使者ハいま
かすませてかく一筆の文
」ウ
二〵初春の礼茶より猶うす情
〵河若僧にこゝろつくせり
〵媒はなむうら頼む甲斐そなき
〵くちても左右ハのこる三尊
押板はそゝく餘りにもり果て
やふれ蒲団をいつちうつさん
終(よもすがら)夜ひねり虱(諷カ)の朝朗
〵うきかさあたまそりも捨てよ
〵たらちねの痩子やすかしかねぬらん
〵犬こそよへ鈴をこそふれ
」オ

＼＼夕されはもとれ〳〵の小鷹狩
はたへひやめく野邉の秋風
＼草枕月ふか草に鼻をひて
古郷（郷に）にて我かうハさをやいふ
ウ
＼帰りこんと契りし比も延〳〵に
＼ひるきつねかとかこたるゝ中
＼うつけハむかほ化現のぬれ〳〵と
＼うひ〳〵しかる婦人（よめいり）のころ
＼覚束無のらん車の榻のさき
＼俄にあかるくらゐなるをや
＼学道を怠たらすしも勤きて
＼蛍よゆきよ窓の御月よ
＼おそらくハ花に望ん物もなき
＼目は糸やなき口ハわにくち
和日（やわら）かに生付ぬをしんき（心気）りて
＼わきてれすてんよしや世中
＼奉公をせんかたなミの老の後
自由ならぬは舩軍なり
三
＼きひしくもたん（壇）の浦風吹立て

」ウ

＼ふらめき渡り行ゑしら鷺
＼柴の戸を明て三霜の松（註）ふくり

（註）「松ふぐり」は松かさ。まつぼっくり。「春風に
ふらめきわたる松ふぐり」（犬筑波・春）。

」オ

源左衛門か焼火（たきび）せしころ
吾妻路のさのみほこりや立ぬらん
　さのミ□□ても躰たにめきたる□
＼わらやをくつす逢坂の山
なけきうる□も今ハたかねもちて
＼きとくにおもひよるの念仏
＼法花宗いかて浄土になりにけん
＼南方よりも西方やよき
＼涼むへき木陰をめくりミの時に
＼＼きたるよろひハ春の日をとし（緋縅）
＼乗たるや秋の月毛の駒ならん
＼社頭と露もしらてつらゆき
＼＼いかき（斎垣）ともいはせつ芍田（註）のはひかゝり

（註）「芍」は蓮の実。秋季。

」ウ

つよかれかしとおもふかみかせ

〽うハなり（後妻）の舟遊ひする住の江に
〽いはゝ難波のうらみせんはん
〽片恋ハ身をつくしてもいらぬ物
〽右も左も月そかれやすね
〽出相撲も鬼と餓鬼とハ似相すや
秋の空ことかくゑんまたう（閻魔堂）
〽しやうはりの鏡に月の光りそひ
こひん（小鬢）の雪を拠まとさき
〽散花の下に乗物かますへて　」オ
ゆやをそき日とめすハむねもり（宗盛）
〽六波羅も立春雨のふりこゝろ
名　たゝ一へんにかすむ九重
〽わらハやミまきらかなんと詠して
〽むさとあくひをするかうるさき
そひふし（添ひ臥し）も息のくさいハ絶かたし
そりかへりつゝ契りいもとせ
〽〽いにしへをさんけにしるしひくひくに
さんきの心あるやあらすや
所銓（詮）折しふかくかくれてすミ衣

〽気のとくなるは手習ひの君　」ウ
二ツもし牛の角もしいかゝせん
両隣よりよひにくるまろ
〽いささらハ夜塩汲むの約束に
月をかつくや田子の浦人
　はいこんなし
〽ふし山ハすらりと霧の晴ぬらん
かたしけなしとをかむ来迎
ウ　〽愚癡（痴）なるハ狸にたにもはかされて
〽うたうとちりし岩ね山かけ
唯かは〳〵折しも水をたつね侘ひ
〽なめしを今ハ悔るしほから
山寺の行義たゝ敷なりて来て　」オ
〽ときもちかわぬ入あひのかね
〽なそ〳〵の上手もちれる花盛
〽春の霞（註）みをくむから（註）へいし

（註）「霞み」は酒の異名。「霞み汲む座敷の前を掃除して」（望一千句）。
（註）「からへいじ」は唐瓶子。金属や木で作った中

国風の徳利。

六拾八点之内　　　長七

」ゥ

ほかには、尾州権大僧都三思（寛永十八・花月成、貞徳判）を始め、以下未得（廻文誹諧、貞徳判）・勢州桑名衆（貞徳判）・幸和（親重判）・玄札（徳元判）・美濃家勝・謡誹諧（徳元判）・伊勢望一の八吟百韻八巻が所収されてある。識語は「以上一冊伊藤氏（著者云、名古屋藤園堂書店主）蔵本によりて謄写せしめ一校を加ふ原本末尾ニ持主千扇とあり　辛未霜月　元季（著者云、石田元季氏）」。

右、「原十郎兵衛独吟百韻一巻」の成立年代については未詳。まあ寛文七年春ごろ名古屋移住以前に成ったものであることだけは確かであろう。作風は一見、例えば恋の句に見られる付合の如き、大胆――犬筑波的な感がしないでもない。なお翻刻は天理図書館撮影になるポジフィルムによってしたもの。読みの面で鈴木勝忠先生の御教示をいただいたことをここに附記しておきたい。

## 三、その他の人々

**高木皆酔**

生川春明編『誹家大系図』（半二冊、天保九・七刊、好間亭蔵板）によれば、

∴北村季吟――貞度　高木氏、通名詳ナラズ。皆酔子ト号ス。尾州侯ノ臣、寛文中ノ人。

と見えている。○吉田無能子友次編『阿波手集』に、「美濃国／高木氏皆酔子／貞度」として十句入集。（寛文四・四自跋）○北村湖春編『続山井』に一句入集。（寛文七・十）○『詞林金玉集』に、ただし「尾張国／名護屋之住／高木氏貞度／皆酔」として十二句入集。

**山村母固**

○『鸚鵡集』に四句入集。○『落穂集』に四句入集。○梅盛編『細少石（さゝれいし）』に一句入集。（寛文八年季夏奥）

**片桐一雅**

○『阿波手集』に、「美濃国／泳宮住片桐氏／一雅」として八句入集。○『詞林金玉集』に二句入集。

**千村重興**

○『口真似草』に一句入集。○『鸚鵡集』に三句入集。○坤菴石田未琢撰『一本草』に、「千村氏／重興」として一句入集。（寛文九刊）

**千村十左ェ門時重**

『千村山村両家及九人衆系譜　全』によれば、時重は、彦左衛門重樹の兄——藤右衛門政利の子である。貞享二年正月四日歿。法名は心界自空信士と言う。寛文七年春ごろの名古屋移住後は、白壁町に居住したらしい（政秀寺蔵「鬼簿」）。○『阿波手集』に、「美濃国／松野住／千村氏／時重」として二句入集。○『続山井』に一句入集。

ほかには、千村重行・山村良昭らが誹諧の道に遊んだようである。

（昭五十三・八・十三稿）

# 櫟原君里編『しろね塚』抄録

半紙本一冊。青磁茶色原表紙、原題簽は中央無辺に「しろね塚　君里編」。「安永五年三月」、弟の櫟原昪斗（いちはらせいと）の序。僧文園跋。「京橋治」刊。本書については『国書総目録』未記載、かつ鈴木勝忠先生編『美濃派俳書序跋集』にも収録せられていない。

内容は宋儒・櫟原君里が「葱しろくあらひ上たる寒さかな」の翁塚（本書によれば蝶夢筆）を、不破郡垂井町臥龍山玉泉寺前（垂井の清水）に建立を企て（小瀬氏稿）、弟昪斗が完成。その折の記念句集である。なれど、君里が記す、「しろね塚を築くの記」によれば、「此里の南　南宮の道の畔専精蕭寺の側に地を卜す」とある。

本書そのものについて、かりに論考化するとなれば、そのタイトルは、「『しろね塚』の世界―安永四年の美濃大垣誹壇―」ということになるだろうか。以下、目次風にしるす。

○昪斗自序。○「しろね塚」の挿絵半丁。○帰童仙（四世・五竹坊）・流左・昪斗・杜柳ら表八句。○流左・丳有・杜柳・昪斗など諸家の追善句。○名録（四季吟）。○「しろね塚を築くの記」（君里）。文中には、「一株の石を建て都の蝶夢法師に告てその句をしるさしめ　しろね塚と号して千載に翁の霊をとゝむよし」「塚前の五峯庵にして安永四乙未のとし冬至の日足水の午徴字ハ君里記す」。○洛の蝶夢法師の誹文。文末に、

洗ふたる碑さむし夕しくれ　都 蝶夢

○「半時菴下」として大垣社中の追善句。蟻春舎東里・釣雪・亀室・鷺舟ら。因みに、この連中のうち、東里・鷺

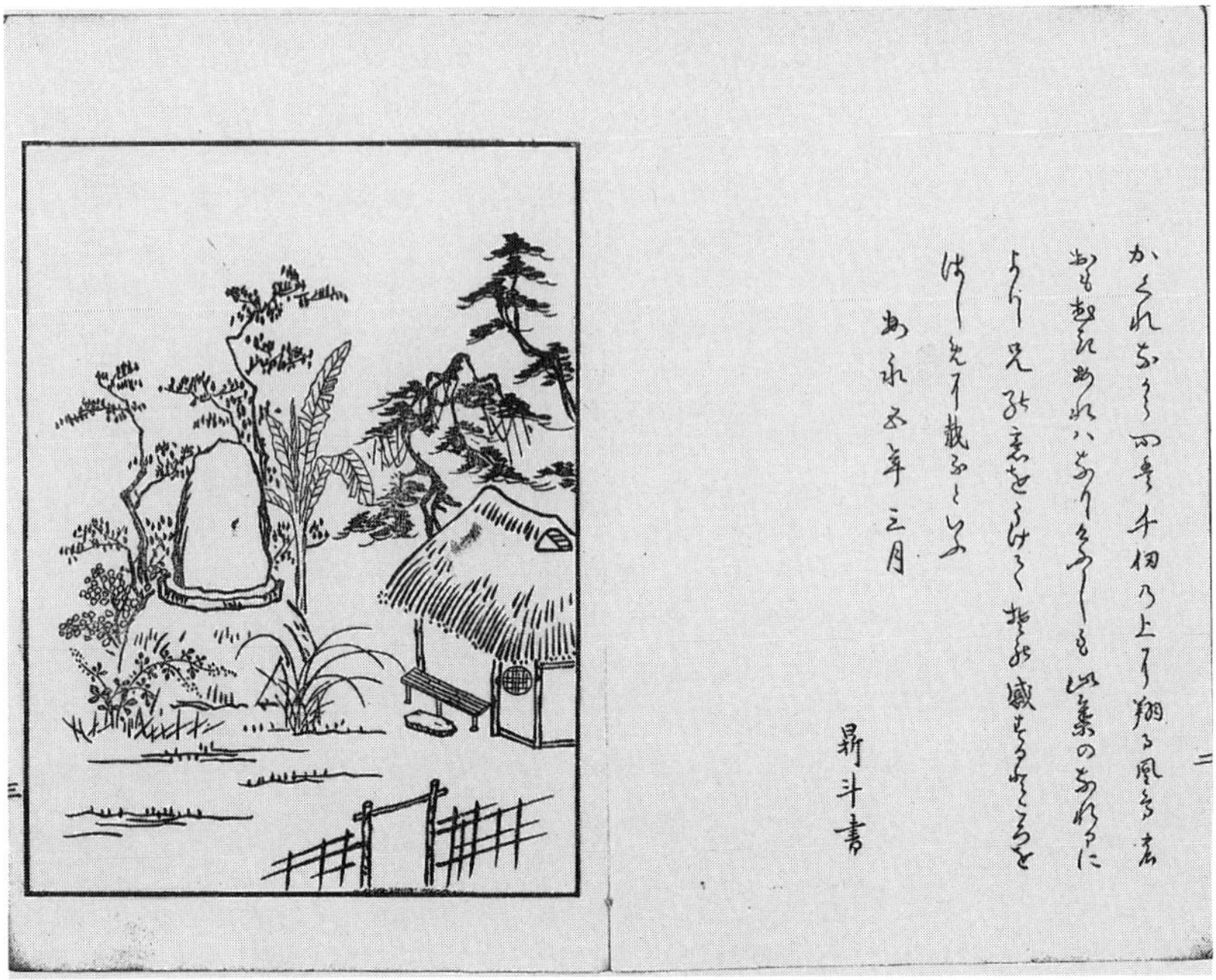

図24 「しろね塚」の挿絵（架蔵）

舟・亀室は冨天一周忌追善『冨天追善集』下巻（明和五・五成・刊）に追善句を送っている（第二部「浦川冨天研究」を参照）。亀室は後に八千房系。○「白櫻下社中」としてサカイ補天坊・ヒノキ掃雲ら。○四来各詠（四季の吟）。○僧文園の跋文。という内容である。

殊に注目しなければならぬ点は、本書が美濃以哉派系の誹書でありながらも洛の蝶夢の影響を深く受けていること、とりわけ半時菴淡々―冨天門流の参加であり、かつ白桜下木因の流れも加わって、ほかにも重厚（「雪霜に道わけそめんしろね塚　嵯峨重厚」）・駝柳・諸九の作品など正に中興期誹壇の〝大垣版〟という観すら受ける程である。恐らくそれは「風騒の徒」たる五峯庵櫟原君里の雅量のゆえもあろうが、とに角、一美濃派のいわゆる田舎誹書に堕していない「風格」が、誹書『しろね塚』には少なからず見られるのであった。因みに書体も、いわゆる〝右下(さが)り〟ではない。昭和五十八年十一月十七日、梅田の阪神百貨店にて古書籍大即売会が催され、杉本梁江堂の出品で注文者は四人有之。抽選にて入手した。丁数は十七丁。

〔参考文献〕
小瀬渺美氏『岐阜県芭蕉句碑』（井ノ口書房、昭45・4刊）68頁参照。

（昭和五十八・十一・十九稿）

# 地方誹諧史余録

## ——東美濃釜戸宿の誹人安藤松軒（しょうけん）宛、加賀千代尼書簡など——

### 一

貞享二年四月、芭蕉は尾張・鳴海宿を出発し、木曾路（中山道）、甲斐をへて、下旬江戸の草庵に帰った。このとき芭蕉は地理的に考えてみて、恐らく名古屋から〝下街道〟の土岐（とき）、釜戸（かまど）等々の宿場町を通り過ぎて中山道へ出たのではないかと思われる。

近世における下街道は、お伊勢参り、善光寺講中の旅人や、信濃からの商品を運ぶ牛馬、土岐郡多治見村・久尻（くじり）村等で焼いた陶器をつけた小荷駄馬などが往来したりしてたいへん賑わったのであった。で、こうした往来にともなって、十七世紀後半——元禄期には都市の文化、例えば人形浄瑠璃や誹諧を主とする文芸が、この東美濃の下街道筋へも浸透してくるのはまことに自然な趨勢である。しかも宿場町は当代における恰好の文化交流の〝場〟でもあった。東美濃・釜戸宿は、下街道が中山道に合する一つ手前の静かな山間の宿場町であり、そこは旗本・馬場氏の領地であった。街道のすぐ傍らには陶土の白い水——土岐川が流れている。前記、芭蕉の木曾路通行後、支考や盧元坊を中心とする美濃派の誹諧が、この釜戸宿一帯に浸透していったのだった。

### 二

享保から宝暦初年にかけて活躍した釜戸宿の誹人、安藤松軒範高に宛てた女流俳人・加賀千代尼の書簡を発見したのは、もう今から四年もまえのことである。つめたい木枯らしの吹く一月下旬、私は誹文学者鈴木勝忠先生とともに、土地の郷土史家小川鈴一氏のご案内で瑞浪(みずなみ)市土岐町桜堂に居を構える、松軒の子孫、桑原貢一氏宅を訪れたのだった。
さて、いよいよ副題の〝千代尼書簡〟について、原文のまま左に紹介してみることにする。

仰にひとしく
　遠きゆへか
いまたおめもしにも入りまいらせす
とかく思しめしよらせられ
おふみ下され誠に〳〵
　おめつらしきお発句下され
かたしけなくはいしまいらせ候
まことに〳〵我事は
おきゝあそハし候とは
　おはつかしく
存しまいらせ候此度の
　お発句御用
のよし仰にまかせ句
にもなるましく存し申し上くへくも
御返しに
　しるしあけまいらせ候

折からの
　たより早々申し残し
あけまいらせ候　目出度
　　かしく
　卯月十日
　　まつたふ
　　　ちよ
かまと
　松軒様
　　御返事

本書簡は松軒範高宛、返書である。松軒範高は、釜戸宿大島村の人。父は佐瀬甚左衛門宗次といい、代々医を業として領主、馬場氏に仕えていた。従って安藤家は、この地方においては上層階級の家柄であったらしい。松軒は医業のかたわら誹諧をたしなみ、竃山人（そうさんじん）と号した。誹諧の師は、子の喫茶仙白兎（きっさせんはくと）（松軒範倶）編による句集『涼み塚』（半一、寛政十一晩夏、京・橘屋治兵衛板）の白兎自序に、

そも此地に翁塚造立の趣意ハ亡父竃山人獅子黄鸝の二門に遊ひし風縁ありて…

と記されているところから、いつの頃か支考ならびに盧元坊に指導を受けたのであろう。

ところで、本書簡の成立年代についてであるが、まず、なによりもまえに「まつたふ／ちよ」と署名せられている点から、千代尼が未だ剃髪する以前の、若い頃の書簡であることは明らかである。そこで若い頃の千代尼を、下街道

釜戸宿の松軒は、いったいどのようにして知ったのか、誰を媒介として知り得たのか、ということになってくる。参考までに、「千代尼略年譜」をひもといてみると、

享保四年　十七歳　八月二十四日支考が知角を伴って松任に千代を訪ね一宿。
〃　十年　二十三歳　晩春の頃上京し伊勢に乙由を訪う。
〃十二年　二十五歳　四月盧元坊が千代を訪ねた。

とあるように、千代尼と支考たち美濃派との誹交は、すでに享保四年から始まっていることが解る。推論ではあるが、松軒は師の支考や盧元坊たちを媒介として千代尼を知ったのではなかろうか。

さらに書簡のなかに、「此度のお発句御用のよし仰にまかせ句にもなるましく存し申し上くへくも御返しにしるしあけまいらせ候」とあり、それらしい自筆の色紙が同じく前記桑原家に所蔵せられている。

左に紹介する。

紅粉指した
口を忘れて
清水哉
ちよ女

右の句は、『千代尼句集』に、

紅さいた口もわするゝしみづかな
伊勢参道にて

と多少文字が異同して見え、冬央の『誹諧古渡集』（享保十八）にも、

口紅粉を忘れてすゝし清水かけ　　　加金沢 千代女

とある。従ってこの句は享保十年千代尼廿三歳のとき、伊勢にてよんだものと推考される。私はこの辺でもう結論をくだしてもよいであろう。千代尼書簡は享保十一年頃に成立された、と推定したい。このとき松軒、四十四歳。文面からいかに彼が千代尼を敬慕していたかがうかがわれよう。

## 三

最後に、その後の松軒の誹諧活動について枚数の関係から簡単に触れておきたい。

元文二年、盧元坊撰『渭江話』に入集。本書は、支考七回忌追善句集である。

宝暦四年、白尼撰『春興朗詠集』に入集。

翌五年春、松軒範高、土岐村桜堂の薬師堂境内に、尾張の蓮阿坊白尼、木児らを招請して盛大なる句会を興行し、これを薬師堂に奉納した。そして同年八月十三日、東美濃地方における代表的な誹人としての生涯を閉じたのであった。法名、霊嶽玄方居士。天和三年に生まれた松軒は、ときに享年七十三歳だった。冬のにぶい夕日を背にして、JR釜戸駅の裏山に眠る彼の墓碑には次のように刻まれてあった。

辞世　蓮の実やとこへなりとも飛ひ次第

（昭和四十一・春稿）

# 誹諧史研究余録

## ——東美濃釜戸誹書『涼み塚』入手をめぐって——

### 一

今はもう昔、松永貞徳学者たる故小高敏郎博士より数通ご懇書を頂戴したことがあった。その小高先生の論考に「貞門時代における俳諧の階層的浸透」（『国語と国文学』昭32・4）なる名論考有之。殊に慶安末、藪大納言入道宗音嗣良・嗣孝の父子邸における堂上誹諧が盛んで、お出入り衆に野々口立圃や松江重頼らを挙げて、彼らが指導せしことを詳述された。その一例ではあるが、昨夏七月上旬に、私は松山市立子規記念博物館に於て松江重頼自筆の短冊幅を実見することが出来た。

　藪大納言／崇音／御興行
耳きゝにとハゞや荻と鹿の声　　重頼

新出で、なによりも詞書に「藪大納言崇音御興行」と記す点が、初期誹壇の階層的資料としても貴重であろう、と思う。つまり、堂上誹諧の中心的存在に藪崇音父子が有之。小高先生の歿後、こういう角度からの研究は管見では母利司朗・倉島利仁両氏の論考ぐらいで最近は絶えて見ない。

貞徳グループの誹諧が「微温的」と評するならば、徳元の誹諧は、むしろ犬筑波的で、「連歌いきにてかろがろと」（『毛吹草』）した寛闊なる誹風と見ることが出来ようか。斎藤徳元は少なくとも寛永六年（一六二九）十一月末の、京都寺町妙満寺で雪見の正式誹諧の会（※後述ノ末吉道節モ一座シタ）以前における、文禄から寛永十年代に至る武将誹諧師であった。つまり誹諧史的には、「貞門誹諧前史の時代」に範疇される誹諧師也、と位置づけるべきであろう。従って誹風も亦前述の如き「犬筑波的で」うんぬんとなるであろう。

寛永文化と文学への醸成という澎湃たる気運、昂揚したサロンを背景に徳元の誹諧活動は展開していく。その作品を享受し支えた人たちとは、因みに徳元の交友録を作成してみるならば、まず別格としては徳元宛酒樽を贈った一族の春日局を始め里村昌琢一門、八条宮家・近衛三藐院・三条西実条（さねえだ）・沢庵宗彭ら。次いで織田豊臣系に、織田信雄・脇坂安元・山岡景以ら。晩年の周囲では岡部長盛・松平忠利・小笠原忠真・榊原忠次ら幕閣のスタッフが認められよう。

棚町知彌先生が〈史料翻刻〉『末吉文書』にて〈模細工〉せる近世初期上方遊俳の横貌―道節・宗久・宗静の三人をめぐって―」（東大史料編纂所、平14・2）に収録の、寛永十五年五月十九日附、末吉道節老宛、徳元書簡によれば、

（前略）
（※末吉道節サンハ）今ほど京都に御入之由、定而、御誹諧のみた□存候
（中略）
其元にて、貞徳など御参会の由咄候、爰元も上下ともに、是のみ之□、はいかいあそばし、上御下侍申候、一会興行可申候、
（後略）

とあって、京都では貞徳（※呼ビ捨テニ注目セラレタシ）が中心に、江戸は「上下」共に誹諧が盛んになっている様を報じている。大坂平野の末吉道節は徳元門。当時、徳元の名歳旦吟「春立やにほんめでたき門の松」の亜流句「我町に立や二本の門の松」等々を多く詠んでいるほどだ。そのような新時代に向かう貴顕との高次元なる文芸的交流こそ

が、寛闊なる誹諧作品、口当たりのよいエロティシズムが誕生した次第である。

## 二

私自身は「ふるほんや」とは呼びたくない。約五十年近く、学問的研究は古書店通いや古書目録からの渉猟で始まっているからだ。財団法人柿衞文庫館の生みの親のひとりであられた、故門脇良光さんがよく「古書荒らしの安藤サンに」とからかわれて、私は内心苦笑したものだった。前橋市の岩神書房から『古書・刷物・歴史資料目録』第8号が送られてき、一見。5頁に「36　俳書涼み塚　全」を思いがけなくも見つけて、すぐに電話で取ることが出来た。こだわりの郷土美濃派の一誹書で、珍しく興奮を覚えた。平成十五年十月十三日夜七時五十分、注文者は四名也。

本稿のタイトルを、「誹諧史研究余録―東美濃釜戸誹書『涼み塚』入手をめぐって」としたい。仔細は、もう遙かな三十七年も昔に遡る。筑摩書房発行の『国語通信』誌昭和四十一年五月号に小稿「地方誹諧史余録―東美濃釜戸宿の誹人安藤松軒宛、加賀千代尼書簡など―」と題する一篇を発表したのだった（本書第三部に収録）。

さて、謾考はその後日書譚である。書誌。半紙本一冊。東美濃・釜戸宿、喫茶仙白兎編。白兎自序。末尾に「寛政十一己未晩夏」とある。文蘇坊序。道元居白寿坊跋。題簽中央、「涼み塚　全」。内題「東美濃釜戸／涼み塚／喫茶仙白兎編」。京都・橘屋治兵衛板行。架蔵。

内題の次頁に、「涼み塚」建立の所在と規模について記す。

図25　安藤白兎編『涼み塚』の内題（架蔵）

塔之地温泉巌山高く／眼下曲水流レ神明社／薬師堂アリ庵会／席湯小屋アリ

此あたり／目に見ゆる物は／皆涼し　芭蕉翁

碑石尺四方面高サ／臺共平地より七尺／道元居筆裏に／銘アリ

次いで、安藤白兎の自序がある。

そも此地に翁塚造立の趣意ハ亡父／竈山人獅子黄鸝の二門に遊びし／風縁ありて五竹老師より白兎の／標徳を授けられ以哉師坊に風雅の／道を諭されて巨月庵とは呼び申／されぬ　さりて朝暮園の老人より／喫茶仙の別号をあたへられ道元居／師に有髪坊と名付られて世々其／時々の変化を導かれしにぞ　此／流れに浴すること五十余年に／およべり　しかりしに此里に霊塚の／なきを歎し事としありしに／ことし此月時至りて白寿師に／筆を乞ひ高唫を碑面に写し／涼み塚と唱へつゝ永く正風の絶ざらん／事を願ふより文蘇御坊を導師と／なし歌仙一行を碑前に備へ／ひとへに不朽を祈り侍りて仰げバ／天顔穏にして浄土の花をふらす／かとあやしまれ俯むけバ流水静か／にして真如の月もうつるかとあり／がたく本懐こゝろに満足せりといふ／べし　されバ此趣を諸方の風士へも／告たく且は志願成就をも吹聴／せんと兎園の冊（※兎園ハ梁孝王ノ園ノ名。転ジテ卑近ナ書物。通俗本、俗書）を恥らハずみづから／其はじめに筆をとりぬ

寛政十一己未晩夏／喫茶仙白兎

板心は丁付のみ。「一（—三十二）」。丁数は三十二丁。

芭蕉歿後百年、全国各地で翁墳造立の催しが営まれたらしい。確かに、「涼み塚」なる句碑も現在、岐阜県瑞浪（みずなみ）市釜戸町宿巻ケ淵白狐（びゃっこ）橋の傍らに、建立されて在った。

表面　此あたり目に見ゆるものハ皆涼し　芭蕉翁

右横　喫茶仙白兎造之

左横　寛政十戊午歳

裏面　此一章を長良川のほとりにて世に知る所の高吟ながら爰の景容に相当なれば喫茶仙の需に応じて武陵白寿坊筆をとりぬ

と彫られ、筆蹟は江戸住の道元居白寿坊筆である。寸法は碑面部分のみ。高さ中央部より八六・七糎、横幅三〇・四糎、奥行き三〇・四糎から成る、正に立体面が正方形の句碑であった。なお同所には珍しい歓喜天を始め、「千日念仏供養塔（正徳五乙未歳三月八日）」や、宝暦十二年三月十四日建立の地蔵菩薩像等々が現存。平成十五年十一月廿七日再調する。

編者喫茶仙白兎は、本名を安藤松軒範倶と言い、下街道釜戸宿大島村の人。代々医家で領主馬場氏に仕えていた。誹系は、父親の松軒範高が各務支考門　白兎は美濃派四世五竹坊琴左門下で、「京師武陵に其道をたづね、勤ての余暇を風雅に遊びて人和に東西の社友を撫育し、老を楽しめること年あり」（里仙編『追善蓮の後集』序）と、「東濃連中」の宗匠格であったらしい。文化元年（一八〇四）九月十三日歿、享年七十三歳。法名、廓然了無居士。辞世句は、「飛んだ実が生へて又とぶ蓮かな」と詠んでいる。妻の芳寿（宝寿）、嗣子里仙も亦誹諧をたしなんだ。

ところで、試みに『瑞浪市史』史料編（瑞浪市刊、昭47・12）を繙いてみた。296頁の上段、第三節文学の項には、「一八九　和歌俳諧入門誓紙　○明世町月吉　山内国男氏所蔵」なる資料名に注目、それは『涼み塚』に入集の、「鳥ばかり跡に残りて落葉哉　山田　其水」たちが、地域の誹匠筋、野鶴園山内和水（※支考門）宛に差し出したという入門の誓紙であった。

誓戒之事

一正風和歌俳諧新式名目、一句言も猥ニ他言他見申間舗候、尤師ニ尽実異風之他門ニ改流仕間敷候、若右之品於相背ハ、和歌三神之可蒙御罰者也。

宝暦五歳亥十一月

山田村　渡辺定右衛門　露水（花押）
同　勇右衛門　其水（花押）
安藤六右衛門　巴水（花押）

野鶴園和水師

因みに宝暦初頭における、美濃派関係のこういう貴重資料は、管見の限りでは、ほかに存在するのを知らぬ。諸家の著名なる研究書にも見当たらぬ。さて、本稿の結語を急ごう。差出人の、土岐郡山田村渡辺定右衛門露水は宝暦十二年五月の時点で同村上組（※上山田）庄屋職を勤めており、同村同勇右衛門其水は上組百姓代を勤めていた（430頁）ことがわかる。美濃派とは、前述の階層的に見れば負（ふ）の〝庄屋誹諧〟ではないのか、〝豪農誹諧〟とも評すべきであろう。作家（コノ場合ハ誹人）の、いわゆる文学的意識を規定するものとは、だから作家自身の社会的存在からである。

（平成十六・一・十四稿）

# 第四部　影印

# 堀内雲皷撰『花圃』半紙本一冊

〔書誌〕半紙本一冊。寸法、縦二二・五糎、横一六・四糎。表紙、改装後補。濃縹色表紙。袋綴。題簽なし。板心「はなはたけ　二（――廿七終）」。丁数、二十七丁。架蔵。

表紙

見返し

遊紙

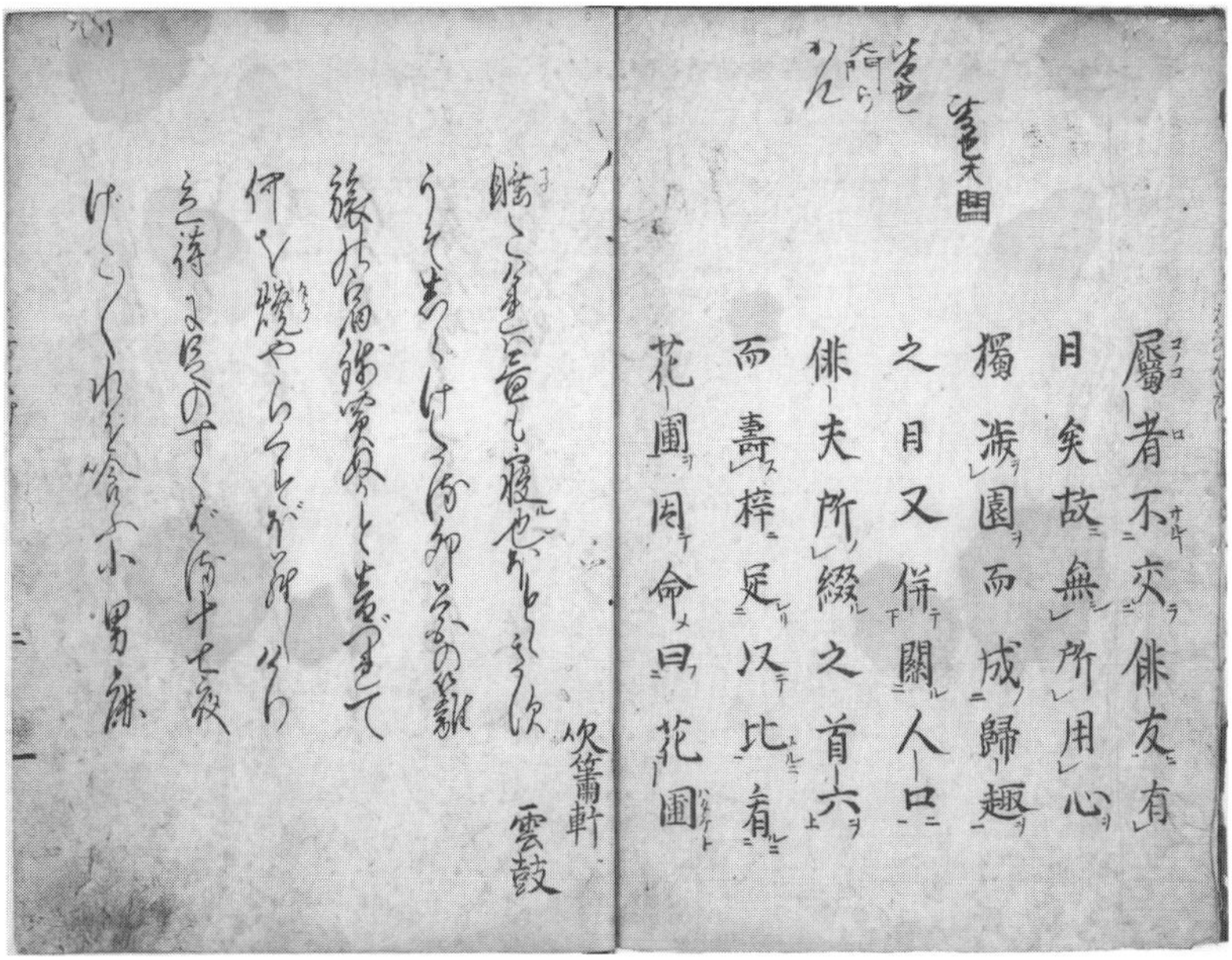
屬者不交俳友有
目矣故無所用心
獨遊園而成歸趣
之目又併關人口
俳夫所綴之首六
而壽梓足以比肩
花圃因命曰花圃
次篇軒　雲皷

序

二オ

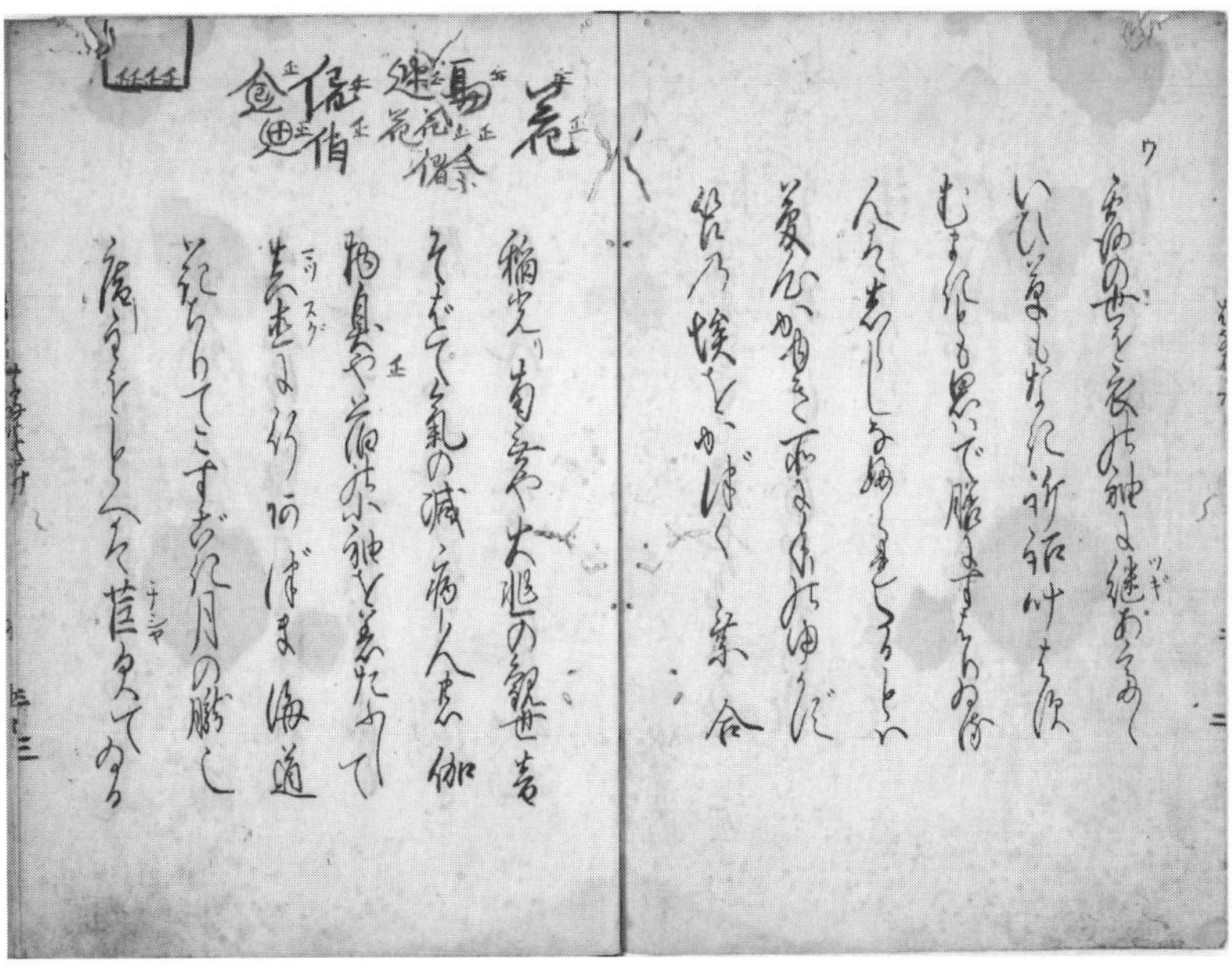

二ウ

三オ

(三ウ)
長崎くんだりとあひ編笠は
蚤とりあい合ひつひやつして
あぐむ泊り磷を気に怪まれぬ
名井すけ平ひたしじも
謙らうさや恙しり起こし立騒ぐ
娘とんなまこあとけ俺飯櫃

(四オ)
せうもないこそとそうをなうち
てうそおもろのこうてこそ
けこひてろりけり

若衆経たや

もろくすやうちの鼻皿されやき
乱ふても泣て毎夜見世蚕里しく
とげぬれひよかやらり
萱の月蛙判操繊ふり渡
鳴よしらくめられ生しか先

(四ウ)
せつのつや小便志ゐし先の秋
えくあるて店前よ三叔子る
とかな堀む亀のを歌いして
りり軽くる里や州殺物の雨を
猿菜米い花の楽屋よ丸礼し
ゐ川鮮明よ葉原

(五オ)
致屋もをに若みく父み部
松井凡さそど有なそや誰
江れよ
　玄蒙庵
　　地泉
　　　同
先師の
　 掛かけて

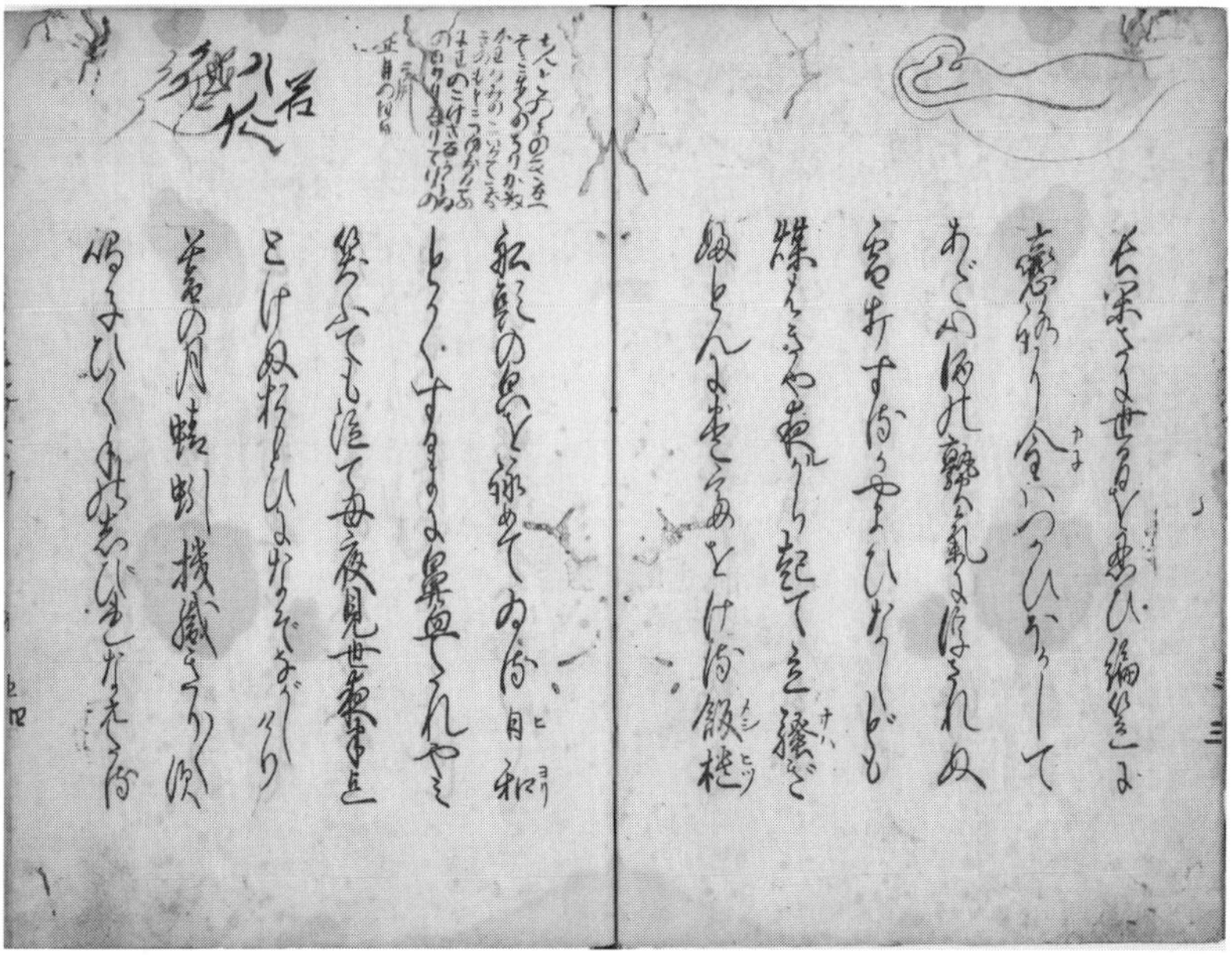

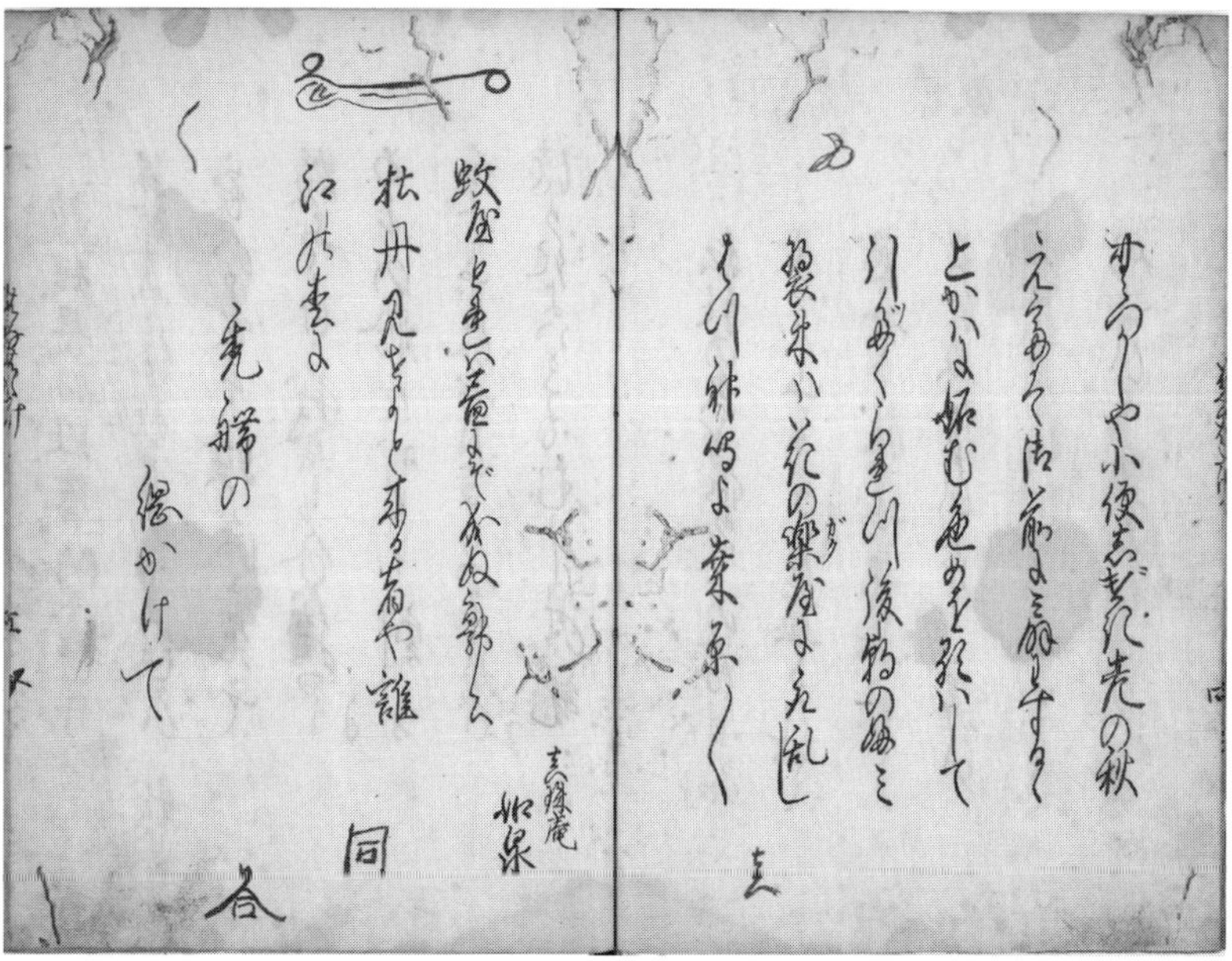

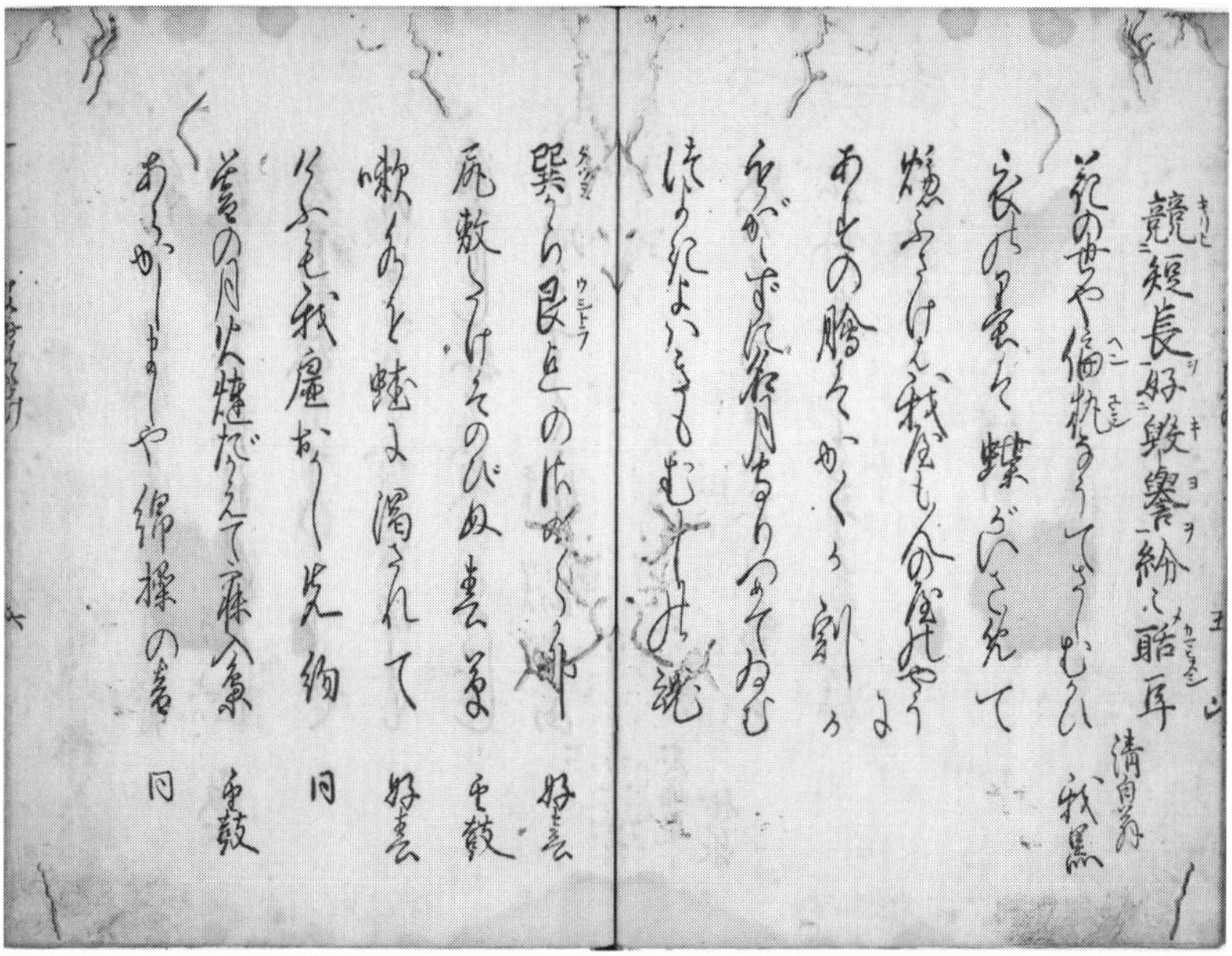

競短長好毀譽紛々聒耳　清白翁

花の世や偏執なうてうらむらん　秋黒

衣のうらを蝶ぶいさぬて

燃ふきけん我屋もんの窓やうよ

あるその胎くやくぅ割ゥ

わがしずの名月出うりつてぬむ

待つるよいきもむすみ銚

蹊ら良臣の忙かしき脚　好去

尻敷しけそのびぬ春草　重鼓

嗽ぬると蛙よ濁されて　好去

けふも我庵おもし光物　同

蕃の月火焼だえて麻ん象　重鼓

あゝかしかましや御操の音　同

五ウ　六オ

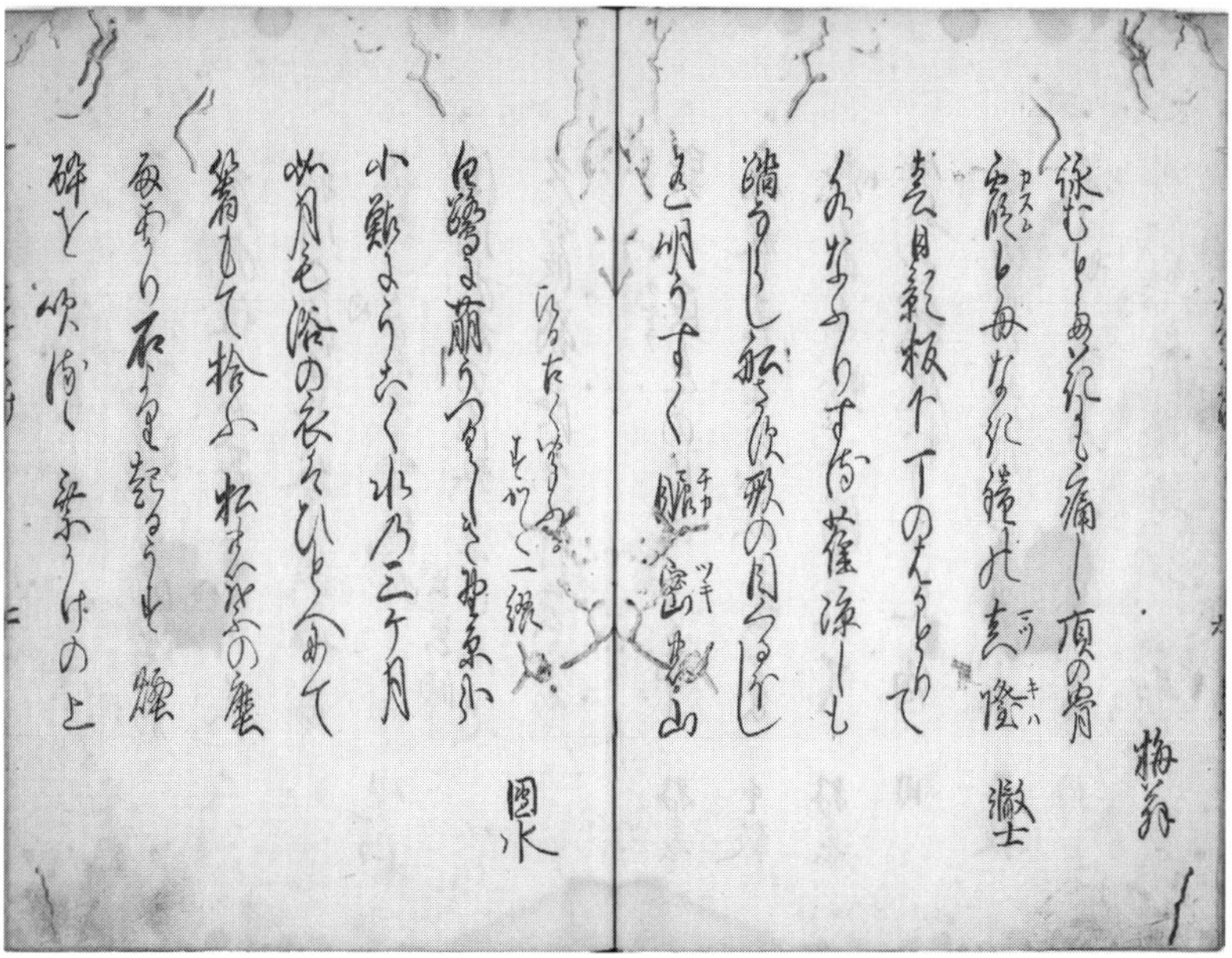

梅翁

詠むともあ花も痛し頂の骨

霞ともなれ猿丸赤隆　瀲士

去日紀板十丁のたゝかれて

あるかりすむ荏源しも

満なうし秋の次郎の月のるかし

ゑ明うすく臙窓遠山

洛おくはやしをかしく一猿　圓水

白露よ崩れつるしさ松ゑ小

小簸よう去く北乃三十月

此月も浴の衣そひとへめて

繁もて捨ふ松あんがゐの塵

ゑあう花ぬ見ゐるとも　燻

碑を吹消し手ぬぐけの上

六ウ　七オ

七ウ

清之巳

夜やまだ宿の蚊とぶ川縁哉　幸佐
唐に渡れる菖蒲の茶
舩川の流れを谷に汲入るゝ
梅折て山寺参る絶に　月
清聞に板の浪数くみひらく　出家師　暁山
文夜観月法在渕友衰

八オ

あや紀咲中の松や辯財天　鞭石
道れらねとも狭（セバギ）き菜莚　雲鼓
鞋窓席（ツイテ）に鶴走る糸を向て　石
剃刀砥のひらくさよ参り　鼓
月よしと出船れる貝ことつゝ　石
早稲乃香のする俵米の道へ　鼓
後すくて止夜

八ウ

山守やひと目まづ霧の朧月　助叟
打人仙術学ぶ居
巴の恩妻を肌に暖めよ
入子枕を配り合ふ
がたつく船遠ひる鉢を振はせて
おかしさうでも武士ハ笑ひ候

九オ

裏ぶれてのぞく中の清水小　睡松林　滴水
花に鶯す（ゝ）し夕臭れ垣
痛かる身をやさしと旅の宋にして
ぬりまぜ数寄いすけにさいてまゐり
碁に酔て眼よりも見道の月
涼風秋を臭も伏ぎ沢

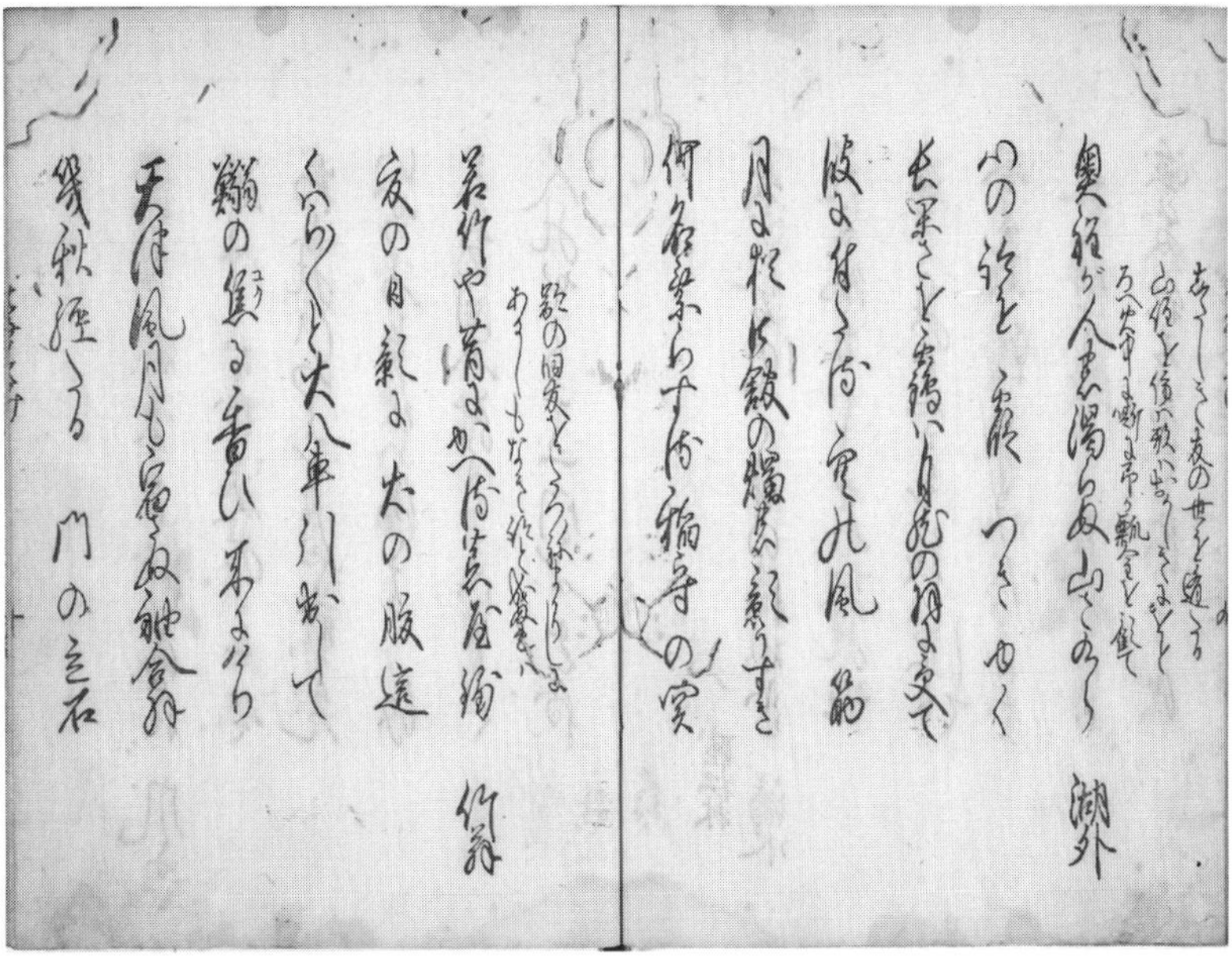

九ウ　十オ

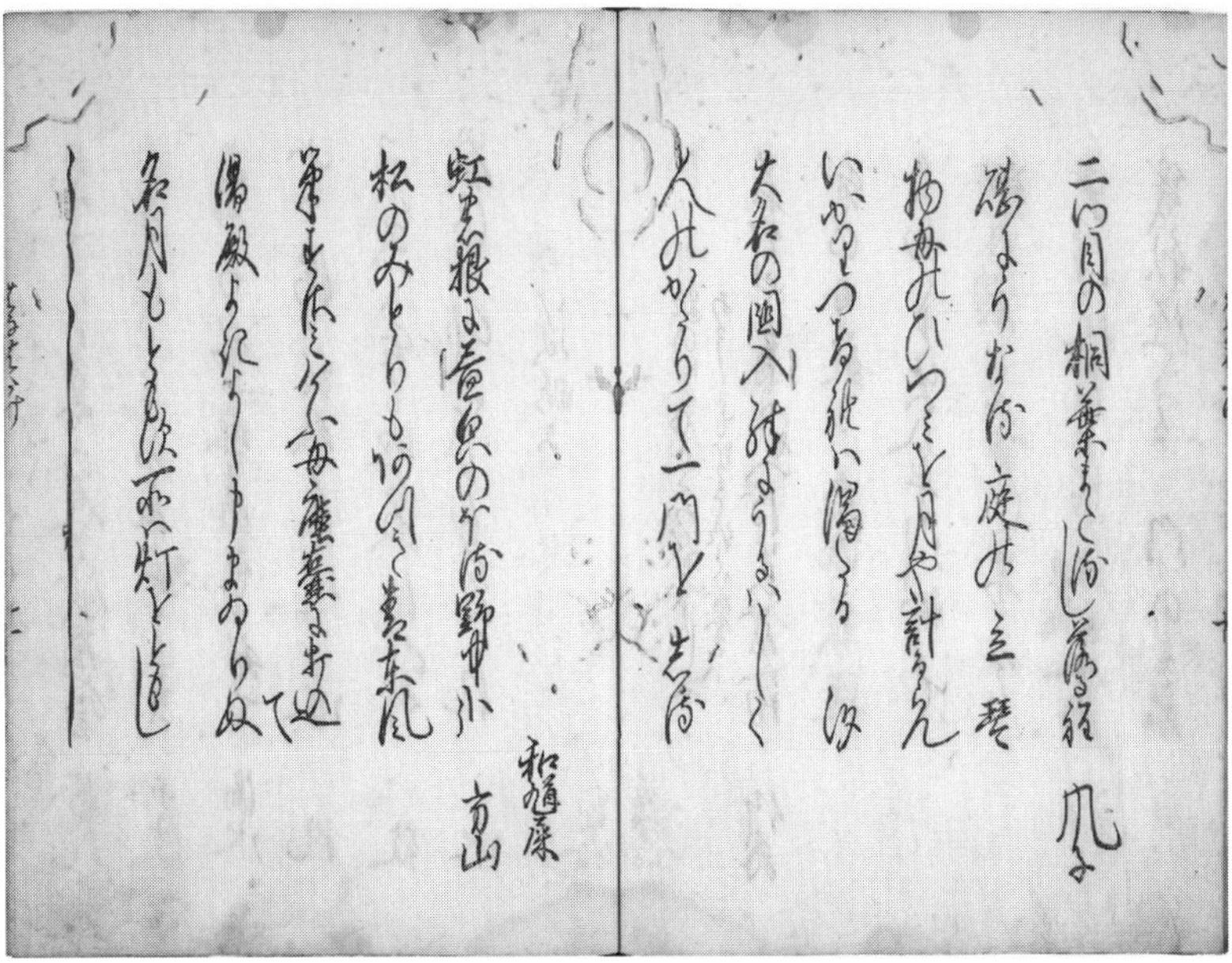

十ウ　十一オ

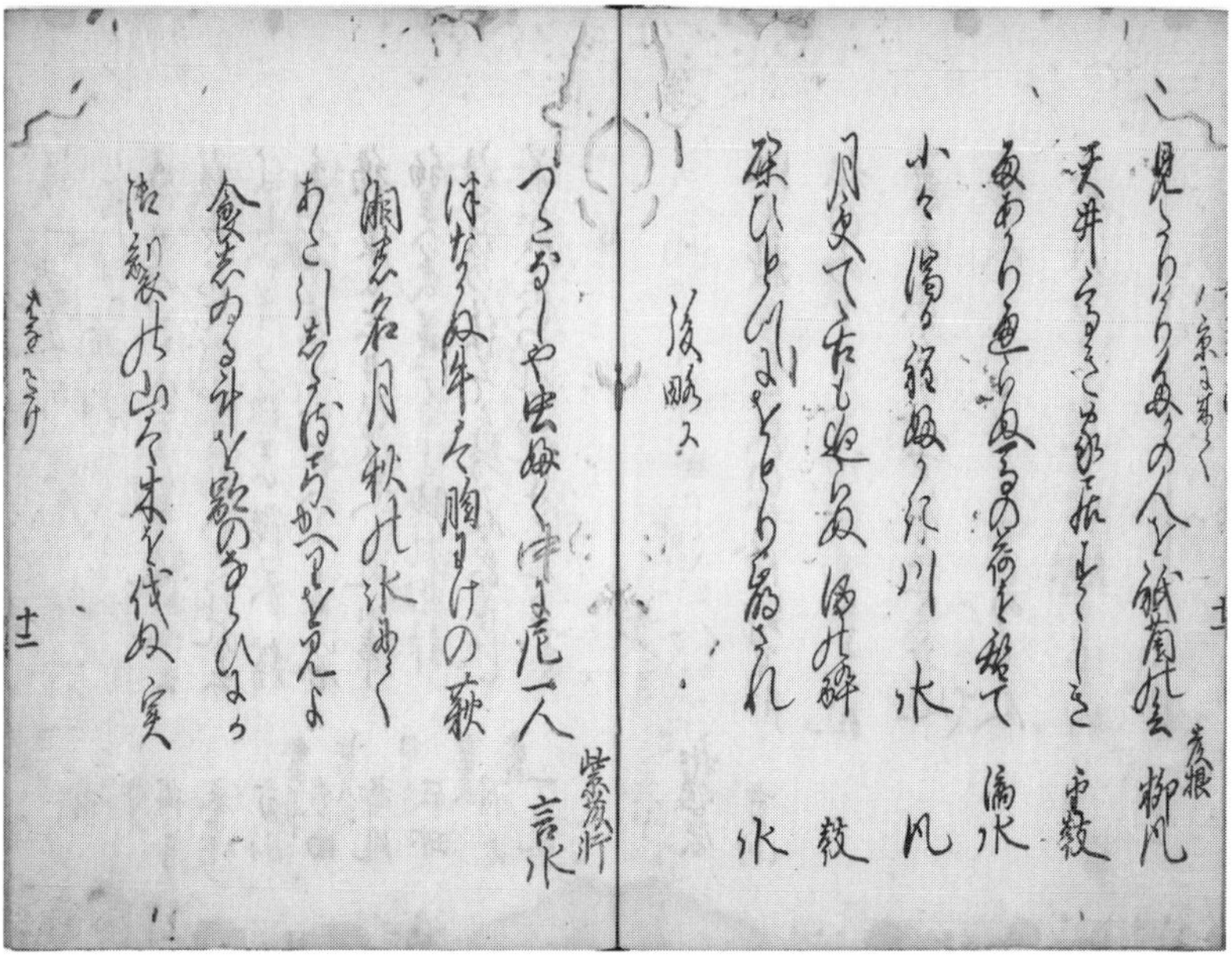

十二オ　十一ウ

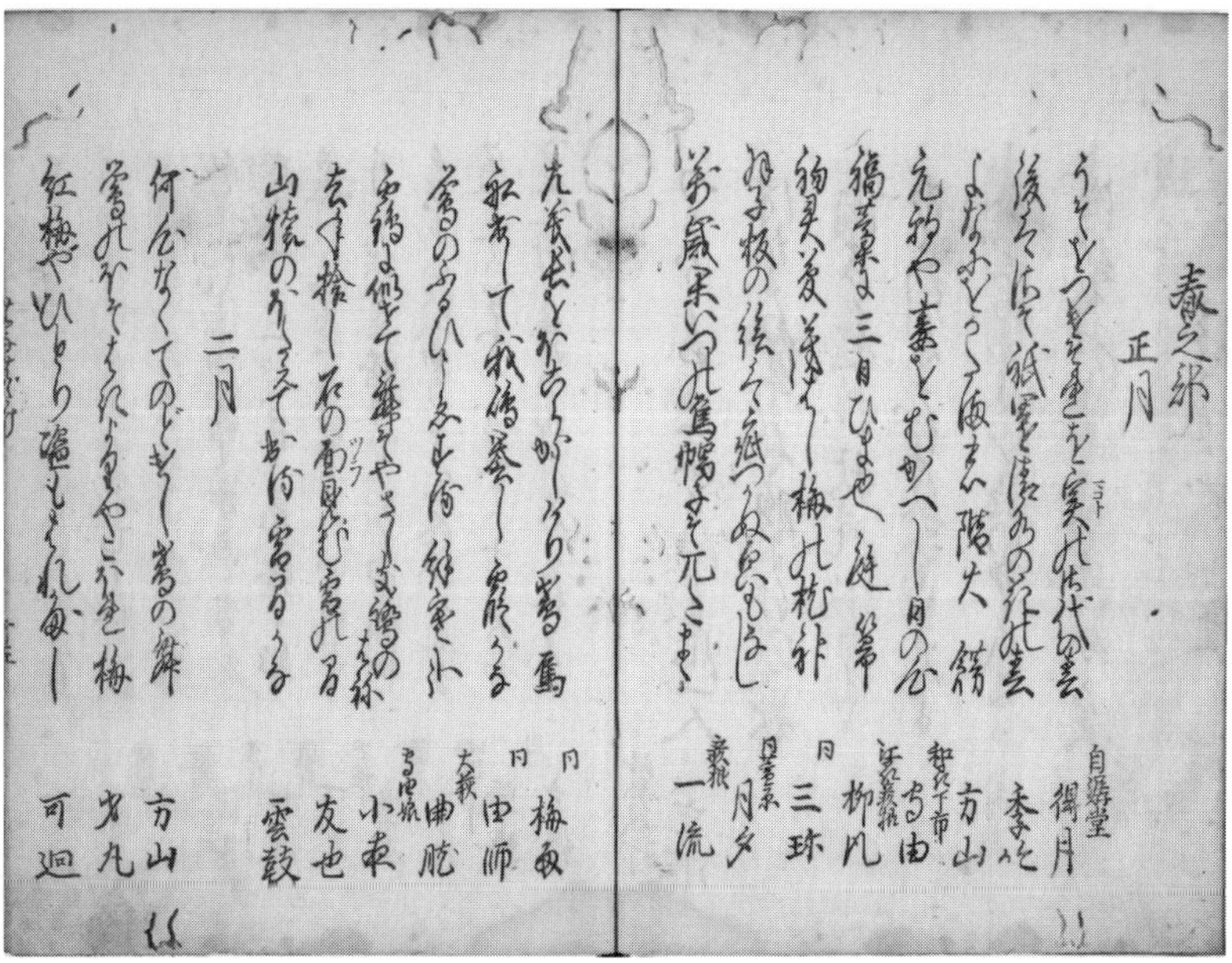

十三オ　十二ウ

十三ウ

見に又梅や宮さくら廣き前を見り　竹翁
とかくはしすぐ舟もかむしも梅の枝　月夕
身のさがや花はゆかして宮の梅　丹波 附仙
餅よ花や宮よ声ある友がな　新町下市 限市
騒亀て三寸ばかりの蛙の卵　尾濃 如水
遠目鏡雲を拾ひいのちを　飯井 一炎
うきばかり母よ蛙子ないし雨　下市 李及
衣もいひへやたなしも糸もんなる　蓋原 竟翁
道も見もかかふを膝そ十人日　江州日野 晴蛾
見へけりし岸の柳見たるれなる　同 方俊

十四オ

鶯ありくのむ所あやかなるの糸柳　月夕
花の色いかりも花も濃き庭作　岸婦
待花は鄙歌えらふ母の姉　下市 言智
早咲や花一輪よ蝶やてり　迫村 長世武

酔花

おかの月帰る声る色や袖さらり　心圭
菜の花と花や波紫葵の堂　圓水

三月

伴蜂象りみあらぬ月見花せ花星　言水
人声にて鶯やかなるん花の池　鞭石

十四ウ

草の鳴は花上かりたる春こむる　我黒
名のおもてまぜにぜも芳し山桜　宗翁
三条丸糟いはりとわよ友なるし　森根 青雨
どれくし花よ気と病思旅　三休
かきとてや白へる桃流の動きやう　同
梅精の岸前つりなり山さくら　茂花
まやりまおかぬふも覺らん山桜　月郷 和三
死ぬしもて見えおくらなる山桜　同 鏡明
松よ茶ふ桜見めそしよ上申い　下市 宮三
開解よ花あい春をあり芳れ霞　同 正圭

十五オ

深さくもとうれあるなるな山さくら　新黄門 可三

花を見に合記るゝて

剣桜咲え鐘の音よ乗りへし　緑菜
咲鐘よ隠ぐるも雅く桜かれ　高椒 治鋼
ちる花の中よおもてくこ椽なる　米そ 友元
奉加帳やはくら花下の机とも　水月
山の井や桜よかなふ枚二牛　醜山

善の一ふやくもとも花に登なり

遠く何峯入の貝山吹　松風
せんの葉の花むしる月水なる　播州 棟士

十五ウ

[illegible]梅女の声も[illegible]　日野 退休
山里や竹の[illegible]よ木瓜の花　隠士 牢卜
汲桶をおろせば花の[illegible]　旧白
花見り天狗も内裏[illegible]　雲鼓
曾我の二聞[illegible]を弔ひて
桜狩よふめりて退かり花の友　仝
[illegible]ちりてとも[illegible]柳に戻り来　荷翠
[illegible]人の手付[illegible]　[illegible]鞠　好去
十五

夏之部

卯月

十六オ

[illegible]鹿茶の[illegible]や衣がへ　心圭
[illegible]て[illegible]抜の衣かな　月夕
衣更月も出かけぬと脱にけり　由師
桜貝[illegible]揃ふや衣がへ　冬陽 梅可
花咲て宿る色に替る　襟かな　好去
名所の桜の白会に
桜の名に一條[illegible]　正立
竹の日待て秋の[illegible]　曲肱
衣更世や[illegible]この池つき　友元
其の[illegible]や[illegible]　宗[illegible]

十六ウ

[illegible]　梅雨
麦秋や[illegible]根新しき星の守　柳風
郭公[illegible]の[illegible]　如水
[illegible]や[illegible]雨　月夕
待宵の気で[illegible]もまた郭公　三珎
[illegible]や見せて何故[illegible]　下市 守清
郭公酒盆の地獄[illegible]　虎弁
[illegible]　我黒
[illegible]郭公　雲鼓
[illegible]や郭公　芭蕉
十六

十七オ

五月

[illegible]
[illegible]吟て
[illegible]　撒士
[illegible]
夜山や[illegible]　圓水
月もや[illegible]五月の晴れ星[illegible]　旧白
[illegible]　呆卜
[illegible]粽[illegible]門の乞食かな　月夕
[illegible]　飲酒

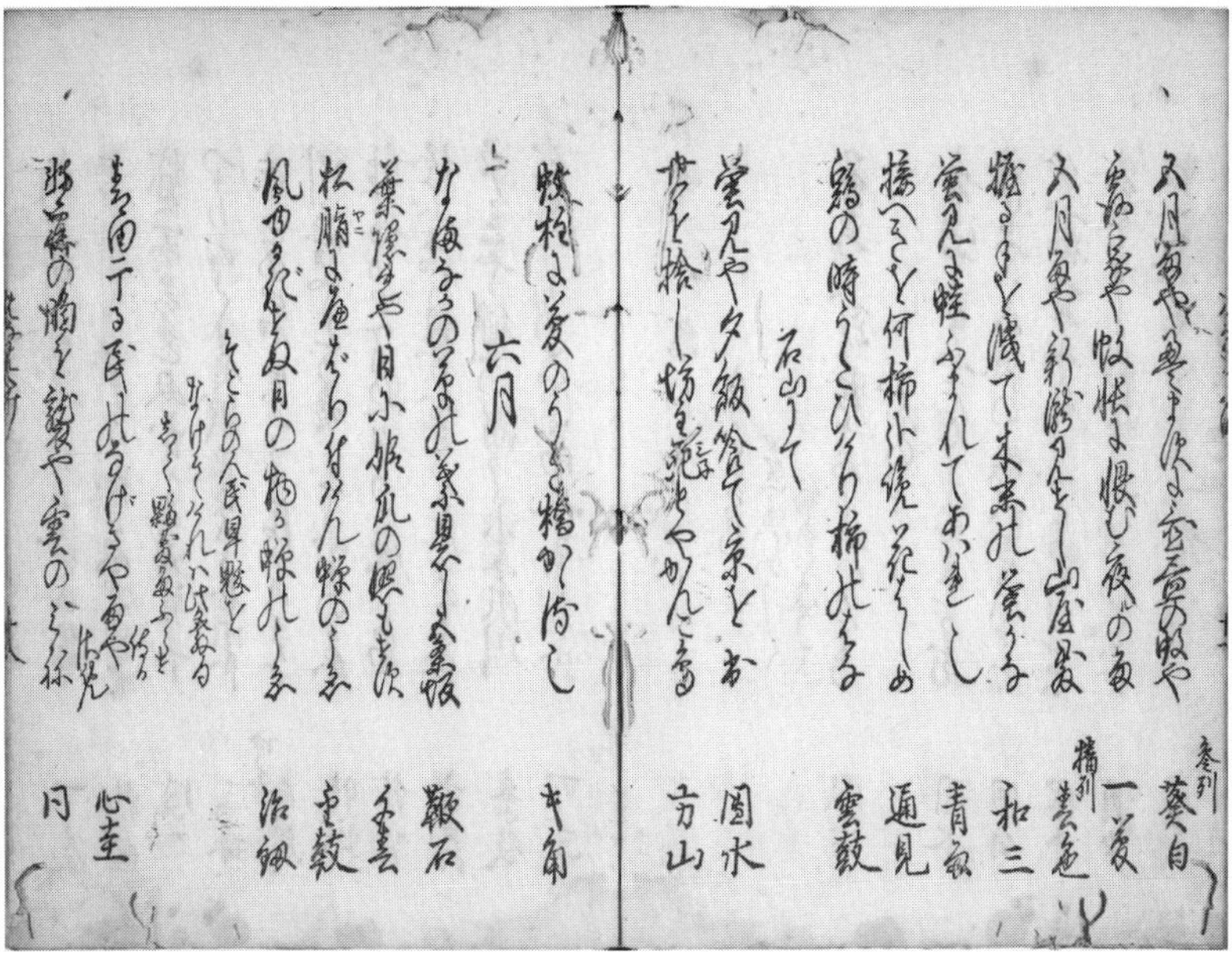

十七ウ

十八オ

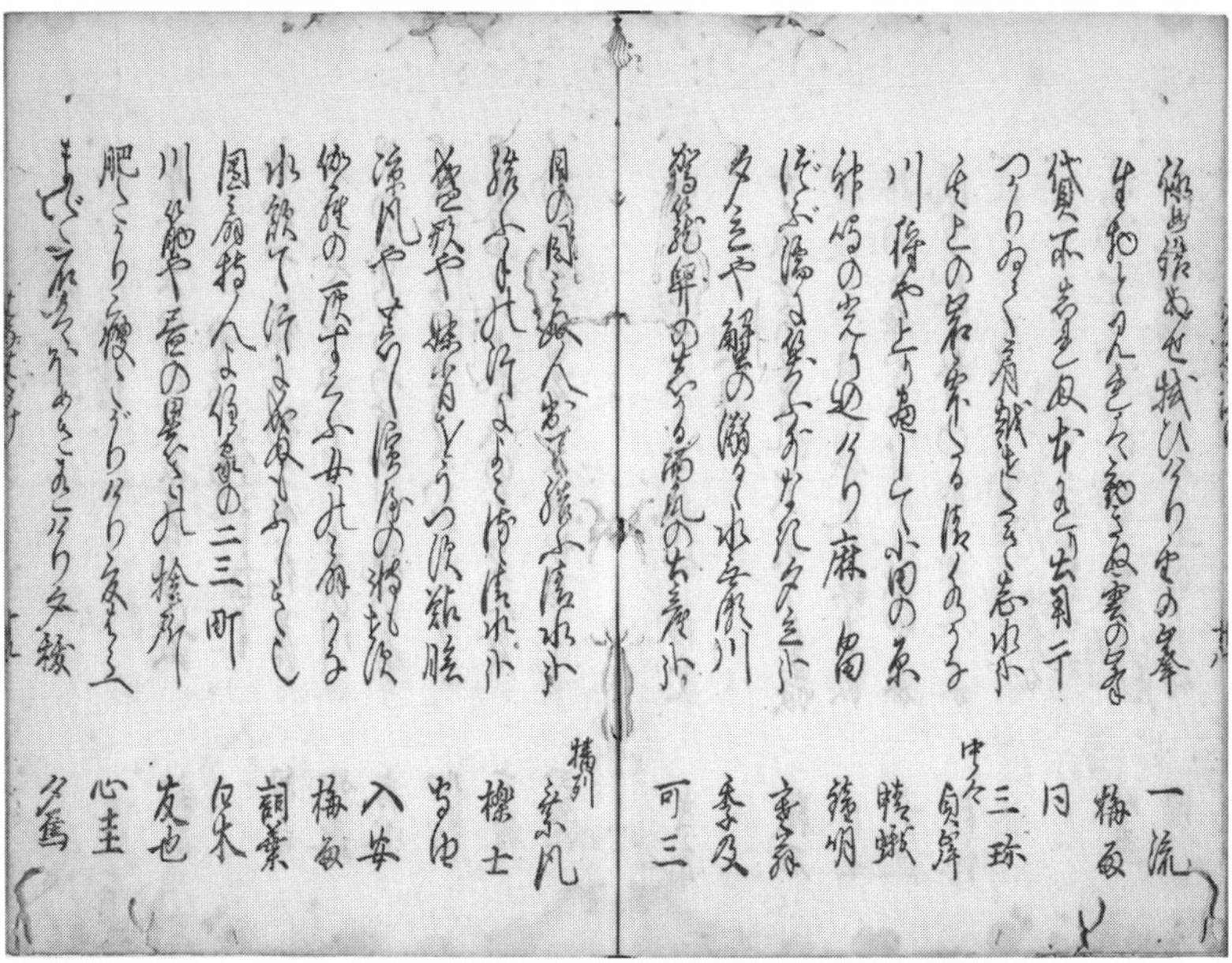

十八ウ

十九オ

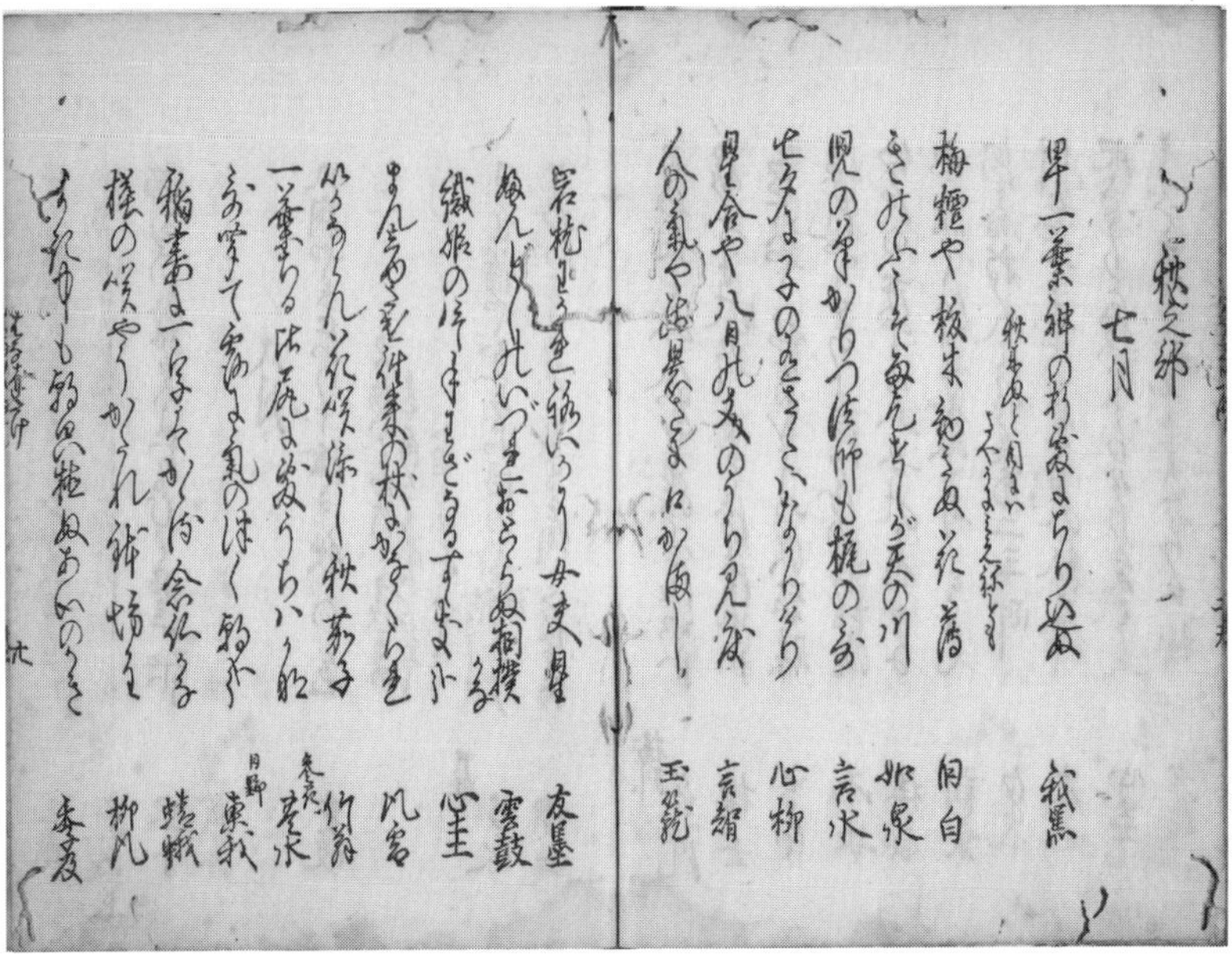


十九ウ　廿オ

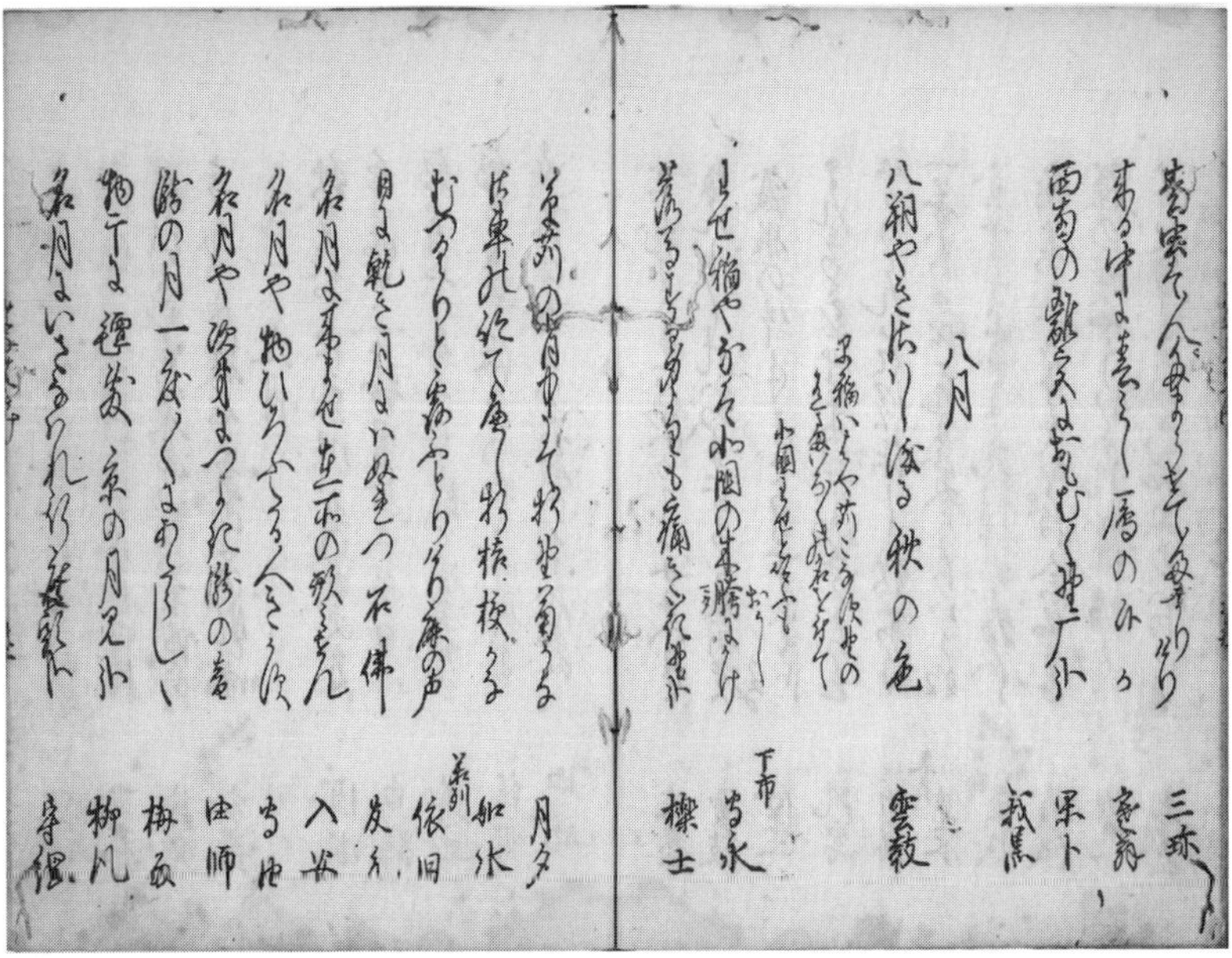


廿ウ　廿一オ

廿一ウ

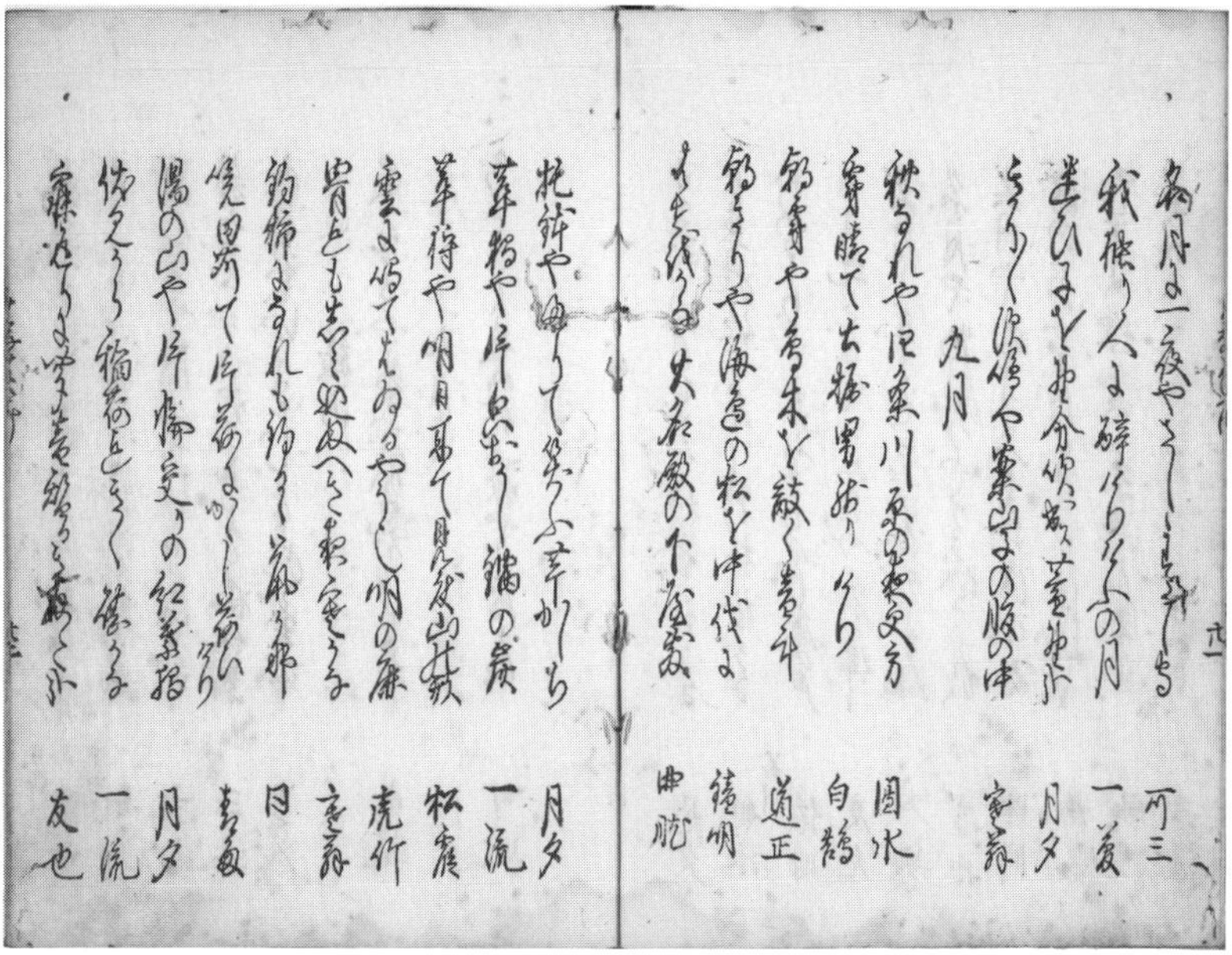

廿二オ

廿二ウ

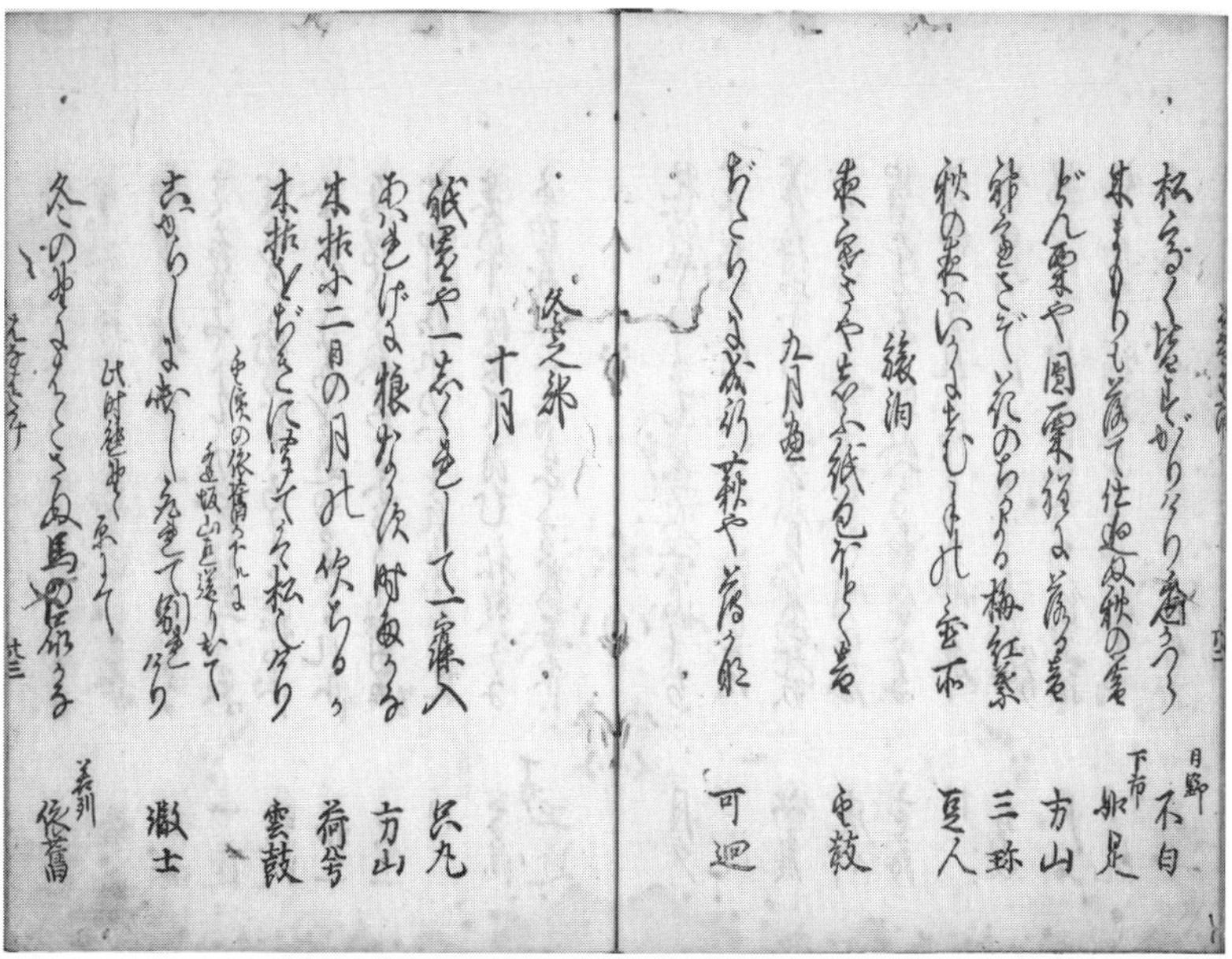

廿三オ

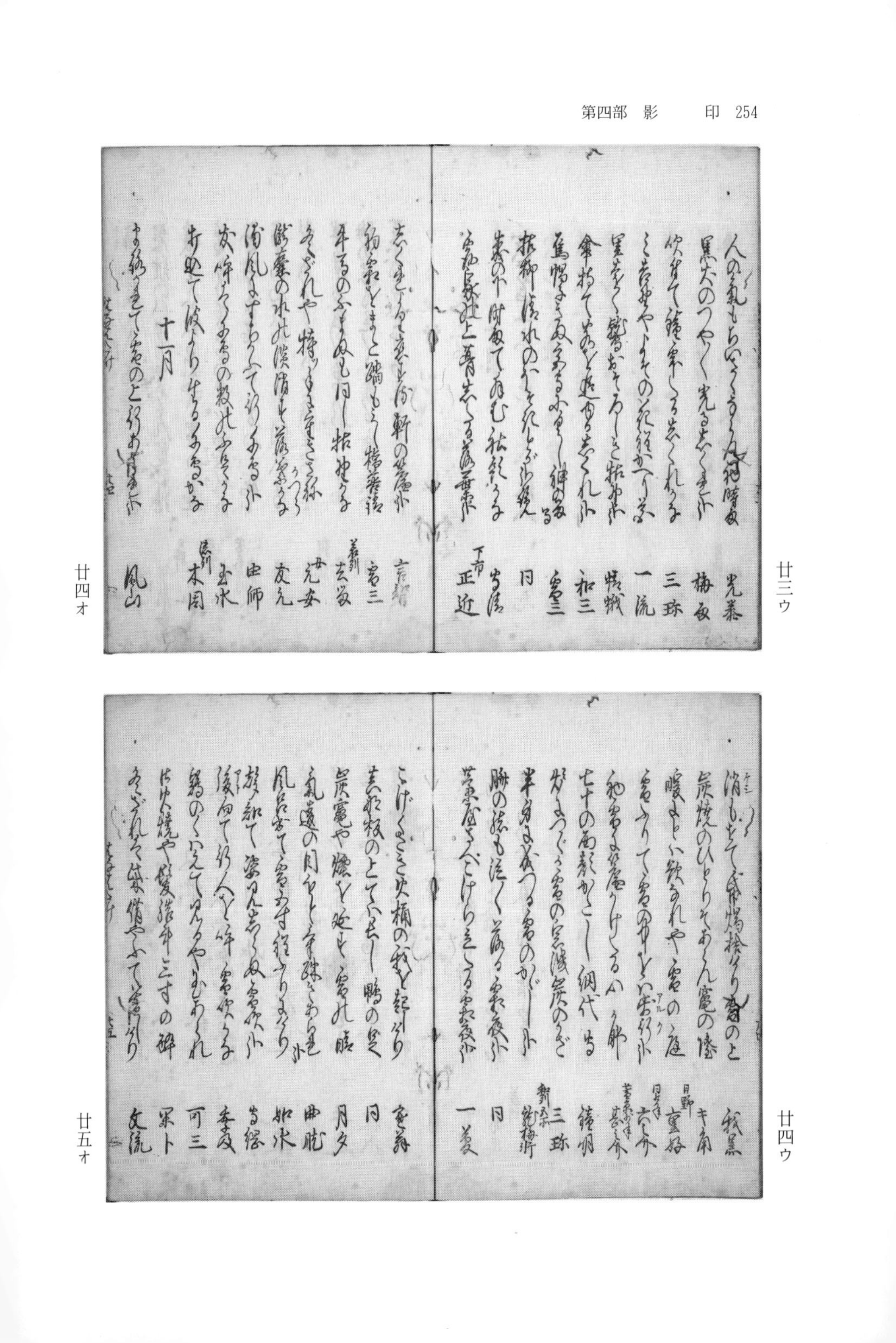

廿三ウ

光恭
梅夜
三珎
一流
嵯峨
和三
同
下市　正近

廿四オ

十一月

元安
友元
由師
玉水
木因
風山

廿四ウ

三珎
同
一蕉

廿五オ

同
月夕
如水
可三
文流

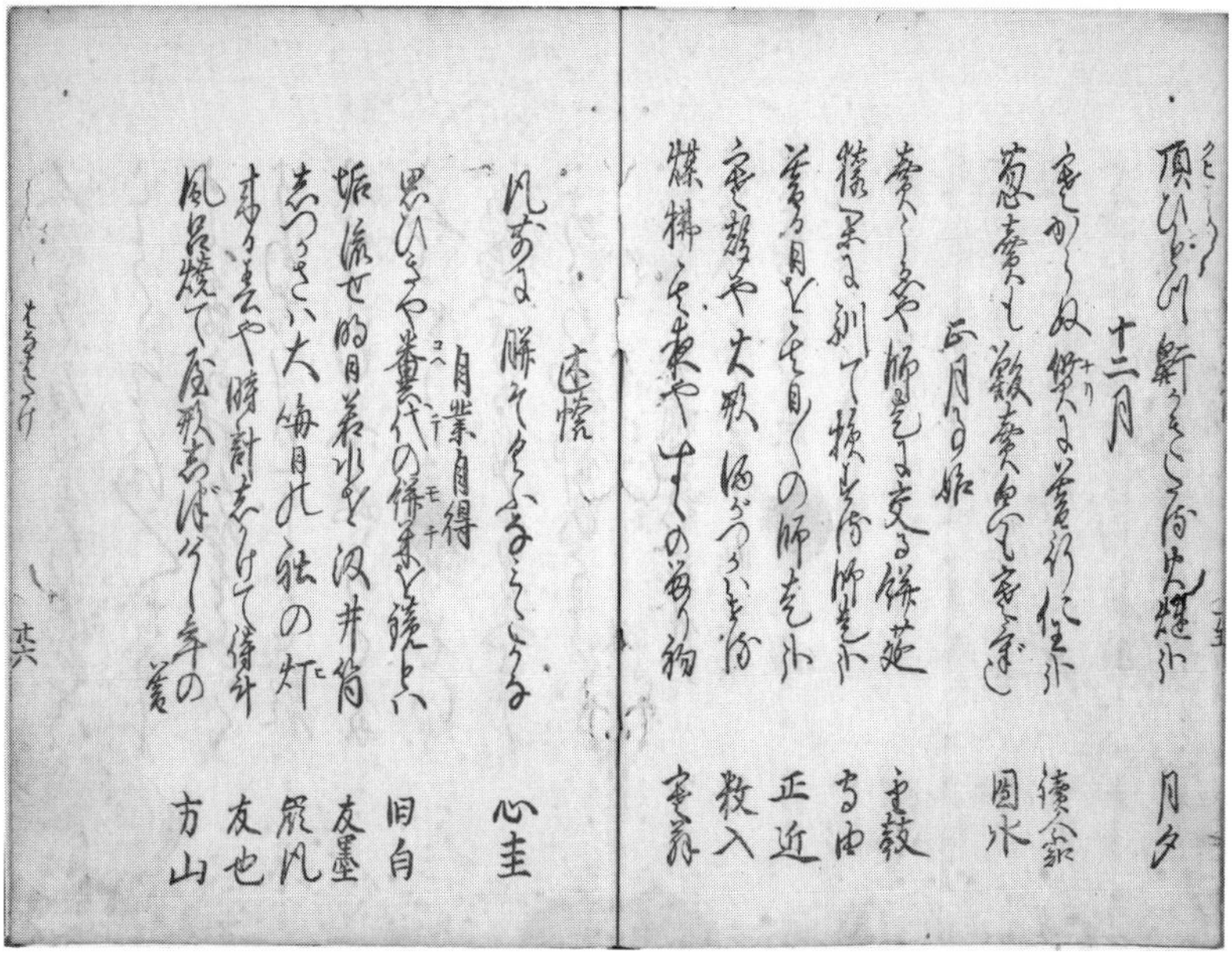

廿五ウ　廿六オ

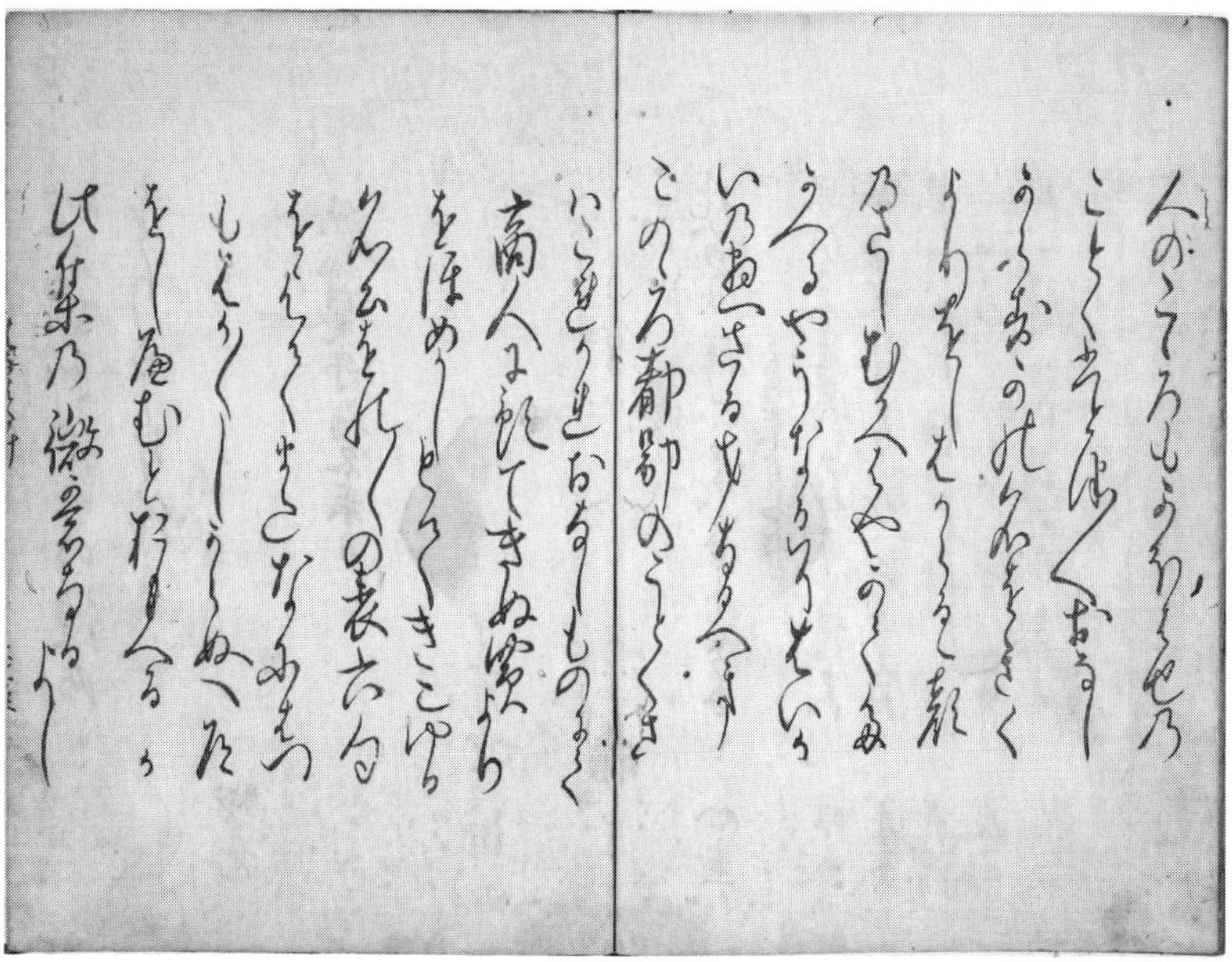

廿六ウ　廿七終オ

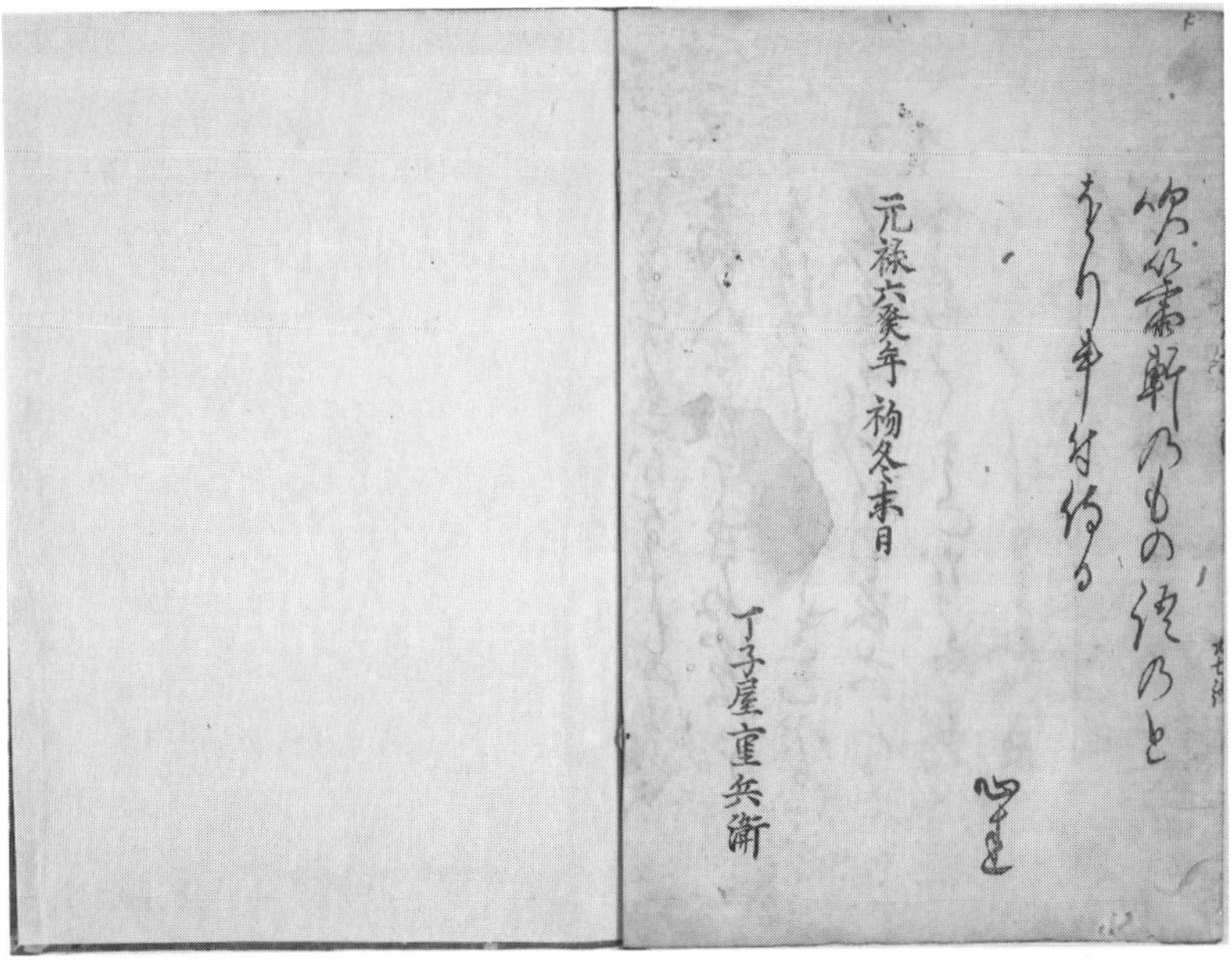


廿七終ウ

裏見返し

裏表紙

（廿六丁板心拡大）

# 初出一覧

## 第一部　徳元誹諧新攷

武将誹諧師徳元伝新攷

1. 改稿「略伝と研究史」
原題「斎藤徳元」『新版近世文学研究事典』（平18・2、おうふう）

2. 架蔵徳元文学書誌解題
『日本古書通信』第864号（平13・7、日本古書通信社）

3. 粋の誹諧師斎藤徳元老
『日本橋』294号（平15・10）

徳元誹諧鑑賞プロローグ
書き下ろし

徳元作「薬種之誹諧」と施薬院全宗・斎藤守三をめぐる
書き下ろし

武将誹諧師徳元よ
書き下ろし

京極忠高宛、細川忠利の書状をめぐって―忠高像と小姓衆徳元像を追いながら―
書き下ろし

研究補遺

1．「一子出家九族天に生ず」考―斎藤道三の遺言状と徳元―
『美濃の文化』第100号（平17・3、美濃文化総合研究会機関紙）

2．関梅龍寺の夬雲と徳元の刀銘誹諧
『美濃の文化』第88号（平14・3、美濃文化総合研究会機関紙）

3．昌琢・徳元と金剛般若経の最終章
『俳文学研究』第41号（平16・3、京都俳文学研究会）

4．謾考　徳元作「高野道の記」あれこれ―織田秀信の歿年月日について―
書き下ろし

5．謾考　徳元作「高野道の記」あれこれ―高野山から吉野勝手の宮へ―
書き下ろし

6．徳元第五書簡の出現―歳旦吟「春立や」成立の経緯―
『俳文学研究』第43号（平17・3、京都俳文学研究会）

7．徳元の若狭在住期と重頼短冊
『俳文学研究』第46号（平18・10、京都俳文学研究会）

8．後裔からの手紙
原題「徳元の『桐の葉も』句鑑賞」『美濃の文化』第92、93号

9．『塵塚誹諧集』の伝来補訂
原題「瀧くや紙屋の徳元句」『美濃の文化』第87号（平13・12）

徳元の誹諧を読む

1．前句付「そろはぬ物ぞよりあひにける」の作者考―徳川秀忠か、『塵塚誹諧集』下巻所収句―

『近世初期文芸』第20号（平15・12、近世初期文芸研究会）

2．漉くや紙屋の徳元句

『美濃の文化』第87号（平13・12）

3．徳元や掘り出て「くわゐ」の句

書き下ろし

4．徳元句と「海鼠腸」

『俳文学研究』第42号（平16・10）

5．徳元の「桐の葉も」句鑑賞

『美濃の文化』第92号（平15・3）

6．徳元の連句を読む

『美濃の文化』第94、95号（平15・9、12）

**第二部　連誹史逍遙**

豊国連歌宗匠昌琢をめぐって

『俳文学研究』第38号（平14・10）

慶長十八年の昌琢発句「賦何路連歌」

『俳文学研究』第40号（平15・10）

過眼昌琢ほか、資料
　書き下ろし
脇坂安元の付句「獨みる月」
　『俳文学研究』第45号（平18・3）
堀内雲皷伝　覚え書
　原題「新出堀内雲皷の陶像をめぐって」『俳文学研究』第1号（昭59・3）
浦川冨天研究
　1．伝記新考
　　原題「冨天伝新考」園田学園女子大学『国文学会誌』第14号（昭58・3）
　2．『諧歌景天集』覚え書
　　園田学園女子大学『国文学会誌』第13号（昭57・3）
浅見田鶴樹の生年
　『みをつくし』第5号（昭62・10、上方芸文研究みをつくしの会）
古書礼賛―宋屋の短冊など―
　『図書館ニュース』第20号（昭62・12、園田学園女子大学図書館）
初秋の候
　『近世　四季の秀句』（平10・1、角川書店）
書評　大礒義雄先生著『蕪村・一茶その周辺』
　『國文學』第44巻1号（平11・1、学燈社）

豊太閤の「鯨一折云々」の書状

原題「謾考　豊太閤の『鯨一折云々』の書状」園田学園女子大学『けやき道』第3号（平13・3、園田学園女子大学国際文化学部文化学科）

仮名草子作品の解題三種

1．小倉物語

『日本古典文学大辞典』1（昭58・11、岩波書店）

2．花の縁物語

『日本古典文学大辞典』5（昭59・10、岩波書店）

3．花の名残

『日本古典文学大辞典』5（昭59・10、岩波書店）

## 第三部　美濃貞門ほか

美濃貞門概略

原題「徳元と美濃貞門」さるみの会編『東海の俳諧史』（昭44・10、名古屋・泰文堂）

岡田将監善政誹諧資料―美濃貞門岡田満足伝―

原題「岡田将監善政俳諧関係資料―美濃貞門俳人岡田満足伝―(上)・(下)」『郷土研究岐阜』第2、3号（昭48・12、49・3、岐阜県郷土資料研究協議会）

明暦前後における東濃久々利の誹壇について―千村氏一族の誹諧―

原題「明暦前後における東濃久々利の俳壇について―千村氏一族の俳諧を中心に―(上)・(下)」俳誌『獅子吼』

第468、473号（昭53・3、8、獅子吼出版部）

寛文期の東濃久々利誹壇

原題「寛文期の東濃久々利俳壇について㊤・㊦」『郷土研究岐阜』第19、21号（昭53・3、10）

櫟原君里編『しろね塚』抄録

書き下ろし

地方誹諧史余録―東美濃釜戸宿の誹人安藤松軒宛、加賀千代尼書簡など―

『国語通信』第86号（昭41・5、筑摩書房）

誹諧史研究余禄―東美濃釜戸誹書『涼み塚』入手をめぐって―

『京古本や往来』第100号（平16・2終刊、京都古書研究会）

## 第四部　影　印

堀内雲鼓撰『花圃』半紙本一冊

元禄六年十月末、丁子屋重兵衛刊。架蔵。

あとがきにかえて―異色の自分史―

外濠回想と徳元の新手紙

『九段界隈桜みち』第9号（平17・3）

小録「蛍草」

書き下ろし

わが父心拓居士への想い
住友信託銀行ＯＢ会誌『信泉だより』第73号（昭59・秋季）

〔参考〕地方の友へ—一つの手紙—　丹慶英五郎
『日本文学誌要』復刊第1号（昭32・12）

妄想や　この手柏の
書き下ろし

# あとがきにかえて
## ——異色の自分史——

### 外濠回想と徳元の新手紙

平成十六年六月十二日午前、日本近世文学会に出席のため上京した私は、赤坂見附から三宅坂、半蔵門、九段下へと「桜みち」経由でＪＲ飯田橋駅へ出た。そこで友人の深澤秋男昭和女子大学教授と落ち合って、汗ばむほどの陽気のなか、青葉茂れる桜並木を逍遥した。

これよりさかのぼることちょうど半世紀にあたる昭和廿九年春、法政大学文学部日本文学科二年次、廿歳の角帽姿の私は、川崎市木月（きづき）の教養部から飯田橋の本校に移って、校歌にうたわれている「蛍集めん門（かど）の外濠」公園を通り抜けたものである。その時分は戦後復興が緒についたばかりで、なんとも殺風景な土手だった。下校時には先師近藤忠義先生と、卒論のテーマ「西鶴俳諧」に関する方法論を拝聴しつつ、飯田橋駅に向かうこともあったのだ。先生は思想的に純粋で、颯爽たる国文学者であられた。

十二日午後、私は学会に出席するついでに、深澤学兄の東道で、富士見町の母校法政大学を訪ねたのである。しかしすでに、黒ずんだ灰色の六角校舎は存在していなかった。

卒業後、私は、武将誹諧師斎藤徳元（一五五九〜一六四七）の研究一筋に四十余年。その直筆になる五番目の手紙が新たに発見され、昨年（平成十五年）十一月十二日、東京古書会館での入札・下見会に出品されたため上京、実見することができたのだった。徳元はれっきとした豊臣方の武将で、かの斎藤道三の外曾孫にあたる。関ケ原の敗戦で運命は一転、若狭を経て江戸に出て誹諧の道に入り、寛永時代には武家誹諧文化圏たる江戸誹壇の指導者として重きをなし、江戸五誹哲の筆頭に位置づけられた。

この手紙は寛永七年（一六三〇）正月、斎藤玄蕃にあてたもの。なかで注目すべきは、末尾に「はいかい／春立やにほん目出度き門の松／一笑々岡みのゝ殿のうらやしきニとくと有心／申候」と記したくだり。「春立や」句は徳元一代の名歳旦吟で、文中に見える「岡みのゝ殿」とは、「赤坂御門前」に上屋敷を構える譜代大名・岡部美濃守宣勝を指す。父君長盛は徳元と連歌を通じて雅交深く、この句はここ岡部侯の屋敷で詠まれた作と解すべきであろう。また、「にほん（日本、二本）目出度き門の松」とは豪壮たる赤坂見附御門、それは石垣枡形門に茂る大木の松を指すのであり、これぞ徳川将軍家賛美の歳旦吟なりというのが、私の新解釈である。現在の衆参両院議長公邸の辺りにあった。

その昔、徳元公も私がかつて青春を謳歌したプロムナード「桜みち」を、花見を兼ね吟行したことであろう。こう考えると、四百年の時空を超えて、彼がぐっと身近な存在に思えてくるのである。

## 小録「蛍草」

夏から秋へ。枚方市駅へ向かうバスの車窓からいつもの癖で過ぎゆく野菜畑やわが斎藤徳元の句、「犬蓼やほへ出るそばのゐのこ草」なる草花などをぼんやりながめながら、いると、「田ノ口中央」の停留所近くで、下水溝に一面、「蛍草」（露草・月草トモ）が群生。あざやかなブルーの二枚の花弁にちっちゃな黄色い花芯がぽっちりと咲いているのを見つけた。私は思わず、ワアッと声を上げそうになった。敬老の日に、今度は改めて、てくてく出かけていって実見し、数葉、カメラに収めたのだった。

元和三年板『下学集』を繙いてみると、草木門第十四に、「露草（ツユクサ）又云フ二月草ト一亦ハ伝フ二鴨頭草（ヲウトウサウ）ト一也」とあり、『毛吹草』連歌四季之詞・中秋の条に、「月草露草」。更に、『滑稽雑談』巻之十六・八月之部には、「鴨跖草（つきくさ）──○大和本草曰、鴨跖草（あをばな）、葉は竹葉に似たり、花の形は鳳仙花に似て碧色也、和名月草とも露草とも云、（中略）。花は用て絵を書、藍の色の如し、水にて洗へば消、故ニ下絵を書に用ふ。又うつし花と云、鈍色とはうつし花にて染る也○八雲御抄云、露草・月草、うつろふ者に云り、思ひ草とは露草也と、……此花は月影にあたりて咲けば、月草といふ也……おもひぐさ（古歌）・ほたるぐさ（勢州）・朝間にひらき午前に萎む、」とある。すれば、徳元句集たる『塵塚誹諧集』下、江戸居住時代の発句にも、

秋

おもひ草の中におゆるや男草

があったではないか。類句の徳元句に、

女子竹に生へてかゝるやをとこ草

も、ある。因みに、下五の「おとこ草」とは、前掲書『滑稽雑談』七月之部に「男倍芝──仙覚抄云、おとこをみなの花とは、おほとちと云草をば、男をみなへしと申也○袖中抄云、おほとちは、女郎花に似て、花のいろ白き也、されば男へしとも云、男をみなの花と読たるは是か。」徳元著『誹諧初学抄』四季の詞─初秋の章に、「お（を）とこ草」と見えていて、秋季。『毛吹草』には収録されていない、「男郎花（をとこへし）」が「おとこ草」であろうかと思う。中七の「生（お）へる」は、陰茎が勃起するさま、を言うか。蛍草などの秋草に武将徳元一流の恋心を垣間見せた戯（ざ）れ句ではあろう。

私はいささか横道にそれ過ぎたようである。さて、如上の蛍草・露草・月草・おもひぐさイコール「をとこ草」をイメージしていると、遙かな、ずっと遠い記憶の彼方、六十年もの昔、父の敏郎とふたりっきりで過ごした満州国と

関東州との国境近く瓦房店(がぼうてん)街における、鷗外作ならぬ、陶玄亭散人戯稿「キタ・セクスアリス」の日々が想起されてくる。

まだ現役の、園田学園女子大学文化学科主任教授だったころに、いわゆる遊び心で書き綴った小文「秘すれば花」(平成十一年一月十七日記)なる、冒頭部を抄記したい。因みに右、「瓦房店」なる都市のことは、阿川弘之さんの新刊『亡き母や』(講談社)に、「兄幸寿は、安東、奉天、**瓦房店**、**大連**、大石橋云々」(126頁)と、ちらり見えている。要するに昭和十九年当時の、「瓦房店」駅は満鉄・連京線(れんきょうせん)を走る特急「はと」号の、途中停車駅であった。

子供の頃の私には、なぜか亡母を始め、年上の美しく勝ち気な女性からソ連の女兵士に至るまで、よく可愛がられる性(さが)があった。それは多分、色白で目がパチクリしていて素直な甘ったれの坊ちゃん坊ちゃんしたところからかも知れぬ。

そんな幼少期のある年、—それは敗戦の夏から冬にかけての逃避行の日々のことが、六十五歳の現在に至るもわが脳裡にある女性と父との愛欲の光景がいつまでも焼きついて、その夜の出来事を想起するたびに、あやしくからだの興奮を覚えたりする。

寝床のなかで、女性は少年の私にかるくキスをしながら、「(略)」とわが耳もとに囁く。父もニヤニヤうなずいている。私にはそれがなんだかわからなかったが、ちっちゃな反撥と好感とが交錯して(この感情は四十歳代まで続く)彼女の為すがままにしていた。ただ遠く離れた、大連の母には無性にわるいとは思いながらも……、しかし姉サンはとてもすてきな人だったのだ。市立大連高女出身の、美しくハキハキした利口な女性で、当時、徳和紡績KKの総務部長兼大連事務所長を勤める父の秘書であった。歌唱も上手で、私にローレライの歌を始め、菩提樹、夢去りぬ、古き花園、雨のブルースなど、それまで聞いたこともない新鮮な調べでいわゆる「女学生愛唱歌」の数々を優しくていねいに教えてくれたし、料理もうまかった。ときには彼女が住んでいた満鉄官舎から瓦房店の野山を、よく手をつないで口ずさみながら散歩もしてくれた。現在では、もう「恩愛の姉」と純化しておこう。

　昭和廿年八月十五日正午、天皇の玉音放送を大連市静浦海岸の自宅で聴くとすぐ、私は亡母濱子の指示にて亡父とふたり大連駅発、瓦房店ゆき。そのまま十二月上旬まで、瓦房店に滞在した。というよりも、国境が閉鎖されて帰れなくなってしまったのだ。私は小六・満十二歳。亡父満四十五歳。そしてテル子姉さんと……。以下は瓦房店での逃避行の秘記である。

戎衣（じゅうい）縫ふ　ミシン工場のアカシアに　日蜩（ひぐらし）鳴きて　午（ひる）の陽さがる　（昭十八・九・十六、父檳榔子詠）

　その日の夕方には瓦房店に着いた。駅前通りから離れた、徳和紡績本社近くの社宅に落ち着く。前方はなだらかな丘陵地帯で〝瓦房富士〟が眺望出来た。間もなく姉さんがやってきて「―ちゃん。あいやマア。」と声をかけられ和んだ気分になる。その夜は彼女の手料理で心が安らぐのだった。八月いっぱいは平穏にうち過ぎてゆき、私は見渡す限り続く高粱（こうりゃん）畑のなかをひとり遊び惚けた。工場群のよこを連京線が大連・ハルピン間を一直線に走っている。夕日を背に雁行をぼんやりと眺めたりしながら――。

　八月も末近く、ソ連軍の戦車が轟々と地響きをたてて会社に侵入してきた。工場や建物群がつぎつぎと接収された。ウィスキーを飲む豊満なる女兵士の姿に少年の私はただ目を丸くするばかりだ。とに角、ソ連兵は野性的で掠奪を繰り返して暴虐のかぎりを尽くす。小学校時代の私は腺病質で、よく熱を出した。それで、姉さんが心配して実家が小川の向こう、丘の森の日本人住宅街が点在し、満鉄の官舎も在ったので、九月始めに、姉さんに連れられて一時、避難する。しばらく滞在したが、その後、いったんは父のもとに戻った。十月、十一月ごろは修羅場で二ケ所ぐらい移動したが、よく覚えてはいない。確か、金州内外綿ＫＫの工場内に強制収容される。同所で父が発疹チフスにかかり重症、されど年配の、吉岡ムメノさんという臨床経験豊かな看護婦による、献身的な治療と、姉さんの介抱で助かったことなど……。いわゆる九死に一生を得た次第だった。

姉さんの実家は姉夫婦の宅で、小父さんは満鉄の機関士。正義感の強い律義な、やさしいひとだった。ときに目まぐるしく変転していく大連の情勢も仕事柄伝えてくれた。私はとても不安を覚えた。されど近くに、姉さんの姪で「吉子（よしこ）」ちゃんという、小学四年のチャーミングな小娘がよく遊びにき、いっしょに虫取りに野山や、小川に咲く蛍草を彼女が摘んでくれたり、籐椅子に腰掛けてはしゃぐなどして、過ごすことが多かった。ふと、振り向けば私の顔をじっと見詰めている彼女ではないか。初恋だったか。私たちは気が合って以来、夜はたがいに細った肩をくっつけてやすむこともあったのだ。

さて、十二月上旬に、それは瓦房店街の丘陵には霜がおりる早暁に、とつぜん、大連から当時、中学三年の兄恭彦がとても厳しい表情で、父と私を迎えにきてくれた。大連間がふたたび開通した由。一日おいて、赤の横線の「満人専用」列車で帰宅することが出来た。のちに兄が想起するに、おそーい客車やったなア、と。吉子ちゃんとは敗戦下における一夏（ひとなつ）の、「蛍草」だった次第である。

〈再録・徳元研究への回帰〉

花よめや　柳のばゞの　孫むすめ

「柳の馬場」は、もと万里小路（までのこうじ）と呼ばれた。『京雀』によれば、いにしえ民の家屋がいまだ建ち並んでいなかった頃に、この小路には柳が多く生え続いていたので「柳馬場通」と称したらしい。柳馬場と遊廓についても、『坊目誌』に、天正十七年五月、許可を得て此街二条の南北の地に遊廓を設置。当時道路の左右に柳の並木を植う。俗に称して「柳馬場（やなぎのばんば）」と呼んだ、とか。

すれば天正十七年五月、徳元時に卅一歳の若さ。この前後、徳元は上洛して関白秀次に仕官する。因みに二条柳町の遊廓は、慶長七年（四十四歳）に六条三筋町へ移転した。柳に馬場は縁語（『類船集』）。「馬場」は又、婆（ばば）。未だ遊廓が存在していた時分、〝柳の婆（ばば）〟は廿歳代であったろうか。対するに若き日の徳元の好色ぶりが想像せられよう。さて、ことし寛永三年六十八歳の春、徳元は卅数年ぶりにいまは傾城町の面影すらない柳馬場（ばんば）通を再訪してみる。と折しもそこに可愛らしき花嫁姿が眼にとまった。花嫁御は昔、艶聞を流したあの柳の婆（ばば）、彼女の孫（馬子）娘であったのか。

（拙著『斎藤徳元研究』上―196頁より。平十六・九・廿七記）

## わが父心拓居士への想い

昭和十五年も深みゆく秋、当時、小四の兄に連れられて小一の私は黄昏の東京駅へ出て父の帰りを待った。そのころ一家は北浦和字針ケ谷に住んでいた。日独伊の三国同盟が締結せられて風雲急を告げようとする時勢であった。やがて夕闇のなかにソフト帽をやや前深めにかぶった父の姿を認める。私たちはその夜、三国同盟成立を祝う提燈行列を見物するためだった。そうして父といっしょにしゃれたレストランで食事をすませたあと、丸の内のビル街に出て、明滅する提燈の列に見とれて、その切れ目切れ目に掲げられて来る近衛首相やヒットラー総統らのでっかい肖像画に少年らしく歓声をあげたりした。父の横顔にも心のたかぶりが見受けられた――。

久しぶりに父の編集に成るわが少年時代の写真アルバムを開いてみる。父の住友信託在職時代における思い出としては、ほかに吹田市泉町の生家でのことから、千里山ピクニック、石清水八幡詣で、天ノ橋立行など淡彩画の如く浮かんでくる。それから二年後、父は東京支店勤務からふたたび古巣の大阪本店営業部に戻った。むろん一家転住、千里山の近く豊津に移り住むことになる。翌十八年小四の夏、――それは五十歳になった現在でも私の脳裡にあざやかに残っている光景なのだが――父は満廿有三年勤務した信託を中途退職して満州の瓦房店に本社工場を有する徳和紡績KK大連事務所長として単身赴任をしたのである。七月末の昼下がりに、母と姉・兄・私はパナマ帽に白い麻のスーツという出でたちの父のあとについて出かける。新京阪・千里山線の電車のなかでもなぜかたがいに無言のままであった。父がこのまま日本を離れて満州へ渡ってしまうなんてウソだ、信じられない出来ごとに思えたからだ。すでに大阪駅山陽線のホームにはわざわざ見送りに来て下さった人たちで白一色の人垣、その人垣のなかへ父は吸いこまれていく。そこには著作『住友信託物語』にも登場する重役の佐藤重鎰氏の童顔小柄なお姿も見える。因みに後年、母の話によれば著者が生まれた昭和八年当時、父は検査役附属として佐藤氏のもとで指導を受けて、共に九州など出張の旅を楽しんだとか――。やがて発車のベルが鳴った。こうして父は朝鮮経由にて雄々しく私たち家族の〝核〟から飛び立っていってしまったのだ。その夜、母はひとり寝床のなかで泣いていた。

○東萊(とうらい)のいでゆにひたり妓生(キーサン)のアリラン聞きぬ月白き宵 (昭十八・七・廿六)　檳榔子

○戎衣縫ふミシン工場のアカシアに日蜩鳴きて午(ひる)の陽さがる (昭十八・九・十六、瓦房店)

○静浦の浜辺にゆきて磯蟹を妻と追ひつゝ故国を語る (昭廿一・八・十七、大連静浦海岸)

さて、わが親父心拓居士逝いて廿三年、冥府のかなたにあって往時茫茫果てしがないが、ただ現在の私自身にとっては、昭和卅二年の春に大学の日文科を卒業せし折に、父は「憂き世の苦難は彼の就職難事によって、再びわれひとり悶えねばならなかった。」と記して数首詠むなかに、

○元禄の庶民文化の研究をめざせるあ児は生きる途なし (「夢想浄明道」)　檳榔子

と。すまない。が、ふり返って見れば私の前半の苦闘は亡き父と母への鎮魂であったわけだし、それは今後も続くことであろうと思う。

(昭五九・八・八稿)

〔参考〕

## 地方の友へ――一つの手紙――

安藤君

たびたび君からお葉書をいただきながら、この頃はいささか雑務に追われがちで、ゆっくり返事も書けないでいました。まだ就職の問題も解決していない様子ですが、しかし、徒らに焦燥に駆られることなく、しずかな落ちついた気持ちで、ともかくも自分の勉強にいそしんでいるらしい君の姿が想像されて、それをぼくはぼくなりにうれしく思います。

日本文学協会の支部を設立したり、俳諧研究会を組織したりして、対外的な活動にまでも、手をのばしているらしい積極的な君の態度には、ぼくはうれしく思うだけでなしに、はるかに敬意を表しています。

君の現在の境遇からいってもそうですが、また勉強の推進・継続という点からいっても、出来るだけ速かに就職の問題が解決されることが、この際、切に望まれることはいうまでもありません。一定の職業につけば、当然にいろいろな雑務にも追われがちになり、実際には、たしかな勉強を継続してゆくことは、ましてある一つの研究テーマにとりくんでこれを完全にまとめあげることは、ほとんど予定通りにはいかず、はるかに困難になってきます。けれども、ある一定の職業というものが、それが自分に適したものか否かは一応ここには別問題としても、なんらかの意味でぼくたちの生活に一つの中軸点を与えてもくれることは、たしかに疑えない事実です。この一つの中軸点によって、とかく放漫になりがちな自分の生活心境も、また雑務によって混乱しがちな自分の生活そのものも、客観的には整理される方向に一応はともかくもむかっていきます。

ぼくはこのような意味からも、君の就職の問題が、この際、出来るだけ速かに解決されることを心から祈っています。それにしても、ぼくのたぐいなき無力さのために、君の当面している就職の問題の解決には、ぼくがほとんど役にもたたないことを残念に思います。今は、ひたすらに君からの朗報を期して待つほかはない、というわけです。

東京には、いい刺戟もたしかにありますが、またその反面には、猥雑な刺戟も多すぎます。地方には、いい刺戟も少ないかも知れませんが、また猥雑な刺戟に悩まされることも少ないと思います。結局に於いては、この点についていえば、それぞれに一長一短ということになりはしませんか。

地方に腰をすえて生活しながら自分の勉強を推進してゆくことに、むしろ君が積極的な意義をやがて見出すに違いないことを、ぼくは今から確信しています。君の現在の生活態度からも、それを期待することは、いささかも見当違いだと思いません。ぼくは君からの、地方でのいろいろな悩みも喜びも、その勉強の成果をも、すべて知りたいと思います。ぼくがそれらの報告をいつも待っていることを、どうか忘れないで下さい。

この正月は、お父さんといっしょに多治見で迎えるわけですね。

御自愛を祈ります。

（昭和三十二年）十一月二十七日

丹慶　英五郎

（※当時、法政大学文学部助手・法政二高教諭）

（『日本文学誌要』復刊第1号、昭32・12、法政大学国文学会）

## 妄想や　この手柏（てがしわ）の

すべて朱造りで、三洞に分かれた「大紅門」なるゲートをくぐると、まっすぐに延びる広大な参道、その向こうには世界遺産にも登録の清東陵（しんとうりょう）が望めた。参道の両側には、石像十八対が威風堂々、その先頭に皇帝のシンボルである、龍を彫刻した一対の「石望柱」が天に向ってそそり立つ。因みに明朝十三陵と較べてみると如何。同様に大紅門、「華表」なる石柱も有之、なれども頂（いただき）には獅子吼が、「望天吼」と呼称される。こちら清東陵のそれは一見、「魔羅（まら）」に似てにょきりと勃起している如し、だ。魔羅とは仏語で破壊とか魔王の意味で、歴代清朝の皇帝は喇嘛（ラマ）仏教――ヤブユム性交仏（※歓喜仏ナル呼称ハ誤リ）を信仰していたらしい。その所在は、北京市の東北部、河北省遵化（じゅんか）県に位置した。満州引揚げの自分史のうえで、この清東陵参観を果たすことが、私の年来の夢であったのだ。

昭和十九年四月末、国民学校五年から旧制中学一年の冬まで、私は両親・姉・兄と共に関東州大連市小波町（さざなみちょう）（※小龍街）で過ごした。渡った当初の一学期から二学期にかけては、聖徳公園の近く不老街（ふろうがい）の仮住まいに移り住む。五月になると、緑濃きアカシヤの街路樹に花が咲き、戦争末期の神懸かり的な軍国教育に解けこめない気弱な一少年の孤独な心を和らげた。アカシヤの白い花を摘んで、母がよく天麩羅に料理してくれて香りと甘味でおいしかったことを覚えている。聖徳国民学校は居心地もよく、担任の原俊夫先生とも気が合った。裏通りはいわゆる〝満人街（まんじんがい）〟で、よちよちと黒無地のチャイナ服姿で五十歳前後の纒足（てんそく）女や、〝泣き女（ばば）〟を先頭に葬式の行列に出逢ったり、素裸の幼児が道端を走り廻っている景などは、正に異国へ来てしまったナ、という実感だった。母もポツリと「遠ーいところへきたわね」そう呟いた。これらの光景に私はすでに滅びてしまった大清帝国の残影を見る想いがするのである。蓋し、西太后は岡本隆三氏の名著『纒足』（弘文堂、昭38・12刊。架蔵）によれば、彼女自身も纒足をしていたらしいが、されど「纒足禁止令」は出していたとか（157頁）。清朝政府は約三百年、一貫して軍事国家であった。三井本社調査部「清朝ニ於ケル漢民族統治問題」（昭19・10、孔版。架蔵）による。

私たちは、乾隆帝の裕陵を参観した。「地宮」なる地下宮殿に進む。八扇の石門が有之。その第一石門の扉中央部には満州族にふさわしく、文殊菩薩立像が彫刻されていた。次いで、西太后の定東陵を参観する。それはまことに絢爛豪壮で、とりわけ拝殿に相当の「隆恩殿」、現在では「慈禧太后塑像館」と呼ぶ――内景の趣向にはびっくり、あきれ果ててしまう。中央に西太后扮する観音像が、脇士（きょうじ）役として左側には愛人の李蓮英（りれんえい）が扮する韋駄天（いだてん）像、韋駄天はもとバラモン教の神様で、仏法の守護神となった。そして右側のかわいらしい少女の像は、龍女とか。多分、『西太后汽車に乗る』の著者、徳齢（とくれい）女史であろうか。これらは正にチベットのラマ仏教で言うところの活仏（かっぷつ）の景ではないか。

平成十五年二月廿七日（木）、早春も間近なれど東道の、（前）日本スチールケースKK社長・尾形卓也氏（※旧制・北京中学校出身）が戦前に住んでおられたという、北京市街の朝空はつめたくて晴れてはいたがスモッグだった。八時卅分、われわれ清東陵観光ツアーは、まず天壇公園を参観する。円形の祈年殿や、回音壁に囲まれたる皇穹宇（こうきゅうう）（※大空）、歴代の清帝が天帝に祈った圜丘（えんきゅう）など。因みに、清国は文殊信仰（マンジュシエリー）に由来する満州族、その族称も亦マンジュシェリーから成る王朝で、シャーマン信仰の民族だった。この点は、ラストエンペラー溥儀の自伝『わが半生』（上）（筑摩書房刊）にも触れられている（6頁以降）。安部健夫著『清代史の研究』（創文社東洋学叢書、昭46・2刊。架蔵）によれば、賢帝多き清朝の皇帝は（23頁）十八世紀末まで祭祖・祭天の行事を盛んに営まれたようで、ここ天壇はその中核であったろう。

夏は北京郊外の避暑山荘たる、承徳離宮を中心にラマ仏教殊に男女合体のヤブユム仏像、上楽王(じょうらく)歓喜仏や上楽金剛(ヤマンタカ)歓喜仏など、モンゴルの場合では一段と艶麗でエロティックなるシタサムヴァーラ歓喜仏を、それはもう熱心に崇拝したらしい。真言「オム　マ　ニ　べ　メ　フム。（「ナムアミダ仏」の原語）オン　キリク　ギャク　ウン　ソワカ。」と読誦・合唱したか。太祖奴児哈赤(ぬるはち)帝（一五五九〜一六二六）の晩期に当たるけれど、奇しくも彼とは同い年(おないどし)だった、わが斎藤徳元の日発句にも、

　名にしおはゞ合する貝や姫初(ひめはじめ)　　（『塵塚誹諧集』上）

同集下巻の付合中に、

　花嫁にしたらさゝるまひ中ならし
　　あたゝかなそゝをなめくじりつゝ
　眉かすみけむしのやうな股ぐらに　　（第六、虫獣）

いやはや、猥褻々々。

さて、私たちふたりは北東の長廊を通って出口へ向かっている折だった。右側の広大なる内庭に、見事なる一見、ヒノキに似た老木が、わが目を引いた。中国人のガイド君がいわく、「この樹は松柏という樹です」と。私は一瞬、徳元が旅泊せし奈良市郊外・奈良阪町在の、奈良豆比古(ならづひこ)神社境内に存在せる一本の万葉樹「児の手柏(このてがしわ)」の若木が脳裡に浮かんだ折も折、同行の男性氏が、かん高い声で、「安藤サン、この樹は、コノテガシワでしょ。コノテガシワ

やッ」と確認を求められて、私も内心、ああ、やっぱりそうかとうなづいてカメラのシャッターを切ったことだった。参考までに、前掲の奈良豆比古神社境内に在る「若木」の写真と見較べてみた。艶々した幹、枝分かれした様など一目瞭然、確かに天壇公園のそれは「児の手柏」の老樹である。静浦海岸近く小波町の自宅玄関に植えられていた松柏も同様か。試みに、手許の『大辞泉』（小学館、平7・12刊）を繙いてみよう。

児（こ）の手柏（てがしわ）

ヒノキ科の常緑高木。枝は手のひらを立てたように出て、うろこ状の葉を密生し、表と裏がはっきりしない。春、雄花と雌花とが単生し、球果には突起がある。中国北西部の原産で、植栽される。（991頁）

なる程、児の手柏は中国北西部の原産で、万葉の時代に奈良坂の地に移植されたことであろう。『奈良阪町史』（平8・4、私家版）の著者、村田昌三氏の研究も亦参照せられたい。ところで、徳元の狂歌は二首、後者は寛永二年三月の詠である。

奈良坂やこの手柏（てかしは）のふたおもてとにもかくにもねぢけ人哉　（『尤草紙』上―十）

なら坂やこのかし宿のふためけばとにもかくにもねられざりけり　（『塵塚誹諧集』上）

その夜は清東陵観光ツアーにとって最後の夜だった。私は宿舎たる、天津金禧大酒店で北京通の尾形社長ご持参のうまい日本酒をいただきながら、たまたま氏が長城の「黄崖関（こうがいかん）」の入口で入手せられた、珍らしいモンゴル系の上楽王（ヤブユム）歓喜仏（※真鍮製）をおもろく鑑賞した次第である。両隣の女性客らしい部屋からは夜半に至るも声高（こわだか）、バタバタと音をたてたり、時折水洗の音などふためけば、妄想やとにもかくにも寝つかれなかった。

（平十六・八・九、改稿）

〔**追記**〕亡父が、昭和廿一年敗戦後の晩秋に、大連駅前・常盤橋（ときわばし）の露店で満人から清末に制作かヤマンタカ合体歓喜仏一体を入手している。現在、拙宅に安置する。平成十七・七・廿八記。

わが机上には、妻の香陽が毛筆でそっと書いてくれた紙片が、私の徳元と誹文芸史研究の支えになっている。いわく、「一に斎藤徳元／二に野間光辰／三に横山　重／四に島居（しますえ）清／五が永井荷風／人生は光芒なり」と。それは、ながーい日本文学研究史の体系に、近世国文学者安藤武彦の存在が、アッと言う間に過ぎる「光の穂先き」が如きものであれかし、とひそかに夢想している。

未だ三十代の始め頃、岐阜県多治見市内の県立高校国語教諭だった時分、愛知県犬山市に住んでいらっしゃった、赤木文庫主・横山　重先生のお宅に多治見市・陶玄亭の自宅から毎月お伺いをしては徳元やご秘蔵の自筆本『塵塚誹諧集』そして笹野　堅先生のことなど、清談を拝聴していた。うまい樽酒をたんと頂戴しつつも、厳しい薫陶を受けたのだった。座右の書に、原　秋津編『横山　重自傳（集録）』（岩波ブックサービスセンター製作、平6・8）一冊が有之。その12頁以降に、「竹林抄古注『後記』」が収録されている。それは、『竹林抄之注』なる連歌書を入手せられたのが昭和八年の秋。因みに私が生まれた頃であるが、該書が上梓に至るまでの学的いきさつ、いわば先生の自分史が詳述され、異色の、読ませる「あとがき」であった。文末には、「昭和四十三年十一月二十四日（72歳）」と。

さて、私も晩秋に七十二歳、第二の著作『武将誹諧師徳元新攷』を上梓するに当たって、その「後記」は思い切ってらしからぬ、わが激動の自分史をありのままに収録することに、決めた。そこで事前に、その一部分をかねがね心敬せる、近世東海誹壇史学の野田千平名誉教授にお送りしたところ、先生からは「洒落れたあとがき近頃俳書しか知りませんが序跋が気になる折の異色さに感心」とのお葉書をいただく。万葉学の影山尚之教授からも賛意を示された。とに角、昭和八年（一九三三）生まれの小学校時代とは、太平洋戦争下と国民学校生・教育勅語・御歴代表の暗記等々、旧制度最後の卒業生であったからである。くり返し、になるが、国民学校六年の夏、祖国が無条件降伏をした八月十五日の正午は、私は確かに「関東州大連市小波町（さざなみちょう）九十二番地」の平屋（ひらや）の庭桃の木の下で、父といっしょに防空壕の補強作業に汗だくだったのだ。それから、もう一つ。終始、私の徳元研究を支えてくれた妻のことも、一陸軍中尉の遺児で、岳父・加藤信義は昭和十九年（一九四四）七月十八日にサイパン島で玉砕していることも附記しておこう。

で、されど私はやっぱり前著『斎藤徳元研究』の巻末句たる、愚句一句。

徳元の　秘めし春愁　想うかな

平成十七年、満六十年めの八月十五日

安藤　武彦しるす

〔追記〕

本書『武将誹諧師徳元新攷』が成るに当たっては、まず棚町知彌先生に対し深甚なる謝意を表する。又、関連して岐阜市歴史博物館は、特別展「道三ゆかりの武将俳諧師斎藤徳元」展を本年十一月二日から一ケ月間にわたって展観する。筧真理子氏、土山公仁氏両学芸員のご尽力にもお礼申し上げたい。あるいは京都俳文学研究会の皆様方、それから深澤秋男学兄、(元)毎日新聞記者・石塚勝氏にもお礼を述べたい。終わりに、前著『斎藤徳元研究』上下二冊の上梓と同様に、今回も亦、和泉書院社長・廣橋研三氏、専務・廣橋和美氏のお世話に相成った。鳴謝する。さて、昨十八年五月廿日に、妻の香陽富子が六十九歳を一期に急逝してしまったのだ。尾形美和様からの手向けの句を掲げさせていただくことで、冥福を祈りたい。

風のごと　身罷る君や　百合の花

平成十九年三月卅一日

安藤武彦

合掌

■著者紹介

安藤　武彦（あんどう　たけひこ）

昭和8年、大阪府吹田市生まれ。小学校時代は昆虫・園芸少年。20年夏、敗戦を植民地大連市で体験し、22年、「信濃丸」にて引揚げる。25年、法政二高に学び、永井荷風などの小説を耽読し、32年、法大文学部日本文学科を卒業。郷里岐阜県多治見市で県立高校国語科教員を勤める傍ら、武将誹諧師斎藤徳元を核に誹諧史の研究に励む。54年からは、園田学園女子大学文学部国文学科に移り、主任教授。平成12年に退職。相愛女子短期大学にも出講（17年間）。京都外国語大学（非）講師（14年間）。現在、岐阜県可児市史編纂古代近世部会委員。著書に、『斎藤徳元研究』（和泉書院、平14・7）がある。本書は英国ケンブリッジ大学図書館に収蔵された。

現住所、五七三—〇〇〇一　大阪府枚方市田口山二丁目22番二—三〇四号



研究叢書　370

武将誹諧師徳元新攷

二〇〇七年一一月二日初版第一刷発行

（検印省略）

著　者　安藤武彦

発行者　廣橋研三

印刷所　亜細亜印刷

製本所　渋谷文泉閣

発行所　有限会社　和泉書院

大阪市天王寺区上汐五-三-八

〒五四三-〇〇〇二

電話　〇六-六七七一-一四六七

振替　〇〇九七〇-八-一五〇四三

ISBN978-4-7576-0434-6　C3395

# 斎藤徳元研究

安藤武彦　著

◉上・下巻セット価三六、七五〇円（5％税込）

和泉書院